風月不相關 一

白鷺成雙 著

關家嫡女關清越，曾是沙場紅衣女將，策馬揮鞭，殺聲入夢；
只可惜朝局傾覆，忠臣蒙冤，關家血染長街、名裂九重。
多年後，夢回樓內，燈火搖曳，一曲驚鴻。
她換了名字、藏了傲骨，在脂粉與粉黛間周旋，探祕辛、破棋局。

步步為營冷面質子 × 斂鋒紅妝傲骨女將

★人氣古風大神「白鷺成雙」
——又一浪漫古風力作——

★
隨書附贈
《風月不相關》
典藏明信片

目錄

第1章　斷裂的紅綢

如果早知道自己多吃兩天的肉，會導致吊著自己的絲綢斷裂的話，關風月說什麼都會先餓自己兩天！

然而這世上沒有如果，她肉已經吃了，繩子也已經斷了，人也已經掉下來了，現在就跟抱著自己的人大眼瞪小眼。

這人的眼眸好深邃啊，像是沒有底的河洞，捲著冰冷的水。眼簾上的睫毛粗而長，垂下來顯得更加惑人。劍眉帶著七分英氣，鼻梁挺著三分傲骨，只是薄薄的嘴唇抿成了一個古怪的弧度，似乎有點生氣。

廢話！能不生氣嗎！看衣著也是個富貴人家的公子，竟然就在這眾目睽睽之下！被個穿著肚兜的妓子！從天而降砸得臉色發青！

要是她，她也氣啊！肯定跳起來就把自己摔成肉餅！

望著眼前這人鐵青的臉色，肉餅乾笑了兩聲，想緩和一下氣氛，於是扒著人衣襟手就往裡伸，按著人家胸口就是一頓揉！

「沒受內傷吧？」

本來是青色的臉，這一揉直接就黑了，白衣公子伸手就將她掀翻在地，怒斥了一聲：「放肆！」

「呯」地一聲，風月砸在地板上，當真成了肉餅。

肉餅有點委屈，媽的，來妓院還嫌女人放肆，走錯地方了吧？該去隔壁街的寺廟裡抄佛經啊！後頭的金媽媽臉色很難看，活像被砸的是她，上來一個大屁股就將風月撞到了後頭去，然後賠著笑對這白衣公子道：「公子您千萬別跟她一般見識，她不懂事，剛來的！」

殷戈止冷笑，拂了拂被染了胭脂的衣襟，眉眼含霜，像是要把風月的後腦勺燒出個洞！

「聽聞夢回樓一向以『琴棋書畫詩歌舞茶』為特色，在下還以為此中女子必定與別處俗物不同，不曾想這裡的姑娘勾引起人來，倒是比外頭街邊站著的還不要臉！」

話說得狠了，不過在座的多是達官貴人，很能理解殷戈止的想法，因為剛剛那女子實在過於浪蕩了。

夢回樓是什麼地方？清純不做作的上等青樓，別的掛牌上臺都是彈琴作詩畫畫，她倒是好，上去就跳著舞脫衣裳，雖然的確很好看吧，但動作極其大膽媚俗，不像夢回樓的精品，倒像外頭那些個賣肉妖精中的極品。

妖豔賤貨中的賤貨！

聽見旁人的唾罵，風月撇了撇嘴。

夢回樓，再吹得天花亂墜，那也是青樓！再穿得良家婦女，那也得要脫！既然早晚要脫，她自己動手還省了麻煩，怎麼就得被鄙視啊？

從地上爬起來，風月披著紅綢，一扭腰就將金媽媽撞開！小媚眼一拋，小手臂一搭，勾著面前這白衣公子的脖頸就笑：「公子想聽琴，我會彈啊！想下棋，我奉陪啊！什麼詩書畫歌舞茶，您要什麼奴家就能給您來什麼！十兩銀子一夜，看你長得好，給你打個八折吧！」

深不見底的眼再次與她對上，風月笑著笑著就笑不出來了，瞇眼盯著他看了好一會兒，眼神微動。

方才事發突然沒注意，現在仔細看兩眼，這張臉怎麼這麼眼熟啊？

嫌棄地揮開她的手，抬腿踢開她纏上來的腿，殷戈止冷笑連連：「妳這樣的人，就別侮辱琴棋書畫了。」

妳這樣的人。

風月聽著，恍惚間覺得周圍變得虛無，光芒散去，黑暗之中有聲音遠遠而來，在她耳邊溫柔地道：

「妳這樣的人，就該去上陣殺敵，瞧這一雙手，摸著半點沒有女兒家的柔軟。」

「妳這樣的人，怎麼會自薦枕蓆於人？分明生澀得緊，嗯，是處子？」

「妳這樣的人……真是心狠，要走了也不讓我看一看長什麼樣子？」

年少不懂事的大膽痴纏，意氣風發地私定終身，黑暗裡的無休止的溫情，都像是她做過的一場美夢，在滅門的慘禍和這麼多年的漂泊之中，散得連碎片都沒了。

夢是沒了，可夢的對象還在。看著面前這人嫌棄的眼神，風月嘆了口氣，忍不住又開始後悔。

她為什麼只多吃兩天的肉呢？她該多吃兩百天的肉！然後一屁股砸死這畜生！

正感嘆著呢，冷不防有人從後頭抓了她手臂，一扯就是個過肩摔！天旋地轉一下，風月就又成了個肉餅。

「公子莫生氣啊！都是來玩的，這姑娘您要是不喜歡，就換一個，莫生氣莫生氣！」揮手讓人把風月抬下去，金媽媽轉頭就衝殷戈止笑得春暖花開的：「您繼續看其他的，今兒的費用啊，都給公子打個對折！」

殷戈止皺眉。

這衣衫不整的女子被人架了起來，紅色的絲綢要裹不裹的，露出她雪白的肩頭和纖細的腰。紅色的肚兜帶子勒在胸口，映著白色的肌膚，竟然讓他有點反應。

「那姑娘，叫什麼名字？」後頭突然有人低聲問了一句。

殷戈止一頓，回頭看了一眼說話的人。

吳國太子葉御卿，穿了一身青色紗袍，裡頭襯著雪錦的長衫，搖著一把摺扇坐在他後頭一桌，正盯著他這邊，眉眼間都是笑意。

抬頭看了看房梁上懸著的半截斷綢，又看了看自己和葉御卿之間的距離，殷戈止略微思忖，抬手就擋住了風月的路。

「折不用打，罪不用賠，妳今晚伺候我吧。」

啥？

金媽媽懵了，她已經在想怎麼收拾那小蹄子才能挽回損失，誰知道這方才還氣得臉發青的俊朗公子，這會兒竟然又要風月伺候？

男人，真是一種善變的動物。

「好……好的，我這就去安排！」送上門的便宜，不要白不要，風月才剛掛牌，身價還沒這夢回樓的入場費高呢，能抵賠償，那就抵了！

於是，金媽媽一揮手，架著風月的一眾奴才「唰」地轉了個方向，歡天喜地地往澡堂跑。

「哎哎哎，幹嘛呢！」被扯痛了，風月梗著脖子就嚎：「你們不能溫柔點嗎！」

金媽媽一巴掌就拍在她後腦勺，瞪著眼睛咬牙切齒地道：「妳給我老實點！闖這麼大的禍還敢瞎叫喚？我夢回樓的招牌差點砸妳手裡了！現在公子要妳伺候，妳就把人給我伺候好了，聽見沒！」

渾身一僵，風月抬頭，眼角抽得厲害，回頭看了殷戈止一眼，小聲嘀咕：「他有病啊？剛才那麼嫌棄我，現在又點我的臺？」

「客人的心思，那是妳們要思索的，媽媽我只管收錢！」皮笑肉不笑地擰了她一把，金媽媽低聲道：「別的我不管，妳要是沒能讓這位公子開開心心的，妳就別想繼續在夢回樓混了！」

開開心心？風月一聽就翻了個白眼。

殷戈止是什麼人？魏國大皇子，有名的冷面閻王，一直跟全天下欠了他錢似的擺張臭臉。她從小到大偷看他沒一千回也有八百回，沒一回看他開心過。上到獲得魏國皇帝賞賜，下到被評為澧都最受婦女喜愛男子首位，哪兒好事都有他，可哪兒也沒見他笑過。

風月分析過原因，覺得他可能是天生就不會笑，所以要讓他看起來高興，那還是她別在夢回樓混了比較簡單。

然而，金媽媽根本沒有給她抗議的機會，扔她去澡堂裡涮了兩下就撈起來往三樓抬，到了朱雀房，大腳一踹就將她送了進去。

「嘭」地一聲，風月玩了一把獅子滾繡球，幾個天旋地轉之後，眼前就是一雙做工極細的繡雲白靴。

白色這種不經髒又難洗的顏色，只有閒得沒事耍帥的人才喜歡穿，看來哪怕是來吳國做了質子，殷戈止的日子過得也不錯。

吸了吸鼻子，風月老老實實地爬起來跪坐在他面前，裝作什麼也不知道，笑嘻嘻地開口：「公子有何指教啊？」

殷戈止回神，掃了一眼面前的人，面無表情地開口：「妳是什麼人？」

渾身一緊，像是有根線從腳趾扯到心臟，風月瞳孔微縮，抬頭看向他。

這是……發現了什麼嗎？

一看這神情，殷戈止瞭然：「果然是有鬼，說吧，哪一方的人？」

哪一方？眨眨眼，風月想了想這句話的含義，心裡一鬆，有塊石頭「咚」地砸下來，激得她忍不住笑出了聲：「公子說笑呢，我一個剛掛牌的妓子，能是哪一方的人？」

她就說嘛，紅顏無數的殷戈止，怎麼可能把她這個睡了半個月而已的身分不明的人放在心上。多慮了，多情了。

「妳方才那一曲淫靡不堪的舞，想勾引的，不就是太子殿下？」殷戈止盯著她：「若是沒出意外，現在妳就該躺在他懷裡了。」

「哇塞，那人是太子啊？」風月吃驚地捂嘴：「奴家只是挑了個看起來特別好看的公子，打算打個招呼而已啊！」

要是剛剛她沒露出那種複雜的神情，殷戈止就信了這話了，可惜……

出手如電，一把就扼住她的咽喉，面前的人居高臨下地看著她，眼裡閃著狠戾的光：「不想說實話，妳可以永遠不說。」

第2章　熟悉的感覺

瞧瞧，這個人就是這麼冷漠無情，面對她這張美豔得跟天仙一樣的臉，竟然也能下得來手！肯定是記恨剛剛她把他臉砸青了，現在怎麼也想給她掐出個七彩斑斕來！

喉嚨出不得氣也進不得氣，風月艱難地掰著殷戈止的手，眼瞅著自己要被掐死了，乾脆長腿一伸，跳起來就夾住他的腰，出其不意，攻其不備，勾手就是一個「猴子偷桃」！

沒想過這人會反抗，就算想過，也沒想過會這樣反抗，殷戈止一個閃躲，揮手就將人扔了出去！

「好歹是女子，妳怎麼如此下流！」狠狠拂了拂衣襬，殷戈止嫌惡不已地瞪著她。

嗆咳著給自己順氣，風月慢悠悠翻了個白眼：「您也好歹是公子，不也很下流嗎？關著門欺負我一個弱女子，算什麼英雄好漢！」

弱女子？

冷笑了一聲，殷戈止也懶得跟她爭，只一步步地朝她靠近。

還想有骨氣地繼續還嘴，可抬頭一瞧，我靠！有殺氣！風月頓時覺得骨氣就是世上最不值錢的東西！小臉一抹，袖子一甩，嚶嚶嚶地就朝人家撲跪過去，抱著大腿不撒手：

「公子有話好好說嘛~您當真是冤枉好人了！奴家未曾與外頭任何人有來往，更是頭一回掛牌，不認得您說的太子爺。方才神情有異，只是因為您這張臉太好看了，以至於讓奴家想起個故人。」

「哦？」停了步伐，低頭看著腳下的人，殷戈止冷笑：「故人？」

「就是個故人！死得賊慘！七竅流血被人五馬分屍焚骨荒野骨頭渣渣都沒留下！」一口氣說完不帶喘，風月眼裡閃過暗色，抬頭卻又笑得諂媚，眼睛都瞇成一條縫兒了：「我是太懷念他了，所以看見您有點激動。」

是這樣嗎？殷戈止沉默，目光從她頭頂劃下去，跟刀子似的戳得人生疼。

迎著他的目光，風月伸手就將自己肩上的衣裳扯開，小肩膀扭啊扭，小媚眼拋啊拋：「再說了，奴家要是只想勾搭太子，就為什麼要對您這樣熱情呢？太子和您，都只是恩客，對奴家來說，都是一樣的嘛。」

這麼一想，她倒是沒撒謊，方才還敢當眾往他衣襟裡探，若目的只是太子，那絕不該來勾搭他。

眼神斂了斂，周身的殺氣就散了不少，冷靜了片刻，殷戈止道：「如此，那就是我冤枉妳了。」

「知道您冤枉奴家，還不給點補償嗎？」嗔怒起身，風月伸著丹蔻就往他胸口戳，委屈至極，風情萬種。

這指頭瞧著是挺溫柔的，可落下來的時候，殷戈止只覺得跟一根筷子要戳穿他的胸口似的疼。

這是神力還是故意啊？

順勢坐在後頭的凳子上，他抬頭，只見眼前的女子食指點唇，邁著蓮步靠近。身上的衣衫跟水似的滑落下去，露出兩隻手腕上束著長長的紅綢緞。

紅色很襯她，這紅綢繫得也巧妙，輕輕一抬手，豔色就能從眉目間滑過皓白的肌膚，落在絲綢底裙上，泛起點曖昧的漣漪。

不愧是做這一行的，勾引人就是有手段。

殷戈止不是禁慾的人，但也不是對什麼人都能主動的，所以即便眼前的場景活色生香，他也只是安靜地看著，等著這妖精繞上他身子，在他耳邊呵著熱氣。

風月像隻蛇精，攀上他的身子就將他緊緊纏住，手勾著脖子，腿勾了腰，很是熟門熟路的，就在他耳後尋著了嫩肉，輕輕一咬。

悶哼一聲，殷戈止瞳孔微縮。

熟悉的痠麻之感襲遍全身，激得他反手就捏住身上這人的手臂：「妳?!」

「呀，公子也受不住這裡麼?」風月咯咯地笑。

也?

眼裡有東西一閃而逝，殷戈止沉了臉。

妓子伺候過的男人不知道有多少，想著法子尋恩客身上敏感的地方，是常事。

捏著她的手腕探了探，一點內勁都沒有，軟綿綿的，不是練家子。

鬆了手，殷戈止閉眼，淡淡地「嗯」了一聲，然後便任由她在自己身上放肆。

本是不想在外頭過夜的，不過看在還算舒服的份上，破個例吧。

燭光盈盈，風月一件件兒地脫了他的衣裳，手從他結實的手臂上滑下去，鑽進人掌心，撐開他的拳頭，十指交扣。

殷戈止半睜了眼。

「妳哭什麼?」他問。

「嗯?」風月茫然,伸手摸了摸自己臉上,「撲哧」一聲笑了出來:「哎呀呀,奴家這眼睛有毛病的,晚上看見光就容易流淚,公子不必在意。」

見光就流淚?殷戈止轉頭,看了一眼桌上燃著的燈,伸手扣滅。

屋子裡瞬間暗了,外頭的月光灑進來,依稀能看見風月那一雙瞪得跟銅鈴一樣大的眼睛。

「我也不喜歡點燈睡覺。」淡淡地說了一句,殷戈止站了起來。

不是抱著風月站起來,也不是摟著她站起來,就是在身上這人還纏著他的時候,直挺挺地站了起來!

本來還姿態優美的風月,瞬間尖叫一聲掛在他身上,哆囉哆嗦地道:「你倒是托著我點兒啊!」

「托?」

「就是別讓我掉下去!」

抬腳往床的方向走,殷戈止道:「掉下去了妳自己爬起來就行,我懶得動。」

風月:「……」

死命抱緊這人,她倒是氣笑了。這麼多年過去,殷大公子還是這般不體貼女人。更好笑的是,就算他這麼不體貼,想從他身上掉下去再自己爬起來的女人,也依舊能從招搖街的街頭排到響玉街的街尾。

這都是命啊！

認命地攀住他，直到他躺上床，風月才鬆了口氣，咬咬牙，嗲聲嗲氣地道：「公子真是與尋常男子不同，格外冷淡呢。」

「妳也與尋常妓子不同，格外刺眼。」

聲音從他胸腔裡發出來，風月嬌笑，依偎在他懷裡，手指一路往下劃：「男人在這種地方，不就是找個看得順眼的姑娘共度春宵？有喜歡高雅的，就有喜歡奴家這種刺眼的。甚至說，很多人就喜歡奴家這種刺眼的，卻礙著身分面子，不好意思開口。」

就比如他這種衣冠禽獸。

殷戈止悶哼了一聲，不是贊同也不是反對，而是因為身上這妖精竟然又抓著了他敏感的地方。

這是伺候了多少人，才能在他身上一找一個準？

殷戈止有點嫌棄她髒，可想離開已經來不及了，身上滾燙起來，神色也因著飽受刺激的感官而逐漸迷離。

已經很久沒有人給他這樣的感覺了，像扯斷了他捆著自己的繩子，讓他隨著激流被捲進無底的漩渦，迷惘、沉淪……

萬劫不復。

整個晚上風月都沒閒著，因為她不知道天亮之後這人會怎麼對她，所以是使出了渾身的解數，挑起他暗藏著火。他身上沒有她不熟悉的地方，但現在的她，已經是他完全不熟悉的模樣了。

敵在明我在暗，這一場仗自然是風月大勝，儘管最後是她被困住求饒，但殷戈止這失控難耐的模樣，讓她很是欣慰。

什麼都變了，至少身體還契合。

兩人這一覺都睡到了第二日接近晌午，殷戈止睜開眼的時候，風月也恰好醒了，迷迷糊糊地不知道嘀咕了個什麼，伸手就摟住他的腰，往他懷裡鑽。

懷裡一暖，心口有點異樣，他一把將人拎開，捏了她的下巴仔細端詳：「我是不是在哪裡見過妳？」

第3章　無畏的英雄

指尖捏著的這張臉笑了起來，眼睛都沒睜開，嘴角的弧度倒是咧得大：「說不定上輩子見過呢，還讓您這般念念不忘，不如就將奴家贖回家去好生疼著，也不枉您記這一回。」

青樓裡的姑娘，自然都是盼著被人贖出去享福的，所以要是當真見過，這人不可能裝不認識他。鬆開手，殷戈止當沒聽見她這話，直接翻身下床，喚了丫鬟進來更衣。

風月起身，拉了被子蓋在身上，就這麼靠在床頭看著他，長髮蜿蜒及地，眉目慵懶多情。

視若無睹，殷戈止換上新的白袍，衣袂翻飛之間，彷彿是柔弱儒雅的書生。再回首，一張臉依舊波瀾不驚：「妳入這行多久了？」

沒想到他會問這個，風月挑眉，看了他一眼，輕笑：「兩年有餘。」

「一直在此處掛牌？」

「公子抬舉了。」抬袖掩唇，風月咯咯直笑：「這夢回樓可不是什麼人都進得來的。奴家剛入行的時候，都是帶著枕頭夜半時分上人門去，哪有地界兒能掛牌？也就是經驗足了，金媽媽才收的奴家。您還是這夢回樓裡，奴家第一個客人。」

夢回樓裡的第一個客人，不是她的第一個客人，更不是第一個男人。

昨晚就發現了，這女人並非清白之身。不是清白之身，若要帶回去，那就更不像話了。

半垂了眼，殷戈止揮袖就要走，步伐到門口卻停了。思忖了片刻，沉聲開口：「告訴金媽媽留妳幾日牌子，我明日再來。」

誒嘿，還成老顧客了？風月很感動，心想男人禽獸點就是好啊，什麼內涵什麼才藝都是浮雲，說到底還是喜歡她這種小妖精嘛！

裹了衣裳下床，風月「蹭蹭蹭」地就跑到殷戈止旁邊，扯著他的衣襟將人拉下來，咀嚼一口就親在他臉頰上，扭著小蠻腰拋媚眼：「多謝公子！」

嫌棄地擦了擦臉，殷戈止開門正要走，外頭卻剛好有人衝了過來，差點撞著他。

「公子！」隨從觀止壓低聲音道：「一粟街出事了，易小姐在那邊。」

眉頭皺了皺，殷戈止二話不說就跟著他往外走。

吳國姓易的人很少，能讓殷戈止有反應的姓易的就更少了。

看他出了門，風月立刻更衣，坐在梳妝檯前看著自己身後的丫鬟：「靈殊，挽個髮髻！動作要快，姿勢要帥！」

聞言，靈殊立刻上前給她繫了根紅髮帶，簡單，賊快。

來不及講究，風月奪門而出，直奔後院狗洞，抄著近路就追上了騎馬狂奔的殷戈止。

乍見抹亮紅色撲過來，殷戈止立刻勒馬，馬蹄高揚，微微擋著點陽光。

「妳幹什麼！」看清前頭的人，殷戈止黑了臉：「出來做什麼！」

「奴家又不是老鼠，還不能出洞了不成？」委屈地扁扁嘴，風月跑到人家馬旁，伸出細軟的小手：

「剛一番恩愛就拋下人家，人家捨不得公子！有什麼事，帶奴家一起去吧？」

眼裡厭惡之色頓濃，殷戈止看著她，聲音都冷了八度：「我最煩女人礙事，滾開！」

換個人來，怕是要被他給吼得紅了眼，可風月臉皮厚，完全不怕他，看了看馬鐙，一腳就踩了上去！紅衣烈烈，在空中劃了很優美的弧線，然後落在了馬背上。

白色的衣袍翻飛，捲了紅色的紗衣在其中，很是纏綿好看。

可殷戈止的臉色不好看，陰沉得像雷陣雨前的天空，眼神淩厲如閃電，馬鞭往後一揚就想將人打下去。

反應極快，風月低頭就抱著這人的腰，雙手作死扣，大喊道：「要是再耽誤時間在奴家身上，公子就要誤事啦！」

他就沒見過這麼難纏的女人！殷戈止咬牙，卻是不想再耽誤，策馬就繼續往前跑。

馬背顛簸，這又不是雙鞍，殷戈止覺得跑兩下說不定這人就掉下去了。結果一路狂奔到目的地，背後的人坐得簡直比泰山還穩。

「啊——」

剛勒馬就聽見前頭的尖叫聲，殷戈止也沒空理會背後的人，翻身下馬，低喝一聲：「觀止，幫忙！」

身手敏捷的護衛立刻從旁飛出，衝進了人群之中。

風月抬眼，就看見前方空地上架著個粥棚，像是在接濟難民。不過似乎遇著了暴民，十幾個衣衫襤褸面目凶狠的人將粥棚圍著，有的打人，有的搶米。孩子在哭，女人在叫，場面亂得非常壯觀。

一片混亂之中，觀止救出了個姑娘，一身綾羅綢緞，新月一般的小臉蛋兒上掛著淚痕，神情楚楚地看著那群暴民。

「別傷著他們！」易掌珠哽咽道：「他們是無辜的，都是百姓啊！」

風月挑眉。

殷戈止揮袖，氣定神閒地走過去，看著她道：「都打砸搶劫了，說什麼無辜？」

回頭看見他，易掌珠扁了扁嘴，捏著拳頭道：「他們何辜？都是被人逼成這樣的，若是有飯吃，誰願意窩在這種地方搶東西？米糧本來也是為他們準備的，他們拿去就是了。」

無奈地搖頭，殷戈止正要再說，卻感覺後頭有凌厲的破空之氣，剛一側頭，一把匕首就從他面前橫過，直取易掌珠首級！

反應極快，殷戈止伸手就捏了那匕首尖兒，反手一彈，震得來人虎口一麻，直接脫了手。

易掌珠嚇了一跳，連連後退，旁邊的觀止被兩個人迎面圍上，殷戈止面前也站了三個人。方才還在地上倒著的難民，不知怎的又站起來幾個，袖中銀光閃閃，皆朝他們撲來。

這顯然是個圈套，然而圈套正中央的慈悲為懷的易小姐啥也沒做，就吼了一聲：「別殺人，擋著他們就行！」

風月翻了個白眼。

擋著人還不能殺，對面又人多勢眾，顯然殷戈止那邊是要落下風的。然而殷戈止還真聽她的話，有劍不出鞘，拎著劍鞘就往人天靈蓋上砸，爭取給人砸出個腦震盪啥的。

觀止也收了刀，頗為費力地應付四周的暴民。

易小姐帶的家奴不夠多，於是沒一會兒就有難民衝破了護衛，舉著大木棍就朝她砸了下去！

瞳孔微縮，易掌珠被嚇壞了，下意識地拉著旁邊的家奴想躲，然而那木棍虎虎生風，速度極快，根本躲無可躲。

千鈞一髮，英雄登場，一直沒被人注意的風月就在這個時候衝了上來，擋在易掌珠前頭，雙手舉高，像神話裡金光閃閃的神仙，無畏地迎接那沉重的一擊。

周圍的家奴都傻了眼，丫鬟們紛紛尖叫，連那頭正在打鬥的殷戈止都抽空回頭看了一眼。

「呼——」木棍砸下來了，重得人彷彿能聽見什麼東西碎裂的聲音。風月臉色未變，嘴角還噙著一絲屬於高手的冷笑。

拿著木棍的人傻眼了，看了看她，呆呆地開口：「妳……」

「滾！」話還沒說完，旁邊的觀止飛過來就是一腳，那人轉著圈圈滾了老遠，木棍也掉在了地上，沉悶的一聲響。

殷戈止皺眉，懶得跟他們玩了，下手驟然狠起來，不過十招，幾個暴民全老實地橫在了街上。

「沒事吧？」退回易掌珠身邊，他問了一聲。

「……我沒事。」震驚地看著眼前的風月，易掌珠顫顫巍巍地道：「這位姑娘……真是高手啊！」

抬頭看她一眼，殷戈止問：「妳會武？」

風月聲音極輕地回答：「不會。」

「不會？」走到她面前，殷戈止看了看她的手：「不會妳還能這麼紋絲不動地擋下木棍？」

「紋絲不動是因為，我有骨頭。」深吸一口氣，風月緩慢地轉動眼珠看著他，沒兩瞬，眼淚就跟泉水似的嘩啦啦地湧出來：「可是骨頭他奶奶的也沒有木頭硬啊，我手骨碎了啊啊啊救命！」

殷戈止：「……」

伸手就想把她還舉著的手給拿下來，誰知還沒碰著呢這人就是一頓嚎叫：「別動！別動啊！真的骨頭碎了，不是開玩笑，給我找個大夫來動！」

易掌珠急了，扯著殷戈止的袖子就道：「快把這位姑娘送去藥堂，那邊就有，走兩步就能到！」

掃了一眼不遠處的藥堂，殷戈止對風月道：「妳自己走過去吧，別人動著妳都會痛。」

風月的眼淚那叫一個嘩啦啦地流啊，哀怨地看了他一眼，就這麼高舉著手，邊哭邊往藥堂挪。

觀止瞧著，很想給自家主子說其實他可以把她背過去的，誰曾想剛轉頭，就看見自家主子彷彿在笑。

笑?!觀止傻眼了，使勁兒揉了揉眼睛再看，殷戈止卻還是那張面無表情的臉，側臉的線條優雅而冰冷，只看了風月兩眼，就轉頭繼續跟易掌珠說話。

是他看花眼了吧，或者是今天的陽光太燦爛了，觀止想著，搖了搖頭。

做事是要犧牲的，風月知道，但她不知道這個犧牲這麼慘烈，早知道換個法子救易小姐就好了。

越想越傷心，也就哭得越厲害，嚎啕慘烈的哭聲響徹整個一粟街，嚇得遠處狂奔過來的馬打了個趔趄。

「殿下小心！」後頭的侍衛喊了一聲。

葉御卿連忙勒馬，青衫翻飛，有驚無險。定睛往前頭一看，卻見個紅衣姑娘哭得眼淚鼻涕橫流，雙手高舉過頭，一步步地往旁邊挪，那模樣，要多滑稽有多滑稽。

第4章　魏國大皇子

一個沒忍住，葉御卿笑出了聲：「哈哈哈！」

什麼叫幸災樂禍，什麼叫喪盡天良！風月又痛又氣，轉頭就狠瞪了笑的人一眼。

媚氣天生的狐眸，染了怒意倒顯得更加動人，葉御卿緩過氣，擦了擦笑出來的淚花兒，驚喜地道：「哎呀，這不是那個誰，那個跳舞的那個！」

風月一愣，瞇著眼睛看清了馬上那人的臉，身子僵了僵，舉著手乾笑了兩聲。

要不怎麼說天意弄人呢，她避之不及的人吧，繞著彎都能跟她巫山雲雨。她一心想勾引的人吧，卻總是在她情況最糟糕的時候出現，瞧她跟瞧個笑話似的。

殷戈止猜得沒錯，她一開始是想勾引這吳國太子來著，沒想到失算了，便只能裝作什麼都沒發生，先應付了殷某人。本來還想了許多法子要繼續搭上葉御卿這條線，誰曾想今兒在這裡就撞上了。她現在這個樣子，不用想，一點也不妖豔不迷人，跟個想上天的殭屍似的伸著手，還是別丟人現眼了。

念及此，風月縮了脖子埋了臉，忍著手骨的劇痛，邁著小碎步就往藥堂狂奔。

「哎……」

「殿下！」易掌珠跑過來，甚為慌亂地道：「您怎麼出宮了？」

太子何等身分？不知多少人在暗中盯著，哪是能四處亂跑的？

收回落在遠處的目光，葉御卿溫柔一笑，翻身下馬：「聽聞妳出事了，本宮剛好在附近巡視，就趕過來看看。」

暴民已經跑的跑傷的傷，易掌珠回頭看了一眼，嘆息：「珠兒沒事，您也多愛惜著自個兒，別總為珠兒這樣的小女子犯險。」

邁進藥堂的門檻，風月依稀還聽見了這句話，不由地笑了兩聲。天真得跟小羊羔似的。

這話是打算在心裡說的，不知怎麼的嘴一個漏風就嘀咕出來了。好死不死的，聲音不小，被後頭的人全聽進了耳裡。

「妳說誰？」清冷的聲音一點起伏都沒有，跟石膏板似的拍在她背後。

風月一頓，緩緩轉頭，笑得嫵媚：「說奴家自己呢。」

殷戈止皺眉，跟著她跨進藥堂，一雙眼上上下下仔細看了看她：「妳天真？」

眨眨眼，風月傻笑：「不天真嗎？」

「眼神不乾淨。」收回目光，殷戈止推著她就坐在有大夫的桌邊，輕飄飄地扔下這評價。

不乾淨？風月冷笑，放眼望過去，這活著的人有幾個眼睛是乾淨的？她看過無邊的殺戮，看過滿門的鮮血，這雙眼能乾淨才怪了！

手掌已經腫成了熊掌，她也懶得跟他多說，扭頭就眼淚汪汪地看著大夫：「您快瞧瞧，奴家的手是不是斷了？」

哆聲哆氣的，把人家老大夫的白鬍子都驚得抖了抖。殷戈止瞧著，分外嫌棄地道：「妳能不能正經點？」

貝齒咬唇，風月委屈地眨眼：「公子，奴家是個什麼身分您忘記了？」

要妓子正經點？想啥呢？

殷戈止：「……」

人畢竟是他帶出來的，這副模樣真的很丟他的臉！

鬍子哆嗦夠了，老大夫還是仔細看了看她的手。風月把手放下來，更覺得血氣全往掌心衝，疼得小臉發白。

「骨頭沒斷，大概是有些裂了。老夫給妳開些外敷藥，並著內服的藥膳補品，養上幾個月也就好了。」

這麼麻煩？風月皺了臉：「補品很貴的！」

幹這行的，會連補品都吃不起？殷戈止冷笑：「金媽媽不會讓妳手廢了的。」

「那也是羊毛出在羊身上啊！」風月叫苦不迭：「奴家好歹是見義勇為英雄救美，公子就不打算承擔點湯藥費？」

還想訛人？殷戈止輕嗤，正想應了，卻聽得門外有人道：「既然是因為珠兒受的傷，那本宮自當給予嘉獎和補償。」

青色的衣角從門檻上掃過，葉御卿進來，笑得分外溫柔：「姑娘要用的補品藥材，本宮自會著人送去，不必擔心。」

瞧瞧！大國的太子，就是這麼有風度，這麼有禮貌，這麼有錢！

風月立刻就「嘎嘎嘎」地笑了，媚眼直衝人家甩：「您真是個好人！」

言下之意，他不是好人？殷戈止臉色微沉，身子一側就將她拋媚眼的路線擋了個嚴實。

「人是我帶來的，出了事自然有我補償她，殿下不必操心。」抬眼看向對面的人，殷戈止面無表情地道：「此地不甚安全，殿下不如早些回宮，也省得掌珠提心吊膽。」

掌珠。

認識他這麼久了，還是頭一回聽見他叫人閨名。風月頓了頓，忍不住又「嘎嘎嘎」地低笑起來。

拒人千里的殷大皇子啊，連自己的親妹妹都喚的是名號，不甚在意。三年未見，倒是會為別的女子慌張策馬，也會柔情地喚人閨名。

世界真奇妙。

易掌珠就在太子身後站著，聞言就站出來到了風月旁邊，滿是愧疚地看著她的手：「到底是因為救我，還是我來付這湯藥錢吧。」

「不必，有本宮在，哪有讓妳操心的道理。」葉御卿目光憐愛，寵溺地道。

「不是你的人，也不是太子的人，你們都不必操心。」殷戈止道：「我會處理好。」

瞧瞧，這一個個爭的，搞得她像個碰瓷騙錢的人似的。風月不笑了，目光將面前這三個人掃了一圈，淡淡地道：「說一句玩笑話各位貴人也當真，奴婢討個臉而已，補品還是吃得起的。」

三個人一頓，都看向她。

老大夫正往她手上纏藥，風月垂了眼，似笑非笑地調侃：「沒事就都請吧，這麼破的藥堂，站您幾位大佛，恐怕不久就得塌嘍！」

心裡有種異樣的感覺，殷戈止覺得很奇怪，按理說她這話只是打趣，臉上也沒什麼怒意。但很意外的，他竟然清晰地感覺到她生氣了。

怎麼回事？

伸手按了按胸口，殷戈止皺眉，疑惑不得解，又看了風月兩眼。

「妳都傷成這樣了，自己怎麼回去？」易掌珠道：「我送妳吧，妳家在哪兒？」

「招搖街，夢回樓。」一點沒避諱，風月坦蕩蕩地道：「易小姐的身分，要送奴家怕是不合適。」

青樓女子？易掌珠嚇了一跳，杏眼微睜，頗為意外。

殷戈止怎麼會帶青樓女子到外頭來？他不是一向不喜那種風塵味兒重的人麼？

「我送她回去。」殷戈止開口，看她的手包得差不了，便道：「先走一步了。」

「殿下。」葉御卿看著他，優雅地頷首：「就算是在我吳國為質，您也是魏國大皇子，崇敬您的人不少。光天化日地去招搖街，怕不是好事。」

竟然還稱他為「殿下」，風月抿唇，忍著疼縮在旁邊看著這兩人。

一個是被易大將軍帶回來的質子，一個是吳國炙手可熱的太子，身分分明懸殊，難得殷戈止竟然半點不輸氣勢，站在葉御卿面前，依舊是那副從容不迫，有本事你打我的欠揍之感。

葉御卿當然是打不過殷戈止的，就算是三年前的風月，百招之內可能都碰不著殷戈止的衣角，更何況現在兩國表面相安無事，自然也不可能動手，所以殷戈止淡淡地開口了：「好與不好，在下自有判斷。敬我之人若是因我流連風塵而遠之，那不敬也罷。」

你愛敬不敬，愛崇不崇，看不順眼有本事來打我呀！

這就是殷戈止，在沉默中囂張得不可一世的魏國大皇子，曾經叱吒戰場的不敗將軍。哪怕脫了鎧甲，穿上一身文弱氣質的白衣，鐵骨就是鐵骨，一棍子打下去都不會骨裂的上乘骨頭！

風月瞇眼，眼裡神色頗為複雜。

葉御卿展了手裡的扇子，半掩了臉，輕笑道：「倒是本宮多慮了，殿下哪裡會在意這些俗名凡譽。既然如此，那就請吧。」

易掌珠跟著讓開路，有太子在，她倒是沒多開口，目送觀止架著風月出去，又看了一眼殷戈止。門口有風吹進來，他走出去，白色的衣袍輕薄地翻飛，和著墨色的髮，好看得像畫中的仙。不過就算他好看得長出一朵花，風月也是沒心情看的，這一路走回去，就算有人攙扶，那也是一種酷刑。雖然她挺能忍痛的，但他奶奶的這也太痛了！

走到夢回樓門口的時候，風月差點就跪下去了。殷戈止斜眼瞧著她，沒吭聲，進去給金媽媽嘀咕了兩句，然後就施施然地上樓。

風月半死不活地挪回窩，靈殊一瞧見她這模樣就尖叫了：「主子，您怎麼了這是！」

乾笑兩聲，風月躺在軟榻上長舒一口氣：「運氣不好，受了點傷，養養就好了。」

「這看起來就很嚴重啊！」靈殊急了，圍著軟榻就繞圈圈，眼淚汪汪地道：「奴婢今兒就覺得右眼皮跳得厲害，果然是要出事，您這個模樣，還怎麼去李少師府上……」

想伸手捂這丫頭的嘴已經是來不及，風月只能狠狠瞪著她，想把她的話瞪回去。

然而，還是晚了。

靈殊一臉無辜，水靈靈的眼睛看著她，完全沒發現自己身後有陰影籠罩了過來。

第5章　她不配

「妳說，她要去哪兒？」殷戈止問了一句。

清冷的聲音突然在背後響起，嚇得靈殊「哇」了一聲，條件反射地就往風月懷裡跳。

看著她朝自己撲過來，風月嚎都來不及嚎，連人帶手被她來了個泰山壓頂！

殷戈止一頓，看向軟榻上的人，眼裡難得地帶了點同情。

「……靈殊啊。」緩了半晌才緩過勁來，風月虛弱地看著身上的人，抖著聲音道：「我待妳不薄，就算我死了妝匣裡的銀子都是妳的，但妳也不能這麼急著要我死啊！」

靈殊懵了，手足無措地爬起來，委屈地扁嘴：「奴婢不是故意的，主子您還好嗎？」

「很不好，要死了！」痛苦地呻吟，風月滿眼憂傷地看著她：「不過我覺得還可以苟延殘喘一下，只要妳給我做一碗妳拿手的芋頭羹。」

「奴婢馬上就去做！」連忙點頭應下，靈殊提起裙子就往外衝，完全忘記了自己剛剛為什麼被嚇著。

門開了又關上，單純可愛的丫鬟被支開得毫無察覺。風月鬆了口氣，動了動疼得厲害的手，側頭看向塌邊的人。

殷戈止依舊盯著她，目光如夜幕一般，將她裹進沉沉的黑暗裡。

「妓子往上爬，本就是常事。」風月開口了，很真誠地解釋：「所以李太師府上有壽宴，奴家自然就打算去一趟，露露臉。」

李太師，乃太子三師之一，獲陛下恩旨在宮外建府。馬上是他四十歲壽辰，府上自然有宴席，但是……

平靜地看了她一會兒，殷戈止道：「妳打算去人家壽宴上跳上次的舞？」

輕笑出聲，風月道：「怎麼會呢，李太師素來有氣節，奴家只不過打算去當個臨時的丫鬟，幫忙招待客人。」

「哦？」慢慢地在軟榻邊上坐下，殷戈止看著她，眼裡嘲諷之意甚濃：「當丫鬟可沒多少工錢，還不如妳掛牌來的快，妳這是想藉著那太師府，勾搭誰？」

背後起了層冷汗，風月扛著這撲面而來的懾人之力，笑得嫵媚：「公子這是吃味了？您放心，那是先前定的工作，現在要伺候您，奴家自然就不去了。」

好狡猾的女人，殷戈止越發覺得不對勁。尋常的青樓女子，嚇唬嚇唬就會花容失色，她倒好，不管他怎麼凶狠，都是這張笑不爛的狐狸臉。

有問題。

「妳這幾日的生意，我都包了。」垂了眼眸，殷戈止道：「不如明日就陪我去照影山逛逛。」

照影山？風月嚇了一跳，有點不可置信地看著他：「那麼遠，明日能到得了？」

眼裡有光閃了閃，殷戈止俯身過來，修長的手指慢慢刮著她的臉側：「妳去過魏國？」

渾身一個激靈，風月眼前黑了黑。

完了完了，她就知道殷戈止這個人心機深沉，說句話都帶著坑，已經很小心在躲了，卻還是沒躲過。

躲不過怎麼辦呢？那就編吧！

深吸一口氣，風月嘆息：「那是很久之前的事情了，不瞞公子，奴家是在魏國澧都長大的，所以知道照影山，就在澧都以東的地方。」

你他娘的沒事要從吳國不陰城去魏國照影山逛逛，有病吧？

「妳是魏國人？」殷戈止皺眉。

「正是。」風月雙目含淚，楚楚可憐：「不過三年前奴家一家人就都來了吳國，來之後不久，家父家母病重而亡，奴家一個人活不下去，只能賣身為妓，混口飯吃。」

三年前？瞳孔微縮，殷戈止倏地就捏緊了她的下巴，將風月的臉抬起來，仔仔細細看了一遍：「妳本名為何？」

喉嚨一緊，風月掙扎了兩下，裝作害怕地閉上眼，怯懦地道：「本名……奴家出身低賤，又沒上過書院，哪有什麼正經名字？平時的話，他們都叫奴家二丫。」

不是她。

搖搖頭，殷戈止鬆開手，心想自己怎麼傻了。知道名字又怎麼樣？他壓根不知道自己要找的那個人叫什麼長什麼樣，怎麼就養成了抓著魏國人就問的習慣？

再者，面前這人一身風塵味兒，比他見過的所有青樓女子都更加低賤沒自尊，渾身軟若無骨，半分硬氣也沒有，跟那青澀倔強得像頭小驢子的人，完全不一樣。

伸手揉了揉眉心，殷戈止突然心情很差，坐在軟榻上垂眸，過了許久才啞聲問：「你們一家，是因為戰亂才離開魏國的？」

「是啊！」沒了桎梏，風月彷彿放鬆了些，語氣甚為鄙夷：「魏國總是打仗，煩死了！打得過還好說，偏生那關大將軍通敵叛國！我爹說了，關大將軍都叛了，那魏國肯定沒活路，所以就帶著我跟娘離開了魏國。嘿，他還真沒說錯，這不，兩年之後，魏國不就敗了嘛！」

身子一僵，殷戈止的眼神變得極為複雜，緩緩地轉頭看著她。

彷彿沒有看見他的眼神，風月自顧自地嘲諷著：「我小時候啊，還以為關將軍是這天下第一大忠臣，民間都傳他忠心護主，什麼千里勤王，什麼班師回朝行至澧都門口就交兵符，吹的是天花亂墜，結果呢？還是個自私自利的大騙子，竟然為了榮華富貴，置君主和百姓於水火！」

「要是還能看見他啊，哪怕不會武，我也一定會殺了他！」

許是說得太激動了，扯著了手上的傷，風月疼得「嘶」了一聲，眼淚瞬間就流了下來，嘴裡「哎呀哎呀」地叫著：「要裂了要裂了，痛死我了……」

盯著她看了一會兒，殷戈止低聲問：「你們民間，都這麼討厭關將軍？」

「可不是麼！」風月憤憤地道：「魏國就是因為他，才會變成今日這割地辱國才能生存的悽慘樣兒！」

殷戈止沉默。

關家一門忠烈，世代為將，關蒼海也是在魏王座下效忠了十年的戰神，戰少有敗，軍功赫赫。可誰知平昌一役，他竟然洩漏軍機，導致魏國五萬將士命喪山鬼谷。他也很想相信關將軍不會做這樣的事，但當時行軍的路線，策略的部署，只有他和關將軍知道。

不是他，那只能是關蒼海。

那次慘敗之後，他回營就接到了有人送來的關蒼海與吳國易將軍的來往信件，裡頭的內容能充分解釋這五萬將士為何而死。他震怒，找了關蒼海當面質問，那滿臉風霜的男人很是慌張地看著他：「殿下，老臣何以通敵？以何通敵啊！」

蒼白的解釋，半分反駁的證據也拿不出來。從五萬人的屍體堆裡爬出來的殷大皇子雙眸帶血地看著他，揮手就讓人押他回京，連同通敵書信，一併交給皇帝處置。

他知道自己冷靜不下來，所以想把這件事交給局外人客觀地處理，怎麼也該比他公正。

但等他班師回朝，關蒼海就已經被判有罪，證據確鑿，罪人也自盡於天牢。

一切似乎很對，卻又像是哪裡不對，茫然之中，他接了聖旨，親自去關府，將剩下的家眷通通抓起來，九族之內皆誅，家奴丫鬟流放的流放，充妓的充妓。

心有疑惑，他還是找著關家的二少爺問了一句：「關家可有冤？」

狼狽的少年，衣著襤褸，卻挺著一身傲骨，看著他一字一句地道：「家父已死，熱血已涼，關家一門長絕於世就是最好的結局。既然忠君百年，抵不得半日讒言，那冤又如何？不冤又如何？」

說罷，戴著一身鐐銬朝他跪了下來，狠狠地磕了三個頭：「願我大魏陛下天下獨尊，再！無！忠！臣！」

擲地有聲的四個字，震得殷戈止心裡生疼，他對廷尉的判決提出了疑問，然而戰亂接踵而至，魏國腹背受敵，軍機又不斷外洩。殷戈止披甲上陣，再也無暇顧及其他，關家的結局，也就在他的忙亂之中定下了。

如今再回憶起這些，殷戈止突然有些心驚。

關蒼海當真叛國了嗎？若是沒叛呢？

「風月！」

尖細得刺耳的聲音在門外響起，像針刮在鐵皮上，驚得屋子裡兩個人都回了神。

殷戈止很是不耐煩地看了門外一眼，風月則是蹭乾了眼淚，開口應道：「金媽媽，我在這裡呢。」

門被推開，金媽媽甩著帕子進來，瞧見殷戈止，聲音總算是收斂了點，笑咪咪地道：「公子還在啊，奴家打擾了。是這樣的，我們夢回樓過幾日有表演，先前就說好了的，演一齣《紅顏薄命》的戲，裡頭有個將軍的角兒，是風月的，衣服已經送來了。」

後頭跟著的丫鬟抱著白色的鎧甲進來，裡頭還襯著銀灰的長袍，煞是威風。

殷戈止皺眉，看了看那鎧甲，又看了看軟榻上這半死不活的妖精，開口道：「就算是戲，也不能讓她來當將軍。」

「這是為何？」莫名其妙地看她一眼，金媽媽走到風月旁邊道：「她這手沒關係的，奴家也不要她打打殺殺，穿著鎧甲站著就行了。」

「不是因為她受傷。」想起那些黃沙裹血的日子，殷戈止眼神冰冷：「而是因為她太過低賤骯髒，穿上鎧甲，便是辱了千萬個為家國而亡的英魂！」

第6章　曾也戎裝

將軍都是身經百戰，從刀口上活下來的英雄，他們有一腔為國的熱血，鎧甲戰馬，威風烈烈，哪裡是這風塵地裡下賤的妓子能褻瀆的?!

金媽媽有點尷尬，畢竟要說低賤，她這一樓的人都高不到哪裡去，本也就是圖個噱頭好招恩客，誰知道這位公子竟然這麼嚴肅，當面讓人下不來臺。

屋子裡一時安靜，捧著鎧甲的丫鬟也不知道該何去何從。

風月瞧著，慢吞吞地從軟榻上坐起來，眨眼問：「公子不讓奴家演啊？」

「是。」一個字，鏗鏘有力，霸氣十足。

風月「咯咯咯」地就笑了：「這可麻煩了，戲是金媽媽半個月前就準備了的，邀了不少貴門之人。好幾家大人點了名要看，您說怎麼辦？」

淡淡地掃了她一眼，殷戈止平靜地道：「他們不會來看的。」

這麼肯定？

金媽媽不服氣了，甩著帕子笑道：「這位公子，話不能說得太大。雖然奴家不知道您是什麼身分，但就算是當今聖上，也管不得底下的人放鬆放鬆啊。再說了，我們這裡的客人來頭可都不小，您還能堵著門口不讓他們進來不成？」

沒再開口，殷戈止站起來便走。

「嘿？」金媽媽有點不高興，墊著腳看人走出去下樓了，才開口道：「這什麼人吶？真以為自己了不起？瞧著文文弱弱的，也不像個將軍啊，管得這麼寬？」

門關上，風月長出了一口氣，半晌之後，才輕笑道：「他的確不是將軍。」

「我就說麼，那弱不禁風的樣子……」

「妳聽說過南乞之戰嗎？」歪了歪腦袋，風月問。

金媽媽一頓，揮手讓旁邊的丫鬟都下去，然後坐在風月身邊，低聲道：「怎麼提起這茬兒了？」

風月是魏國人，金媽媽知道，她背後好像有很多很多的故事，金媽媽也從來沒問過。沒想到今日，她倒是自己說起魏國的事了。

南乞之戰是一場以少勝多的著名戰役，五年前魏國以一萬兵力，在齊魏邊境南乞地界，坑殺齊國三萬精銳，震懾齊王，驚愕眾國。金媽媽是齊國人，那場戰役她自然知道，民間傳得沸沸揚揚，說齊國本是知道了魏國的運糧路線，打算去劫糧草，誰知剛好撞上魏國的援軍。

狹路相逢，本該是人多者勝，誰知道魏國這邊反應極快，利用南乞地勢和齊國的措手不及，轉劣為優，奮勇殺敵，雖折兵七千，但齊國三萬精銳，鮮有生還。

南乞之地因那一仗血光三月不散，齊國自此開始派使臣同魏國談和，兩國關係緩和，齊魏邊境的百姓難得地安居了兩年有餘。

「若是沒有那場戰役，齊國之後就該同吳國聯手攻魏。」風月道：「魏國如今怕就不止是割地，恐怕國也難存。」

「道理我明白，但好端端的說這個做什麼？」金媽媽一臉茫然。

垂了眼眸，風月笑了笑：「因為四年前帶領魏國那一萬援軍的人，就是剛剛那位公子。當時，他剛剛弱冠。」

心口猛地一震，金媽媽瞳孔微縮，不可置信地看著她！

怎麼可能！

「他的確不是將軍，但他上戰場的次數很多，每次都提著長刀，在最前頭殺敵。」

腦海裡浮現了很多畫面，風月瞇了眼。

魏國的戰旗和戰袍都是深紅色的，那人偏愛穿一身銀甲，在戰場之上打眼極了，惹得對面的將領總是喊：「給我先殺了那個穿銀甲的！」

殷大皇子何等猖狂，面對的人越多越是無畏，一把偃月長刀直取敵兵首級，所過之處鮮血飛濺，血灑他臉上，那雙眼反而更亮。

「吾偏愛此甲，爾等若羨，儘可來取！」聲音清冷，卻迴響在整個戰場，鏗鏘若金響。

敵方將領是很想殺了他沒錯，但是很遺憾，殷戈止不但功夫高深莫測，那一身銀甲更是堅硬無比，連鐵頭的箭射上去，都只有清脆的迴響，傷不得他半分。

更可氣的是，當他們費盡心思突破魏國防守，想殺了魏國將領的時候，那殷戈止竟然直接拉弓，十丈遠的距離，一箭射穿了他們這邊將領的頭！

鮮血在陽光下噴灑成了雨，一片愕然之中，那魏國的大皇子面無表情，緩緩伸出手，衝著他們這邊勾了勾手指：

來，殺我啊？

血風捲過，深紅戰旗下的銀甲戰神，眉目若霜，無聲的張狂。

那時候的殷戈止是關風月見過的最霸氣的男人，所有魏國人都有一個共識——只要有大皇子在，他們永遠不會輸。

的確，在很長的時間裡，只要是殷戈止帶頭打的仗，從未有敗績，魏國百姓擁戴，皇帝也放心地讓他帶兵，大大小小的戰役，殷戈止才是最了解沙場舐血是什麼滋味兒的人。他不是沒受過傷，甚至說每次打仗都會受傷，但他無畏，甚至把自己當做吸引敵人的戰術安排。

有這樣的人在，魏國怎麼會輸？

但很可惜的是，魏國輸了，輸在平昌的山鬼谷，輸在那一封封「關大將軍」通敵賣國的書信上。

喉頭微緊，風月回過神，可憐巴巴地看向金媽媽：「手好痛啊。」

從震撼裡醒過來，金媽媽表情還有點呆滯，臉上的濃妝看起來都僵了，慌忙地道：「我讓靈殊給妳拿點止痛的藥，妳再忍忍。」

說著，踉踉蹌蹌地就打開門出去。

屋子裡安靜下來，風月側頭，看了一眼旁邊放著的銀甲。

她也曾有一套鎧甲，銀紅色的，上頭不知道濺了多少敵軍的血，也不知染了她自己多少的血。

但如今，她再穿這個，倒當真是不配了。

低笑兩聲，風月聳肩，搖頭不再想這些，自己給自己放寬了心，躺下繼續休息。

接下來的幾日，殷戈止沒有來夢回樓，大概是知道她沒法兒接客，也就沒必要來。

轉眼就是夢回樓開臺表演的日子，風月的手沒拆，只包得輕薄了些，手指能動，勉強能握把假刀。

「都準備好了嗎？」瞧著時辰差不多了，金媽媽在大堂的臺子後頭吆喝：「馬上就要開門接客了，你們可別搞砸了！」

「是。」一群小妖精們屈膝應下，有眼尖的掃著了角落裡的風月，低呼了一聲：「妳怎麼還不換衣裳啊？」

穿著常服坐在椅子裡，風月望著門口的方向，輕聲道：「妳們不覺得奇怪嗎？」

「什麼？」

「往常這個時辰，外頭早有不少轎子了。」風月道：「可今日，除了些徘徊的人，外頭什麼都沒有。」

有轎子的人才有身分，金媽媽這一齣戲也就是專門為有身分的人準備的，所以一聽這話，眾人都慌了，紛紛跑出去看。

招搖街的晚上熱鬧非常，夢回樓門口也不是沒有客人，但往常那些光鮮貴氣的轎子，今日當真影子都沒看見。

「這……」金媽媽傻眼了，想了一會兒，目光甚為驚恐地看了風月一眼。

那位爺在魏國厲害她知道了，可這是吳國地界兒啊，她請的都是有頭有臉的人家，怎麼可能當真如他所說，一個都不來？

風月也很奇怪，殷戈止在魏國就不論了，地位卓然。但在吳國，他也就只是個質子而已，憑什麼還能呼風喚雨的？

實在好奇，風月也管不得其他了，捏著假刀往靈殊手裡一塞，然後就上樓更衣、翻牆、直奔使臣府。

先前說過，殷戈止是被易大將軍抓回來為質之人，但不知道吳國忌憚他什麼，沒將他關起來，反而是把他當魏國使臣一般，讓他住在使臣府，好吃好喝地供著，也沒限制自由。

質子都當得這麼囂張的，可能也就殷戈止了。

使臣府外轎子倒是多，不止轎子，還有很多輛車頂立著銅虎和銅鶴的馬車。風月躲在旁邊，就瞧著那些人拖家帶口的，紛紛往使臣府裡走。

這是什麼情況？趕集呢？

看得實在疑惑，風月瞧了瞧後頭的人，乾脆混進去裝成個丫鬟，低著頭往裡走。

使臣府沒有接待，四處也沒見到家奴丫鬟之類的，這一群達官顯貴都是自覺地在朝主院走。風月掃了一眼，熟臉不少，多是夢回樓常客，但也有很多從未見過的人。

大門敞開，殷戈止坐在主位上，四下宴席齊擺。眾人進去，不管官職高低，年歲長幼，都拱手低頭：「殿下有禮。」

風月嘴角抽了抽。

上次吳國太子喊他殿下，她還覺得是人家有風度，不曾想，這吳國的文武官員，竟然也這麼喊？腦子壞了？

「在下只發了三帖，不曾想各位大人都來了。」殷戈止頷首回禮：「實在抬舉。」

「是吾等叨擾了。」前頭一個胖子賠著笑開口：「本也不該這麼厚著臉皮登門的，但聽聞殿下有收徒之意……下官之子有意從軍，還望能得殿下指點。」

「犬子也仰慕殿下多年，若能入室，下官感激不盡！」

「在下安世沖，久聞殿下威名，望殿下賜教！」

一屋子的人瞬間都開口求師，嚇得人群後頭的風月一個哆嗦。

殷戈止瘋了？竟然要收徒？

第7章　他在找人

她算是能明白為什麼這些個達官貴人一個也不去夢回樓了，殷戈止要收徒，那只要是個人，都想往這使臣府鑽——就算不想拜師，也定然想來看個熱鬧。

殷戈止剛入吳的時候，吳國皇帝就有意讓他教習宮中年幼的皇子，殷戈止以「身分尷尬」為由婉拒了。如今突然要收徒，為的是什麼？

不管為的是什麼吧，只要是他的徒弟，那舉薦為官就輕鬆多了，甚至能得皇帝賞識也不一定。為此，在場的各位大人爭先恐後，禮物都備了不少，就想得他青睞。

風月冷眼旁觀，覺得主位上那人這處境算不得好，一屋子達官顯貴，他拒絕誰都不妥。

殷戈止為什麼會做這麼自掘墳墓的事？

「承蒙各位厚愛。」嘈雜稍歇的時候，主位上的人終於開口：「各位大人如此盛情，倒是令在下難做了。在下收徒，僅收三人，多了是顧不過來的。若是各位都想爭一爭，那明日黃昏城西校場，在下恭候各位大駕。」

竟然還有考試？眾人都住了嘴，心下掂量，面上游移不定。倒是方才報了名字的藍衣少年毫不猶豫地上前拱手：「世沖必定前往，屆時還請殿下賜教！」

風月多看了他一眼，瞧著是個世家子弟的模樣，倒也沒多在意。

有他開口，其餘的人倒也紛紛應了，然後散在宴席上落座。看了一眼四處擺放的席位，風月就暗罵了一聲。

說什麼只發了三張帖子，這座位倒是擺得不少，很明顯早就料到會有這麼多人來。

不要臉！

「殿下府上雖然清幽，但沒個佳人陪著，到底有些冷清。」剛坐下的胖子又開口了，笑咪咪地朝著殷戈止道：「下官府上倒是有不少舞姬，勉強能讓殿下這裡熱鬧兩分。」

官場應酬的三大套路：吃飯、送禮、塞女人。其餘人都還在醞釀，沒想到被他先說了出來。

捏起酒杯，殷戈止平靜地道：「是在下怠慢，府上舞姬湊著熱鬧站著玩兒了，倒是忘記了本職。」

府上有舞姬？風月挑眉，左右看了看，正想說哪兒有傻姑娘站著看熱鬧看忘記了跳舞啊？結果再抬頭，就對上了主位上那人一雙清凌凌的眼。

「妳還愣著？」似乎是一早就看見她了，殷戈止很是從容地道：「這麼多人來，不該以舞相迎？」

啥？風月愣住了。

先不說她不是他府上舞姬，他也沒給銀子的問題吧，就算她是，可她現在這雙手僵得跟木頭塊兒似的，碰著疼，動得太激烈也會疼，怎麼給他跳舞啊？

「殿下。」乾笑了兩聲，風月緩緩抬起自己的爪子：「跳不了。」

彷彿跟不知道這茬似的，殷戈止的臉瞬間就沉了下去，怒斥道：「半點沒個規矩！觀止，把她給我帶去柴房思過，等宴席過後，再行處置。」

「是。」觀止應了，上前小聲告罪，然後就跟捏雞崽子似的，捏起風月就往外推。

「哎哎？」風月急了：「我又不是⋯⋯」

她想說，我又不是你府上的人，你憑啥關我進柴房啊？但話沒說出來，觀止出手如電，猛地點了她身上穴道，她只覺得喉嚨一痛，後頭的話就沒說出來了。

殷戈止抿著酒，面無表情地看著她被帶走。

風月這叫一個氣啊，她就是來看個熱鬧而已，憑什麼不點其他人就點她？看她好欺負是不是？低頭看了看自己，雙手都被裹著，一身紅紗衣籠著的小身板瞧著就柔弱，的確是很好欺負。唉。

認命地進了柴房，找了個乾淨點的角落坐下，風月看著觀止，眨了眨眼。

觀止略帶歉意地道：「主子吩咐，我只是照做。」

搖搖頭，風月又眨眼，抬下巴朝他露出脖頸。

別誤會，不是要勾引他，就是已經到了柴房了，這啞穴也該解了唄？

觀止恍然，連忙解了她的穴道，然後出去端了水進來，給她餵下。

「你們就愛欺負奴家這樣的弱女子。」一能開口，風月眼淚「唰」地就落下來了，側身倒在柴火堆旁邊，看起來當真是悽悽慘慘戚戚：「奴家只是路過瞧著人多來看看，你們怎麼這樣⋯⋯」

晶瑩的眼淚大顆大顆地劃過這張嫵媚的臉，看得觀止有些不忍，半蹲下來道：「我也不知主子為何要關妳，不過妳別哭了，等宴席結束了，應該也就放妳走了。」

嚶嚶嚶了好一會兒，順便用手擋著眼睛將四周都觀察了一遍，風月才嘆息著止了哭：「這地方黑漆漆的，你家有沒有丫鬟什麼的，叫來陪我也好。」

觀止搖頭：「整個使臣府只我一人伺候主子，一個丫鬟也沒有。」

嗯？風月挑眉：「廚娘也沒有？」

「是，主子要吃的飯菜都是我做的。」說起這個，觀止還有點擔憂：「雖然能吃，但是不太好吃，主子已經吃了一年了。」

他有時候也很怕自家主子吃出個好歹來。

風月垂眸，心想殷戈止的防備心也太重了，這麼大的院子，所有工作全給觀止做？觀止竟然沒造反，真不愧是殷戈止最忠誠的手下。

身在別國為質，待遇極好又自由，難免就防著有人要害自己。風月能理解，但還是同情地看了觀止一眼：「辛苦你了。」

觀止一頓，輕笑：「伺候主子，哪有什麼辛苦不辛苦的。」

看了看外頭，風月道：「既然只有你一個人伺候他，那你還在我這裡做什麼？宴席上你家主子怎麼的也得要你幫襯一二吧？」

「這個……」摸了摸鼻梁，觀止顯得很不好意思：「主子剛剛吩咐我，說要看緊妳。」

風月：「……」竟然對她這麼狠?!

深吸一口氣，眼淚又出來了，她哽咽道：「奴家只是個弱女子，你家主子這是幹嘛啊？」

「我也不知道。」觀止吶吶道：「先前從夢回樓回來就讓我去查妳的身分來著，可惜妳是青樓人，也沒什麼熟人和親友，所以我什麼也沒查到。」

以耿直著稱的殷戈止隨從觀止，在此刻又展現了自己老實的一面，竟然把這些話，都對她講了！風月哭不出來了，背後起了一層冷汗。

她太天真了，以為殷戈止從來沒懷疑過她什麼，也以為自己能蒙過去，但她怎麼忘了，十戰九勝的殷大皇子，做事一貫滴水不漏，面面俱到。只要讓他起了疑心，那絕對會將她查個底兒掉。

可是，那又如何呢？知道她是誰的人都已經死了個乾淨，有本事他下地府去查！

「妳別激動啊。」觀止連聲安撫她：「我們主子在找個人，所以對形跡可疑的人都有些敏感，凡是身邊的人，都會這樣探查的，不止對妳。」

風月啞聲道：「你不用安撫我，我沒激動。」

看了看她血紅的雙眼，觀止聳了聳肩，沒激動就沒激動吧，她說什麼便是什麼。

柴房裡安靜了片刻之後，風月才想起來問：「你家主子在找什麼人？」

觀止道：「一個故人，具體是誰我也不知，但主子已經找了三年了。」

三年？心裡一跳，風月愕然：「男的女的？」

認真地想了想，觀止道：「男的吧，三年前魏國發生了很多大案，有不少人被牽連，主子好像有個朋友也被捲進去了，不知下落，所以一直在找。」

男的。

一口氣鬆下去，扯得手骨生疼，風月白著小臉兒想，她怎麼又自作多情了，三年前殷戈止睡過的女人都能組第二個夢回樓了，還指望他會痴心地找誰三年？

還不如指望夢回樓有一日能變成學堂呢。

「你怎麼這麼放心地把這些事告訴我啊？」風月抬頭，突然問了觀止一句。

觀止笑道：「也不是什麼祕密的事情，現在反正也無事，便當聊天了。」

「哦？」風月來了精神：「那能聊聊你家主子現在在吳國的情況嗎？我很好奇他為什麼還這麼厲害。」

她是不忍心看曾經尊貴如神祇般的人落魄的，但看殷戈止這麼風光，她也不太樂意。

一聽這個問題，耿直的觀止直接閉了嘴，伸手捏住嘴唇，朝她搖頭。

這個不能說。

翻了個白眼，風月暗暗地嘀咕：「連手下都調教得這麼滴水不漏，真是個變態！」

「妳要麼把話放在肚子裡別出聲，要出聲了，聲音再小我也能聽見。」

門口的光一暗，有陰風吹了進來，風月喉頭一噎，下意識地打了個哆嗦，然後抬頭看去。

殷戈止跨進柴房，一身白衣纖塵不染，如神仙般遺世獨立，俯視著她這個在灰塵裡的凡人：「罵我？」

「沒有沒有！」連忙搖頭，風月道：「奴家正誇您身邊的人懂事呢，嘿嘿嘿。」

半垂著眼，殷戈止慢慢彎腰下來，湊近她的臉，眼裡神色陰暗，修長的手指輕輕點在她的肚子上：「下次罵，放進這裡，不然，我幫妳把舌頭放進這裡。」

這人，分明是陰狠嗜血的修羅王，卻還非穿一身潔白的衣裳！風月心裡冷笑，面上卻再也不敢造次，跪得端端正正的，諂媚地道：「奴家再也不敢了，不過請問殿下，您把奴家關在這裡，有什麼事啊？」

第8章　聲音

聽聲響外頭的宴席應該還沒結束，殷戈止竟然中途過來了，風月有點忐忑。

揮手讓觀止先去前頭應付，等柴房門關上，四周一片黑暗的時候，殷戈止才平靜地問：「妳怎麼找過來的？」

風月乾笑，就著方才的話就想再那麼解釋：「我是順路看熱鬧……」

黑色的瞳孔在黑暗裡亮得懾人，驚得她不敢說下去。這種漏洞百出的謊言，騙騙觀止還可以，在這尊大佛面前，還是省省吧。

深吸一口氣，風月咬牙。

既然騙不過，那就演吧！

「事已至此，再瞞也無甚意思。」長嘆一口氣，語氣瞬間誠懇了起來，風月抬頭，看著自己面前的人，眼裡水光瀲灩：「奴家一早便知您乃魏國大皇子，自然也就知道您住使臣府。今日夢回樓沒有貴人來，想起前些日子與殿下說的話，奴家便過來看看。」

一早便知？殷戈止冷笑出聲，伸手就捏了她的下巴，一點力氣也沒省，捏得她小臉發白。

「妳為什麼會知道我是魏國皇子？」

疼得吸著涼氣，風月慌張地道：「您聽奴家慢慢說啊！奴家小時候在魏國，您不是經常從皇宮北宣門去往北邊的校場嗎？奴家的家就在那條路上，所以看見過您很多回！您總是一身銀甲，墨髮高挽，看起來威風極了！」

手頭微鬆，殷戈止抿唇：「有這麼巧？」

「不是巧。」風月深情款款地看著他：「而是每日黃昏，奴家都會在家門口等著您經過，不過四周等著的人太多了，您也不可能注意到奴家。」

「奴家從您到了吳國開始就很在意您的處境，所以自然知道您住在使臣府。今日要來尋，自然也就方便。」

鬆開她的下巴，殷戈止半跪在她身側，手往下移，直接掐住了她的脖子：「既然一早知道我是誰，妳為何不說？」

一口氣喘不上來，風月猛地掙扎：「您……別一邊想讓奴家回答……一邊掐著脖子不讓說話啊！」

力道小了些，手卻還是在她脖頸間未鬆，殷戈止有些不耐煩了：「快說！」

「奴家是一早知道，可沒曾想與您的相識這麼不愉快，自然就不敢說了。」咳嗽兩聲，風月垂了眼眸：「您是高高在上的皇子，奴家不過是下賤的妓子，哪來的勇氣跟您說奴家一直仰慕您？」

「仰慕我？」眸光微動，殷戈止湊近了她，黑暗之中兩人呼吸都融成一處。

「既然仰慕我，那在夢回樓掛牌求客那日，妳想勾搭的，為什麼是吳國的太子？」

嚥了口唾沫，風月捏緊了拳頭，難得臉上的笑意還掛得住：「那是因為，奴家雖然仰慕殿下，卻不敢接近殿下。那麼多的貴客在場，奴家只想隨意挑個人，誰知道天意弄人，奴家還是掉進了殿下的懷裡。」

仰慕卻又不敢接近？殷戈止「嗤」了一聲：「妳再編。」

編不下去了啊！風月咬牙，感受著面前這人溫熱的呼吸，乾脆一不做二不休，撐起身子就吻上他的唇。

殷戈止的嘴唇很涼，跟他的人一樣，被她的唇瓣摩擦，半晌才有了點溫度。

「殿下不相信奴家，奴家也不知道該怎麼辦，奴家是真心愛過殿下，但殿下身邊佳人如雲，奴家實在不敢造次。」輾轉親吻，風月不敢闖這大魔王的牙關，只敢在外頭磨蹭，低聲呢喃：「但現在老天既然給了奴家機會，奴家很想陪在殿下身邊，不離不棄，一生一世。」

明知道這人說的是假的，也明知道她很可疑，這些話入耳，殷戈止竟然覺得心口微微發燙。

柴房裡寂靜了半晌。

「說是不敢造次，也沒見妳老實。」半晌之後，殷戈止淡淡地開口，眼裡的殺意淺了，伸手抓住她想往自己腰上盤的腿，冷哼了一聲。

逃過一劫。

風月額上出汗，已經是緊張到了極致，黑暗裡一雙狐狸眼眨巴眨巴的，確定這人沒再想弄死自己，那就乾脆纏他更緊點。

柴房不是個好地方，至少對於觀止來說，要洗這一身白袍會非常麻煩。但殷戈止顯然沒考慮這個問題，伸手脫了外袍塞在她背後，然後便對傷員進行了慘絕人寰的摧殘。

疼得叫了一聲，風月紅著臉惱了：「殿下來吳國是不是沒再夜召了？」

這是憋多久了？

冷哼一聲算作回答，殷戈止伸手扣著她的手，學她當初那樣，十指相扣，然後頓了頓。

為什麼這樣握著她，會有一種特別踏實的感覺？

身子糾纏，在黑暗中像兩條交纏的蛇。許是這地方太刺激，風月沒忍住，叫出了聲。

身上的人稍頓，伸手撫了她的臉：「再叫一聲。」

臉紅到脖子根，風月扭頭，死死咬緊牙關。

殷戈止莫名地有些在意，手指摩挲著她的唇，動作激烈了些。然而，直到最後，風月也沒再開口。

觀止應付了前頭的一眾官員，送人離開之後，才跑到柴房去看情況。

一直沒再去前堂，主子是怎麼了？

柴房門大開，裡頭已經沒人了，倒是那柴堆上掛著點紅紗，瞧著很是眼熟。空氣裡的味道有些曖昧，觀止想了想也就明白了，立刻體貼地去廚房燒水。

主院的臥房裡燈火通明，風月被人抵在床頭，目光楚楚可憐：「這麼亮，還是把燈熄了吧？」

沒理她的要求，殷戈止扯了腰帶就將她兩隻受傷的爪子固定在了床頭。

「妳知道我夜召的事情。」這是陳述句。

「自然是知道。」風月媚笑：「當初澧都無數姑娘仰慕殿下，自願獻身，殿下婉拒，卻惹了三司使家庶女羞愧自盡。之後殿下就開了東宮的側門，只要是送上門來的女子，來者不拒。」

「殿下也是挺善良的。」

善良？殷戈止冷笑出聲，當初三司使楊毅家的女兒死了，楊毅那老東西上書列他十大罪狀，諸多抗議，父皇為了息事寧人，才讓他開的東宮側門。這些個無知的女人，還當他是善良慈悲？父母養那麼多年，隨隨便便就對個不曾相識的男人自薦枕蓆，還自盡丟命，這樣的女人，死一個少一個！要不是父皇施壓，他會讓她們看看什麼是煉獄，也免得都把他當成風度翩翩的如意郎君。

「妳難道也進過東宮？」回過神，他看著身下的人問。

風月笑著搖頭：「怎麼會呢？奴家只是民女，哪有本事進宮？只是聽旁人說，殿下不喜燈光，所以總惦記著想把燈滅了。」

第一回伺候他的時候，燈也是滅了的，他還當她與他有一樣的習慣，原來是早就知道。

輕哼一聲，殷戈止一口咬在她脖頸上。

很糟糕的情況，不知道是不是太久沒碰過女人，還是別的什麼原因，身下這具身子，實在叫他沉迷得緊。這才幾日不見，他就這般想念這味道了。

這樣不太好。

不過就算不好也是明日再論了，送上門來的肉，他從來不拒絕。

燈火未歇，風月難得地看了殷戈止的臉一整晚，直到乏了，才被他擁著，緩緩睡去。

……

「妳的聲音很奇怪。」黑暗之中，他湊近身下人的耳側：「是在掩飾什麼？」

「嗯……世人皆知自薦枕蓆為賤，妾身這樣說話，也不過是不想以後被殿下認出，鄙夷而已。」

「哦？」他挑眉：「到這裡來的人，都是想嫁給我的，妳不想？」

「想，但是知道嫁不成，所以不貪。」

古裡古怪的聲音，像是捏著鼻子說出來的，殷戈止在夢境裡走著，聽著這些話，滿臉茫然。

「殿下！」古怪的聲音消失了，遠處倒是有隻狐狸跑過來，一身紅色的毛，眨巴著眼睛道：「您看奴家美嗎？」

再美也是個畜生，殷戈止皺眉，還沒來得及想狐狸為什麼會開口說人話呢，身子就被人晃得七魂歸位了。

「殿下，該用早膳了！」依舊是狐狸的聲音。

睜開眼，殷戈止猛地坐起來，睜眼就看見了風月。

沒穿外袍，就穿了一件裏胸長裙，玲瓏的鎖骨露在外頭，還印著不少痕跡。

「妳衣裳呢？」他皺眉。

不提這個還好，一提風月就扁了扁嘴：「被您昨日扯壞了，奴家可沒帶衣裳來。」

「……」揉了揉眉心，殷戈止抿唇。

他是有點過了。

「先用早膳吧！」指了指桌上的飯菜，風月笑咪咪地討賞：「觀止說他做的飯不好吃，所以妾身去教了他怎麼做，您來嘗嘗，是不是好吃多了？」

她教觀止？上下掃了一眼這模樣，殷戈止沉了臉：「就算妳是妓子，也好歹有點自尊。穿成這樣去教我的隨從？」

熱情期盼的一張臉，沒想到就這麼撞上冰山，凍得話都說不出來。風月低頭，扯了扯自己的裙子，聳肩，轉身就出門。

「站住！」殷戈止低斥一聲：「跑哪兒去？」

「去找衣裳，還能跑哪兒去？」站在門口沒回頭，風月道：「放心吧，奴家又不是殿下的人，丟不了殿下的臉！」

第9章　大方的客人

被她這話一噎，殷戈止倒是不知道回什麼好，只能冷眼看著她往院子的門口走。

「姑娘這是去哪兒？」觀止端著菜進來就撞上了她，瞧了瞧風月的臉色，嚇了一跳。

「你的手端菜穩嗎？」停下步伐，風月扯著嘴問了他一句。

觀止點頭：「很穩啊，保證不會灑！」

「那就好。」點點頭，風月伸出兩隻爪子，逮著人家腰帶就解，慢條斯理地解開之後，咬著人家外袍就扯！

「哎哎哎！」觀止傻眼了，下意識地配合她脫了外袍：「姑娘？」

「謝了。」朝他咧了個齜牙咧嘴的笑，風月裹上衣裳，鎮定地越過他便出了院門。

低頭看了看自己，又看了看那胡亂裹著男人袍子的嬌媚影子，觀止簡直是丈二的和尚摸不著頭緒。

滿臉疑惑地進了主屋，就看見自家主子面沉如水，眸子裡滿滿的都是戾氣。

「怎麼了這是？」放下盤子，觀止問：「您又凶人了？」

「我凶？」殷戈止嗤笑一聲，臉上的線條冷硬如鐵：「她如此不知檢點，我還說不得？」

「主子。」嘆息一聲，觀止勸道：「您可以說，但您說話啊，向來直接又傷人。風月姑娘好歹一大早就起來教屬下給您做菜，您瞧，全是您喜歡的。」

四樣小菜一碗青豆粥，與之前觀止做的簡直大不相同。方才沒注意看，現在瞧著，倒是真餓了。

「你告訴她要做這些的？」嘴角動了動，殷戈止斜著眼睛問。

觀止搖頭：「屬下沒說，風月姑娘自己說的做這幾樣。」

捏著筷子的手一頓，殷戈止瞇眼。

還真是很了解他啊。

慢慢地享用了早膳，殷戈止眉頭平復，難得地心情好了點。

「送點東西去夢回樓吧。」嫌棄地看著桌上的殘羹剩飯，殷戈止道：「到底是來我這裡過了一夜，不給東西，倒顯得我小氣。」

「是。」觀止躬身。

夢回樓。

風月剛鑽過狗洞，就看見面前站了一雙男人的腿，一雙褲子脫下來堆在腳踝處的、男人的腿。

「啊！」

像是看見了風月，男人身上的斷絃尖叫了一聲，嚇得那男人也一個哆嗦，抱著斷絃後退了好幾步。

「妳幹什麼！」看清是她，斷絃惱怒地吼了一聲。

抬頭看了看天上掛著的太陽，又看了看面前這對抱著的鴛鴦，風月站起身，掩唇一笑：「不好意思打擾了。」

然後裹著衣裳就往樓裡衝。

斷絃咬牙，狠狠地瞪了她的背影一眼，然後咬唇看向面前的人：「大人，我們繼續？」

這還怎麼繼續？推開她，滿臉橫肉的恩客提起了褲子，朝著風月跑的方向看了好幾眼：「那是誰？」

「樓裡新掛牌的姑娘。」心裡惱恨，嘴上自然也沒好話，斷絃攏了衣裳道：「就是那個脫光了跳舞送人家懷裡去的那個。」

「哦？」恩客來了興趣：「長得倒是分外動人。」

說著，就跟著往樓裡走。

斷絃慌了，這個客人可是個大方的，怎麼能就這麼放走了？

「大人！」軟綿綿地纏上去，斷絃道：「您同奴家還沒玩夠呢，稍後再理會她不遲，人又跑不了。」

背後一軟，恩客止了步伐，想了想，還是先將背後這妖精壓在假山上。

好不容易換了衣服喘口氣，風月都沒來得及躺下，就聽得門「哐」地一聲被踢開。

靈殊皺眉，看著門口站著的斷絃，不高興地道：「姑娘這氣勢洶洶的，是要做什麼？」

「我做什麼？」斷絃皮笑肉不笑，抬著手腕撫著上頭的金鐲子，斜眼看著風月道：「我什麼也不做呀，就是想問問風月姑娘，這鐲子好看不好看？」

不慌不忙地在軟榻上坐下，風月笑咪咪地點頭：「好看，流光溢彩，一看就很值錢。」

這平淡的態度真是比什麼都讓人生氣！斷絃咬牙，怒道：「再好看，那也是我的，誰要是變著法兒想來搶，那就別怪我不客氣！」

「誰稀罕個鐲子？」靈殊不高興地道：「我家主子又不是沒有。」

「妳家主子有嗎？」睨了靈殊一眼，斷絃哼道：「下作的東西，能得什麼大人物賞識？別以為被人包場就了不起，得的賞錢少，以後還不夠妳的棺材本！」

「多謝姑娘提醒。」風月正了神色，一臉嚴肅：「我一定會好好存棺材本的。」

一副晚輩受教的模樣，看得斷絃更氣了，張口卻再罵不出什麼來，只能氣哼哼地下樓。

樓下的大堂裡坐著幾個早起的姑娘，斷絃一下去，幾個人就圍在一起嘀咕，時不時地朝樓上風月的房間看一眼。

「主子！」靈殊單純，經不起氣，跺著腳就道：「她們怎麼這樣欺負人？」

風月很喜歡靈殊，招招手就道：「乖，過來。」

水靈靈的小丫頭湊到她跟前，風月舉著僵硬的手也調戲人家：「欺負人的都是壞姑娘，我們不理她們！等會我給妳銀子，妳買綠豆糕我們躲著吃，好不好？」

靈殊咬唇，大眼睛淚汪汪的：「好是好，但是主子，奴婢剛梳好的頭髮！您這樣摸，全亂了！」

咯咯咯地笑起來，風月沒停下，跟個大尾巴狼似的道：「不亂不亂，靈殊怎麼樣都好看。」

說著，還伸下巴去蹭人家髮髻。

靈殊吱哇亂叫，滿屋子蹦躂，總算是忘了方才的不愉快。風月笑咪咪地看著她，眼神頗為慈愛。

「風月！」金媽媽一聲叫喚從夢回樓正門直達風月房門，聲音洪亮，直衝雲霄，嚇得風月差點從軟榻上滾下來。

「快下來！」

滿樓的人都聽見了這聲音，大堂裡幾個碎嘴的姑娘更是幸災樂禍地伸長了脖子。

又闖什麼禍了？

舉著手臂下樓，風月心裡「咚咚」直跳，生怕是誰在背後給她捅了刀子。

然而，跑到門口，卻見金媽媽一張臉笑得跟菊花開了似的：「快來謝謝人家！」

啥？風月扭頭，就看見觀止背著長刀站在門口衝她笑，旁邊放著四擔禮盒。

四擔?!

紅綢繫了的擔子，跟聘禮似的。大大小小的錦盒塞得滿當，放在民間，可不就是聘禮的規制麼！

第10章　吳國太子爺

怔愣在原地，風月半晌都沒能出聲，眼睛直勾勾地盯著那紅綢帶，喉頭微動。

「姑娘？」觀止笑道：「這是我家主子送姑娘的謝禮，說姑娘辛苦了，早膳很合口味。」

謝禮。

眼神晃了晃，風月低低地笑了一聲：「你家主子可不會說這麼好聽的話，是你說的吧。」

這都能猜到？觀止有點尷尬，摸了摸自己的鼻尖。

深吸一口氣，風月重新掛上笑容，朝觀止行了個禮：「公子大方，奴家受了，多謝。」

朝她頷首，觀止道：「在下就先回去了。」

「慢走。」

金媽媽一直在旁邊笑，等人走了把東西抬進大堂，更是笑得喜氣盈盈：「風月好福氣啊，真是好福氣，一來就遇見個這麼大方的客人，這一堆東西，媽媽都看得眼紅！」

斷絃那頭的幾個姑娘剛剛還在嘲諷風月上不得檯面，現在就被這一堆東西給震傻了眼。

「不可能吧？能送這麼多東西？」微雲姑娘連忙湊過來，打開幾個盒子看了看。

珍珠、瑪瑙、金器、銀器樣樣都有，全是女兒家喜歡的，價值不菲。

「妳做了什麼？」斷絃陰陽怪氣地問：「能得這麼多東西。」

風月聳肩：「就做本分之事，恩客大方罷了。」

這下她棺材本是有了。

一眾姑娘看得心裡都不是滋味兒，靈殊倒是高興了，飛快地衝下來就開始搬：「來人幫個忙啊！」樓裡的打手紛紛上來幫忙把東西搬進風月的房間，風月瞧著，也沒上去，就坐在大堂裡等。

一個時辰之後，果然有人來敲夢回樓的門了。

「誰啊這是？」金媽媽跑去開門，小聲嘀咕：「我們是做晚上生意的，白天來什麼人……」

門打開，一位常客的管家站在外頭，笑咪咪地道：「我家老爺點了風月姑娘的臺，這會兒方便過府嗎？」

這會兒？金媽媽愣了愣，回頭看了風月一眼。

風月笑著搖頭：「不方便，奴家最近是被人包了場的，不走別家的臺，還請大人見諒。」

管家一聽，神色微動，轉身就上馬跑了。

「這是怎麼回事兒？」關上門，金媽媽道：「怎麼白天來點臺？」

「晚上點的，才是妓子的生意。」風月瞇著眼笑：「白天點的，自然就不是我該做的生意。」

聽得雲裡霧裡的，金媽媽疑惑地坐在旁邊，也不敢多問。

過一會兒又有人來敲門，換了個奴才，依舊是點風月的臺，風月也同樣推辭了，繼續等著。

殷戈止來夢回樓點人臺不稀奇，讓妓子留宿陪夜也不稀奇，但是送這麼多東西來青樓，那自然就引人注目了。

誰都知道殷戈止這個人沒有弱點，連後院裡都空蕩蕩的，一個女眷也不收。突然對個妓子感興趣，那定然會有很多人也同樣感興趣。

申時一刻，該來的人終於來了。

「天還沒黑，難得夢回樓的大門今日是敞開的。」

溫柔的聲音帶著笑，同那人青色的衣角一併掃進來，風月抬頭，就對上了葉御卿一雙如清河般的眼。

「公子。」金媽媽已經見怪不怪了：「您也是來點風月的臺嗎？她今兒不接……」

「公子裡頭坐。」風月起身，笑得嫵媚多情，朝著葉御卿就行了福禮。

金媽媽：「……」這唱的是哪齣啊？

眼角帶笑，葉御卿盯著風月看了看，道：「看來風月姑娘今日生意不錯。」

「承蒙厚愛罷了。」風月低頭：「公子是來尋人的，還是也想跟風月聊聊天？」

「姑娘救了掌珠，傷勢未癒，在下自然是來尋姑娘，並且想跟姑娘聊聊天。」

葉御卿生了一雙極好的鳳眼，貴氣十足，偏生溫柔多情，跟這種人相處，就比對著殷戈止那張死人臉要好多了。

笑了笑，風月側身作請：「去樓上吧。」

頷首應了，葉御卿側頭示意身後隨從在下頭等著，然後便隨她往上走。

金媽媽被塞了兩錠銀子，聳聳肩也不打算管了，關上門就去歇著。倒是對門的幾個姑娘，看見風月引了新客人，心思各異。

「姑娘看起來並未靜養。」進屋坐下，葉御卿看了看風月的手：「傷得不輕，還能活動？」

打發了靈殊去買綠豆糕，風月笑道：「奴家又不是什麼高貴的身子，哪裡靜養得了？這幾日用的藥甚好，手指勉強能動，也就沒包那麼嚴實了。」

就算能動，動著也應該很痛吧？葉御卿搖頭，放了扇子就捧了她的手過來，仔細瞧了瞧。

兩人瞬間捱得很近，風月甚至能看見他長長的睫毛。

吳國的皇后一定長得很好看，不然也生不出這般如玉的太子。要說殷戈止是一把嗜血的鐵劍，那葉御卿一定就是錦盒綢緞上放著的無暇的美玉，觸手溫潤，半點刺也沒有。

「妳的手。」葉御卿抬頭，正好對上她的眼睛：「經脈好像不太暢通。」

「公子連這個都看得出來？」風月淺笑：「以前就斷過，經脈自然不暢。」

「習過武嗎？」他輕聲問。

「不曾習武。」風月臉不紅心不跳地搖頭：「先前也就幫家裡下地做過農工作，有過繭子，如今也已經都沒了。」

農人家出身的啊……葉御卿勾唇，盯著她看了一會兒，伸手撫上她的臉。

「妳長得很好看。」他真誠地道：「那日看妳一曲舞，在下便想，要是能做姑娘入幕之賓，倒是美事一樁。」

「哦？」風月挑眉，有些奇怪地看著他：「他們都罵奴家下作，比不得琴棋書畫高雅呢，公子竟然喜歡？」

葉御卿搖頭，笑得風流萬分：「來這種地方尋什麼高雅，就是尋個開心自如而已。若要高雅，在下家裡豈不是更多？」

瞧瞧人家多想得開啊！要不是手還僵硬，風月都想給他鼓個掌，不愧是一國太子！

努力想紅個臉，裝得害羞嬌俏一點，然而憋了半天臉就是不紅，風月放棄了，還是老實地直接開口問：「您如今，是想要奴家？」

「姑娘如此美豔，在下若是不要，豈不可惜？」伸手勾著她的下巴，葉御卿調笑：「只是不知道姑娘方不方便？」

眼裡媚意橫生，風月低笑：「客人上門，哪有什麼不方便的？」

葉御卿頷首，起身就將她給抱了起來，紅色的紗裙在空中翻飛，動人得緊。

「妳太瘦了。」慢慢往床榻的方向走，他低聲在她耳畔道：「得多吃點。」

氣息溫熱，帶著些香草的味道，終於是成功讓風月紅了耳朵。

「公子說笑，再吃，您可就要抱不動了。」

「妳再重些，我也抱得起。」慢慢地將她放進被子裡，葉御卿眼裡滿是深情：「若是抱不動了，那我便讓人用轎子抬。」

多會說話啊！這樣長得俊俏又溫柔的男人，簡直讓人無法抗拒。

在他的眼裡，風月瞧見有些怔愣的自己——清晰的、像是被珍寶一樣看著的自己。

這世上竟然還會有人把她當珍寶。

氣氛曖昧起來，葉御卿愛憐地看著她，玉節一般的手指緩緩劃過她的衣襟。

「嘭！」

衣襟還沒劃開，門卻先被人踢開了，屋子裡的香氣瞬間散去，風月和葉御卿雙雙側頭，就見殷戈止一身玄衣，冷漠如陰曹地府剛歸來的鬼神，雙眸含霜地看向他們。

「要是在下沒記錯，今日她尚且是歸在下的。」跨進門來，殷戈止道：「殿下是來搶人了？」

「原來你包場的日子還沒結束。」停了動作，葉御卿看了他一眼，又低頭，將風月的衣裳仔細整理好，然後攬著她的腰起身：「如此，那就當真是在下冒犯了。」

對他最感興趣的吳國太子，看著他在青樓點的人，會不知道他到底包了人幾天？殷戈止垂眸不語，斜眼看向風月，眼裡嫌惡之色更濃。

是個人就能勾搭上床，也是好本事！

風月很無辜，她是妓子好不好？又不是誰家媳婦，難不成還要立個貞節牌坊？再說了，今兒一早是他那麼嫌棄她的，誰知道他還繼續要她啊？

沒忍住，風月翻了個白眼，直直地砸在殷戈止的臉上。

剛好瞧見她這表情，殷戈止一愣，怒極冷笑，怎麼著？這是找到新的恩客了，敢衝他甩臉子了？

「在下還有事，要帶她去一趟校場。」伸手抓了她手就將人拉回來，殷戈止朝葉御卿點頭：「就不打擾殿下了。」

這一扯扯得風月臉色發白，敢怒不敢言，渾身毛都要炸起來了！

故意的是不是？她手骨還在癒合，是這麼扯的？

葉御卿也微微皺眉，看了她一眼，撿了桌上的扇子道：「正好今日閒暇，我也正好去校場看看，不如就一起吧。」

沒應也沒拒絕，殷戈止只輕輕頷首，然後就跟扯破布似的扯著風月下樓。

「喂。」有些忍不住了，風月冷汗涔涔，也不用敬語了，直接咬牙道：「很痛，手要斷了！」

前頭的人恍若未聞，拉著她出門上馬，將她放在自己身前。策馬起步之後，再低聲道：「妳該更痛點，才知道教訓。」

第11章　您心情不好？

知道什麼教訓？輕輕揉著手，風月冷眼瞧他：「奴家做錯了何處，惹得公子這般生氣？」

「錯了何處？」殷戈止下頷的線條收緊：「我一開始就警告過妳，莫要接近太子。」

她倒是好，一轉眼都接近得上了床！

握著她腰的手微微用力，他策馬，馬蹄高揚，顛簸得風月下意識地抱了馬脖子。

「是他主動上門尋奴家，奴家開門做生意的，有拒絕的道理嗎？」微惱地看著前頭的路，風月道：「公子若是本事，就該攔著太子不讓他進奴家的房門，怪在奴家身上算什麼本事？」

「……」牙尖嘴利。

為什麼怪她？那是因為她那姿態分明就是樂於伺候太子，半點沒有推辭的意思！葉御卿是何等聰慧之人，萬一被他加以利用，這女人怎麼死的都不知道，說不定還會連累到他。不怪她，那該怪誰？

「殿下。」後頭馬車裡的人掀開車簾，看著那越跑越快的馬，忍不住皺眉：「風月姑娘還有傷在身，不如讓她上車來坐吧？」

殷戈止頭也沒回：「不必，她自己願意騎馬。」

願意你奶奶個熊！風月咬牙，可憐巴巴地回頭看了一眼，眼神裡滿是淒涼、不捨、無奈、哀怨。

葉御卿搖頭嘆息：「殿下實在不懂憐香惜玉。」

「在下自然不如太子懂女人。」說是這麼說，殷戈止到底還是有人性的，稍微扯了扯韁繩，垂眸瞥了前頭的人一眼。

倒是聰明，知道抱馬脖子，不過臉色是當真難看，側臉連著脖頸都雪白一片。

還真顯得他禽獸不如了。

薄唇微抿，手裡有千百條人命的殷大皇子難得地動了一下惻隱之心，收手勒馬，低聲問她：「想坐馬車？」

風月已經半死不活了，趴在馬背上哼也懶得哼，直接裝死！

以前總有人說，殷大皇子冷血無情，不把人當人，她還覺得是人家惡意汙衊。現在落在自己身上，風月才發現，這丫的豈止是冷血無情，簡直是畜生不如！妓子怎麼了？妓子就不是人了？幸好她會騎馬，換個嬌弱的姑娘來，還不給人家顛簸得直接墜馬見閻王去了？

活該一直娶不到老婆！

正嘀咕呢，背後的人好像就下了馬，接著捏著她的腰，將她也扯了下去。

「幹嘛？」沒好氣地問了一聲，風月身子軟得跟海帶似的，就這麼掛在他手上，完全放棄抵抗。

反正抵抗也沒什麼用。

殷戈止沒吭聲，拎著她等後頭的馬車跟上來了，便帶著她一起坐了上去。

這就讓人有點意外了，風月眨眼，被放在軟軟的坐墊上，衝著對面的葉御卿露出一個燦爛的笑容，然後才小聲問：「公子這是不忍心了？」

拂了衣襬坐在她旁邊，殷戈止面無表情地道：「不是，只是突然記起律法，殺人償命。」

風月：「……」

葉御卿失笑，搖著扇子道：「外頭太陽出來了，還是車裡涼快。」

「對啊。」整理好微微凌亂的髮髻，風月淺笑：「馬車好。」

殷戈止冷哼，轉頭看向車窗外，不再開口。風月的小媚眼就衝葉御卿直拋，後者眼神微動，勾唇笑得意味深長。

等眼睛累了，風月才側頭，看了一眼旁邊這人。

殷戈止今日這一身玄衣很是英氣，與穿白衣的時候判若兩人，墨髮一半在頭上梳了髻，另一半垂下來落在肩上，風吹過來就蹭上他鋼鐵般的輪廓，很是令人心動。

他這副皮囊也真是上天給的恩賜，以至於不管他脾性多差勁，軍營裡的姑娘們總是前赴後繼，比攻高地還跑得積極。年少無知的少女們，總覺得相貌堂堂就是如意郎君，將一顆芳心錯付，最後碎得渣子都不剩。

愚蠢又可憐。

輕搖著扇子，葉御卿不動聲色地看著面前這兩個人，或者說，就盯著風月看了。

這姑娘長得極美，至少在他見過的人當中，容顏上乘。兩彎柳葉眉，一雙丹鳳眼，鼻梁比一般的女子挺拔些，帶了點英氣，但脂粉用得濃，嫵媚誘人之感更甚。額間貼了金紅色的花鈿，映得眉目更加多情。

要只是個妓子，興許他是會看上，然後與她相好一陣子也就罷了。但眼前，她看殷戈止的眼神實在含了太多東西，也許她自己都沒察覺，似愛似恨，掙扎萬分，那濛濛的霧氣，像極了躺在他身下時候的樣子。

突然就很想知道，她背後到底有什麼故事。

能讓他感興趣的人太少了，這一年裡也就出了個殷戈止，甚巧的是，殷戈止感興趣的這個女人，恰好也讓他有了興趣。

那不如，就一起看看吧？

車輪「吱呀」一聲，馬車停了，外頭的奴才搬了小凳子放在車轅邊，殷戈止直接就下去了。

風月回神，提著裙子正要出去，卻見葉御卿先動，輕聲帶笑地道：「妳慢些。」

嗯？風月茫然，看著他下車，扇子一合就替她挑開了車簾，然後伸手給她，風度翩翩地道：「請。」

還沒受到過如此待遇，風月有點錯愕，半晌才回神把手放進他手裡，藉著力下了車。

「多謝。」

殷戈止冷眼旁觀，眼裡滿是譏誚，風月硬著頭皮將手收回來，慢慢挪到他身邊站著。

「奴家一直沒來得及問。」風月道：「這種地方，公子帶奴家來做什麼？」

「有用。」扔下這倆冰冷得跟冬天的鐵塊兒似的字，殷戈止轉身就往校場裡走。

冷得打了個哆嗦，風月聳肩，提著小裙子就跟了上去。

校場是她很熟悉的地方，雖然是吳國的校場，但一聞到沙子跟鐵鏽的味道，風月就覺得很踏實，心情都好了點。

因著昨日收徒之邀，今日來校場的人還真不少，時辰尚早，已經有七八個少年站在場地裡，拿著兵器架上的東西隨意耍練。

殷戈止沒看他們，招呼也沒打，帶著觀止就先往旁邊的閣樓裡走。

「主子。」身後人隔得遠了，觀止才皺眉開口：「您今日心情不是很好，要不要屬下拿點降火的茶回去？」

殷戈止冷笑：「你哪裡看出我心情不好？」

觀止撇嘴：「屬下好歹跟了您十年了，您什麼樣的情緒屬下看不出來？不過這般不高興還是少見的，屬下有些擔心您。」

這是實話，十年的效忠，觀止是唯一得到殷戈止全部信任的人，自家主子總是板著臉，旁人看不出情緒，也只有他知道主子是高興還是不高興。

「我只是討厭有人衝撞出來打亂我的步調。」垂了眼眸上樓，殷戈止道：「她不該與太子親近。」

不與太子親近，那要是與別人親近呢？觀止想問，沒能問出來，因為已經到地方了。

「宋將軍。」朝前頭的人拱手，殷戈止道：「今日有勞將軍了。」

穿著鎧甲的中年男人回過頭來，爽朗一笑：「說什麼有勞，我還得謝謝殿下如此替宋家軍著想，請吧。」

閣樓的三樓有個露臺，站在上頭剛好能將下面校場空地上的場景盡收眼底。

比如現在，殷戈止剛一站上去，就看見葉御卿舉了袖子替風月擦著眼睛。

「失禮了。」風月尷尬地道：「這家胭脂鋪的妝粉果然不太好用。」

竟然給她花了！

低笑一聲，葉御卿目光溫柔地看著她：「趕明兒我讓人給妳送些好用的。」

「……不用了，奴家自己去買。」

好歹是個太子爺，怎麼這麼體貼啊？風月剛開始還想好好勾引一下人家的，但是現在看來，壓根不用勾啊，這人簡直一上來就如春天般溫暖，暖得她都不好意思起什麼歹心。

怨不得易掌珠總是被人罵了，這麼好的太子，她竟然拒了人家的提親，也不怪夢回樓裡每天都有閒聊的姑娘編排她。

暴殄天物啊暴殄天物！

正想著呢，面前這張臉突然就放大了，緩緩地湊下來，似乎是想吻她。

啥?!風月驚呆了，四處還都是人呢，這是要做什麼！

「鏘！」

眼瞧著嘴唇都要碰上了，一把黑漆長刀突然破空而來，猛地扎在了離葉御卿五步遠的地上！刀身震得搖晃，嗡嗚聲不絕於耳。

校場上一時安靜，葉御卿的動作也停了，直起身子側頭，展開扇子笑咪咪地看了閣樓上一眼。

觀止表情震驚，旁邊的宋將軍臉也發白，只中間站著的那尊魔神，臉上毫無波動，長身玉立，目光平靜，彷彿扔刀的人根本不是他。

「太子殿下！」回過神的宋將軍連忙狂奔下樓，到葉御卿面前跪下：「卑職不知殿下駕到，有失遠迎！」

「無妨。」葉御卿笑得心情甚好：「聽聞這裡有比試，本宮自作主張來看個熱鬧，將軍不必驚慌。」

這讓他怎麼不驚慌啊？啊！一出來看見殷大皇子扔刀就算了，扔的還是當朝太子在的方向，這不是要了他的命嗎！

風月抬頭，看著殷戈止的方向，微微皺眉。後者淡然地看著她，像從天而降的神，目光鄙夷地俯視她這螻蟻。

第12章　魏國女將軍

兩廂一撞上，下頭的氣勢弱，立刻就慫了。風月眨眨眼，無辜地指了指葉御卿，聳了聳肩，跟一隻純潔的小羊羔一樣。

是他先動的嘴！

跟看灰塵似的看了她一會兒，殷戈止移開了視線，盯著下頭已經規規矩矩站好的幾個人，開口道：「比吧。」

就這兩個字，別的再也沒說，下頭一眾世家子弟都有點傻眼。

比什麼？以什麼為規矩？是不是贏了就拜師？好歹多說兩句啊，只扔下這兩個字可怎麼行！

葉御卿失笑，搖著扇子走過去：「殷大皇子要收徒，那肯定是收有天分的佼佼者，既然都到了校場了，不如就比比身手，勝者便上前拜師如何？」

當朝太子的話，那自然是有分量的。見殷戈止沒開口反對，下頭一群人就激動了起來，紛紛散開，留出中間一塊空地。

風月在找死和保命之間猶豫了一會兒，還是乖乖提著裙子上了閣樓，縮在殷戈止身後，以免等會再有刀劍什麼的飛過來。

殷戈止沒回頭，輕聲哼了哼，然後便專心地看著下頭。

「姑娘，坐這裡吧。」把黑漆長刀拔回來了的觀止順手給她拿了張凳子。

風月感激一笑，在欄邊坐下，伸長脖子看向下頭。

不看不知道，一看嚇一跳，剛剛還只有七八個公子哥兒呢，這會兒倒有十幾個人了，稀奇的是，其中竟然還有不少姑娘。

這是什麼情況？吳國也允許女子從軍？

兩個世家子弟先上場，打得如火如荼。宋將軍引著葉御卿上樓，一群人就站在露臺上看，看到精采的地方，葉御卿還笑著鼓掌。

客觀來說，吳國的世家子弟還真有不少勤奮刻苦之人，至少那個藍衣裳的和另一個灰衣裳的就打到了最後，看得她都忍不住想叫好。側頭看一眼殷戈止的眼神，大概也是對這兩個人最感興趣。

男人比完了，旁邊站著的一群女子才動起來。不過不是上場打，而是直接站到閣樓下頭，衝上面拱手道：「殿下，女子雖也能從軍，但無論是力氣還是體力都有不及男子之處，若是直接與男子相爭，恐怕有失公平。」

殷戈止低頭，面無表情地道：「行軍打仗，對面可不會因為妳們是女子，而派女子來同妳們打。」

也就是說：打不過就滾！

下頭為首的姑娘頗有幾分姿色，一身妃色盔甲也煞是好看，想必是常被人捧在手裡的，結果對上殷戈止這樣毫不留情的話，當即臉就紅了。

「小女子覺得，女兒家也可以有上陣殺敵之心，殿下何不給個機會？」

是想上陣殺敵，還是只想當殷戈止的徒弟？風月笑而不語，這樣的路數別說殷戈止了，她原先都見過很多次，以為國效忠為名，行勾搭皇子之實。

老套路啊老套路！

換成葉御卿這樣溫柔的人，說不定還會給個臺階下，但很可惜，上頭是殷戈止，冷眼一瞥便道：「妳有上陣殺敵之心，那便去兵部招兵處報名即可。殷某只收有本事之人，除了真本事，其餘的一概無用。」

「……」下頭的人都是一窒，風月都忍不住捂臉。

醒醒吧姑娘們，還能指望這種人嘴裡吐出象牙來？

到底都是貴門家的小姐，有人受不住了，頂嘴道：「女兒家的本事又不止打仗，打仗是你們男人最擅長的，但殿下何必以此蔑視我們？」

來校場上，不比武力，還要比女兒家的本事不成？葉御卿都聽不下去了，展開扇子擋著臉搖頭。嬌生慣養的貴小姐，實在不適合來這黃土漫天的地方。

哪知殷戈止竟然沒生氣，像是一早就料到了一般，頷首道：「女兒家的本事的確是不小，若不論武，那不如就論貌吧。」

伸手就指向風月，殷戈止淡淡地道：「此女相貌平平，下頭各位若是在容貌上能勝過她，在下也當收為徒。」

三分鐘熱風吹過來，風月一身紅紗翻飛，額間花鈿灼灼生光，媚眼橫飛，妖嬈美麗。

這叫相貌平平？葉御卿忍不住笑了一聲。

先前還以為帶風月來這裡做什麼呢，沒想到是在這裡等著。殷戈止也真是料事如神，早知道會有姑娘家來，挖好了坑給人家跳。

下頭的幾個姑娘臉上都不太好看，瞧了瞧風月，也沒人當真傻到上去比。有人想走了，但也還有不服氣的，要去跟方才勝了的幾個男子比劃比劃。

於是，該走的走，該打的繼續打。風月湊到欄杆邊兒上看，那穿一身黑色勁裝的姑娘身手還算不錯，與藍衣的小哥打了十個來回，還沒落下風。

「這人倒是不錯。」宋將軍道：「難得見女子有如此身手。」

留下來看熱鬧的幾個姑娘也紛紛點頭，有些羨慕地讚嘆著。

風月沒吭聲，看那姑娘一個掃堂腿過去的時候，才輕輕搖了搖頭。

「怎麼？」觀止小聲問：「姑娘覺得那黑衣女子不行嗎？」

「有點底子，但是看起來沒腦子。」風月道：「藍衣裳的下盤最穩，她還敢用掃堂腿，以卵擊石，白費力氣。」

只說了這麼一句，下頭站著的幾個人就不爽了，皺眉看上來道：「這位姑娘既然這麼厲害，不如也下去比劃比劃？」

風月咧嘴，一點氣節也沒有，舉手就投降：「得罪了，我不會武。」

殷戈止又嫌棄地看了她一眼。

宋將軍哈哈笑著打圓場：「卑職倒是聽聞，原來的魏國有一位女將軍，身手了得，半分不輸男兒。若是下頭的人有她那樣的造詣，殿下肯定見到就收了。」

風月一頓，垂了眼皮。

殷戈止淡淡地道：「是有那麼個人，不過無緣得見，如今也是再也不能見識了。」

關蒼海的嫡女關清越，傳聞裡東曠之戰時，一把紅纓槍直衝敵軍之中，頂著劣勢直取對方統領首級，滿身鮮血，眉目含英，巾幗不讓鬚眉。

那樣的女人才適合上戰場，可惜一直與他上的不是同一個戰場。本來平昌之戰要遇見的，誰知她援軍還未至，關蒼海就先出了事，於是連同她，也被一併關押。

後來的事情就不用多說了，關家滿門九族，無一生還。那女子，大概骨頭都已經爛在了亂葬崗。

「啊呀，輸了。」旁邊的人低呼了一聲，殷戈止回神，就見那黑衣女子已經敗在藍衣少年手下，頗為狼狽。

葉御卿輕笑：「看起來，還欠些火候。」

「最後贏的兩個，是誰？」裝作沒看見一樣，殷戈止側頭問了葉御卿一聲。

沒多想，葉御卿下意識地就開口回他：「安世沖、徐懷祖。」

「那就這兩個人了。」殷戈止道：「觀止，帶他們隨我回去。」

「是。」

「殿下，在下就先告退了。」轉頭朝葉御卿行了個禮，殷戈止抬頭看向風月。

風月起身，正想問她是不是也可以走了，結果他二話不說，過來扯著她的腰帶就牽她下樓。

「……您這是遛狗呢？」

「少廢話。」殷大皇子不爽得很：「從現在開始，妳最好一個字也不要多說。」

真是不講道理！風月扁嘴，使勁兒抿了抿唇。

葉御卿依舊搖著扇子，站在露臺上目送殷戈止遠去。宋將軍站在他身邊，也不知道這位爺在想什麼，大氣都不敢出。

「今天的殷大皇子，可真有意思啊。」

等人都走出去老遠，葉御卿終於開了口，輕聲笑道：「還沒見過這樣的。」

在吳國一年了，那人始終一張面無表情的臉，做什麼都沒有情緒波動，不管是進宮還是進青樓，彷彿四周的事情都跟他沒有關係。

直到那天風月掉進他的懷裡，就像一顆石頭砸進平如鏡的湖面，瞬間就起了好多好多的漣漪。

有趣極了。

宋將軍有點茫然，他一介武夫，自然聽不懂太子在說什麼。只能跟著傻傻地點頭，然後送太子離開。

殷戈止沒回使臣府，直接去了夢回樓。

風月手疼得凶了，也沒吭聲，就安靜地跟著他。一進屋，殷戈止就將靈殊給關在了外頭，任憑靈殊直瞪觀止，也沒給開門。

「您今日，似乎格外小氣。」坐在軟榻上，風月瞧著他，露出小貓牙笑了笑：「該不是吃奴家的醋了吧？」

難以理解地看了她一眼，殷戈止道：「妳以為自己是誰？」

「哎呀哎呀，開個玩笑，奴家這不是看您太嚴肅了嘛？」咯咯笑了兩聲，風月道：「既然不在意奴家，那您別這樣凶啊，奴家可是水做的小姑娘，經不起嚇的！」

還要不要臉了？殷戈止皺眉：「太子盯上妳了。」

「這樣啊。」風月平靜地點頭：「挺好的呀，那奴家接下來的生意就不用愁了……」

話沒說完，脖子就又被人掐住了。風月抿唇，抬眼看他。

殷戈止滿臉嘲諷：「妳不是說，仰慕我仰慕了好幾年？如今這麼快就又仰慕上太子了？」

「公子。」風月莫名其妙地問：「您會娶我嗎？」

誰會娶一個妓子？殷戈止黑著臉搖頭。

「那不就得了？」風月笑道：「奴家既然嫁不成您，總要試試嫁給別人，萬一就飛上枝頭了呢？」

第13章　腕上紅綢

臉上微僵，殷戈止掐著她的手鬆了力道。

是啊，他又不會娶她，還真能指望一個妓子當真對他一心一意一生一世？做這一行的，花言巧語少不了，他也見過不少女人，聽過的花言巧語也少不了，怎麼就覺得她說的就應該是真的？

大概是二人太過和諧了，殷大皇子暗想，和諧到他有點貪戀那種滋味兒，所以順帶也有點貪戀給他那種滋味兒的人。

風月睨著他，看著他眼裡複雜的神色，咯咯一笑，伸著小細腿兒就去勾他的腰：「公子何必想那麼多呢？進門就是客，奴家一介女流，也翻不出什麼浪來。把奴家當個玩物，不也就罷了？」

面前的人眼裡又帶了嫌棄，卻也沒推開她。風月立刻得寸進尺，起身直接掛在了他身上，媚眼如絲地道：「公子若是在不願意奴家伺候別人，可以將奴家贖回去啊？」

想得比長得還美呢！殷戈止冷笑，任由她掛著，直接就躺在了軟榻上。

這一襲紅紗就這麼壓著他，兩隻包得嚴實只露出手指的爪子放在他胸口，臉上帶著讓人討厭的假笑，瞧著就讓人不舒坦。

風月也不舒坦啊！這人一身鋼筋鐵骨，硌得她生疼，偏生還是她自己爬上來的，不好意思下去。

這人不接話，屋子裡就陷入了寂靜。

本來說那話也沒指望他能接，畢竟青樓狎妓是風流，但娶個青樓女子回家，那就是二流了。妓子是男人手中的玩物，更是萬人嘗的下賤貨，但凡有些身分的人家，是斷然不可能給妓子贖身的。運氣好能遇見個有錢的商賈，運氣不好的，也就老死孤巷中了。

想想也真是慘。

「就算搭上太子，他也不會娶妳。」那人突然開口，胸口的震動驚得風月一個哆嗦：「啊？」反應過來他說的是什麼之後，她失笑：「要太子娶奴家，那不是更荒謬嗎？奴家可沒那宏圖大志。不過太子為人溫柔又體貼，相貌也是極好，若能伴他左右，倒也不錯。」

譏誚地看她一眼，殷戈止冷聲問：「妳覺得我很不溫柔、很不體貼？」

這不廢話嗎？簡直是殘暴無情啊！

「沒有，怎麼會呢？」心裡罵著，面兒上卻笑得更加柔情似水，風月道：「公子也很好。」

說著說著，腿就往人家的腰帶上蹭。

殷戈止沒攔她，一雙眼平靜地看著。

她本來只想調個情啥的，沒想到這人還當真擺了一副等伺候的樣子，風月乾笑，看了看自己還在痛的手。

自己調戲的腰帶，跪著也得解開！

認命地挪了身子，風月退後幾步，跪坐在他腿上，擱置了兩隻手，俯身用牙去咬。雪白的小貓牙很是俐落，蹭啊咬的，沒一會兒竟然當真將腰帶給弄開了。

累得喘了口氣，風月抬頭得意地笑，正想說她牙口不錯吧？結果就對上殷戈止一雙微微泛了慾望的眼。

「妳的手段，可真是不少。」

聲音略微沙啞，殷戈止起身就將她反壓在了軟榻上，粗糲的手指輕輕摩挲著她的唇瓣，眼神微黯：「早上，妳也是用這嘴，咬了觀止的外袍。」

莫名地起了層顫慄，風月抖了抖，一雙狐眼水汪汪地看著他：「奴家這不是手上不好使力嗎？」

「是麼。」

不鹹不淡的兩個字，讓人猜不到是什麼情緒，風月有點緊張，正想再說點什麼緩和一下氣氛，結果就被身上這人以唇封唇，堵了個徹徹底底。

靈殊在外頭正著急呢，十一二歲的小姑娘，急得髮髻下的小辮子直甩。但觀止擋著，她壓根進不去，只能繼續瞪他。

觀止很無辜，摸著鼻尖小聲道：「妳別急了，我家主子不會把妳家姑娘怎麼樣的。」

難得遇見個女人讓他有些喜歡，雖然是不知道喜歡哪兒，但既然再次來這夢回樓了，那定然不是來要命的。

「救命啊！」

剛想著呢，裡頭就傳來纏綿悱惻的呼救聲。觀止臉一紅，暗暗罵了自家主子一句不要臉。

外頭還有小孩子呢，就不能輕點嗎！

靈殊一聽，眼淚「唰」地就下來了，小拳頭直往觀止身上砸：「你給我讓開！」

伸手抓住她的手，觀止嘆息：「妳聽我解釋啊，他們……」

「我不聽我不聽！」靈殊跺腳：「上次他來，我家主子身上就全是青青紫紫的，他肯定打我家主子了！你讓我進去！」

這……該怎麼解釋是好呢？挨著這不痛不癢的拳頭，觀止尷尬地笑著。按理說他家主子是不重慾的，以往送去東宮的姑娘，雖然大多被寵幸，但也未曾有誰身上留下痕跡。現在這……大概是憋太久了？

觀止想不明白，殷戈止自己都想不明白。床下的風月他萬分嫌棄，可一旦糾纏起來，他又不管怎樣都掙扎不開。這女人不知是亂蒙的還是怎麼，他身上最受不住的地方，她通通都知道，跟個妖精一樣的勾引他、誘惑他，拉著他沉向無邊的泥沼。

太糟糕了……

太陽西沉，夜幕垂垂，殷戈止坐在床頭，旁邊的小妖精已經睡著了。

低頭仔細打量她，殷戈止依舊覺得她有點熟悉，彷彿在哪裡見過。可他見過的人太多了，實在不記得有誰長了這樣一張狐狸臉。

伸手捏起她的手看了看，手指好像有點發紫。

該換藥了？

反正睡不著，他乾脆下床，拿了旁邊花架上的藥箱，然後坐在床邊拆她手上的白布。

在軍營裡混久了，包紮傷口之類的事倒是比軍醫還熟練，殷戈止慢條斯理地捲著布，等整個手上的白布都被他捲起來之後，他低頭看了看。

手腕上竟然還纏著紅綢。

嗤笑一聲，他覺得這女人真是有毛病，手都廢了還想著怎麼勾引人吶？這段兒紅綢他記得，揚起來是很好看，但也沒必要這種時候都還纏著。

伸手要去解，床上的人卻猛地驚醒：「住手！」

凶狠地一聲吼，驚得隔壁屋子裡的姑娘客人都嚇了一跳。

殷戈止皺眉：「妳這麼大反應做什麼？」

冷汗涔涔，風月回過神，看了看這人，又看了看自己的手。

她又做噩夢了，夢見在魏國的大牢，有人捏了細長的柳葉刀，要來挑她手筋。

原來是夢啊，真好。

可是……低頭看了看自己纏著紅綢的手腕，風月失笑，笑得眼眶都紅了。

她的手筋早就被挑了，哪裡還輪得到夢裡的人動手。

皺眉看著面前這女人，殷戈止莫名地覺得心口不舒服，也不管那紅綢了，拿了藥就往她手上塗，三兩下給她重新包好，便直接躺上床，閉眼休息。

「明日還有事，妳別吵我。」

到底是誰吵誰？皺眉看著他，風月眼裡慢慢湧了血色。

如果成事的路上有捷徑，那麼就算捷徑是他，她也該一腳踩上去！闞家滿門血債，無數無辜之人的性命，都有殷戈止的一份罪孽，他既然已經送上門，她就沒有害怕的道理！

深吸一口氣，風月緩了緩氣，跟著他躺下。

第二天天剛亮，殷戈止就走了。風月起身梳妝，平靜地看著鏡子裡的那張臉。

「主子。」靈殊眼淚汪汪地站在她身後：「奴婢沒能保護好您。」

一聽這話，風月終於笑了，回頭看著她：「我還能指望妳來護著了？再說了，也沒什麼危險啊，妳保護我什麼？」

指了指她脖子上的紅痕，靈殊更愧疚了：「昨兒那客人不是打您了嗎？」

風月：「……」

一臉慈祥地摸了摸這小丫頭的腦袋，她失笑：「這不是他打的，妳不用擔心了。快，拿著這銀子，去買點綠豆糕。」

又買？靈殊轉身去看了看花架上的食盒：「誒？上次買那麼多，都吃完了？」

「妳家主子我最喜歡吃綠豆糕，所以吃完啦。」臉不紅心不跳地欺騙小孩子，風月笑咪咪地道：「快去吧，記得買響玉街街尾那一家的，那一家最合我口味。」

「好！」靈殊應了，接過風月給的碎銀就往外走。

響玉街街尾的綠豆糕鋪子已經開了三年了，是一對和善的夫婦在經營，看見靈殊，老闆娘很是熱情：「小丫頭又來買綠豆糕啦？」

伸手把銀子遞過去，靈殊乖巧地道：「我家主子說您這裡的綠豆糕最好吃。」

「那是，咱家的綠豆糕，吃過的客人都誇呢！」笑著接了銀子，沒放進下頭的錢兜，倒是不聲不響地遞給了後頭的掌櫃，老闆娘繼續給靈殊包著綠豆糕，那掌櫃則捏著銀子去了後院。

殷戈止收徒的事情定了下來，徐家和安家兩個少爺今日便去了使臣府拜師。

敬茶行禮之後，殷戈止看著他們道：「你們是太子殿下允許的、入我門下的弟子，也是殷某收的第一批徒弟，今日開始，就跟著我習武學文，有什麼想知道的，都可以問我。」

兩家少爺都分外高興：「徒兒們一定緊跟師父，時時學習！」

觀止從外頭進來，在殷戈止耳邊嘀咕道：「外頭消停了，都道是太子點的人，眼下有異議，也都在議論太子罷了。」

第14章　將軍府

殷戈止頷首，然後一臉正氣地看著面前兩個人道：「本事如何，我不看重，但為人一定要行的端做得正，不可做陰詭害人之事，明白嗎？」

「明白！」兩隻雪白雪白的小少年挺直了腰桿回答。

觀止捂了臉。

要論陰詭，主位上坐著的這個分明就是箇中翹楚！昨兒收個徒，得罪人的分明是他，鍋全讓太子背了。本來世家之人就不太好得罪，自家主子昨兒在校場上都不吭聲，太子爺倒是體貼，替主子把話說完了，這倆人也就成了太子舉薦給自家主子的。

誰家有不滿，找太子去！

找是肯定不敢找的，但背後難免會有些怨言。太子恐怕還什麼都不知道，只會覺得今天天氣不錯。

今兒的天氣的確是不錯，剛用過午膳，風月就被一頂小轎給接到了響玉街的茶樓上。

葉御卿帶著易掌珠坐在她對面，風月穿了件兒良家婦女點的硃紅色長裙，端著茶咧嘴笑得跟樓下門口的店小二一樣。

「讓二位破費了。」

易掌珠捏著帕子微笑：「破費的是殿下，掌珠可沒掏銀子。」

葉御卿溫和地頷首：「珠兒說要謝妳救命之恩，特地請妳出來喝茶。」

感動地看了易掌珠一眼，風月頷首：「易小姐很善良。」

一雙杏眼在她身上掃來掃去，易掌珠道：「過獎了，姑娘當日那般勇猛，救了掌珠一命，掌珠自然要感謝。雖說這些時日殷哥哥和殿下都送了不少補品給妳，但掌珠的謝意，還是要自己傳達才是。」

風月一愣，心想原來殷戈止是因為她送的補品啊，她就說那人怎麼這麼好，有閒心給她塞補品。

抿茶陪笑，風月不再開口，倒是易掌珠，好像對她很感興趣，一連串地問她：

「姑娘為什麼淪落風塵啊？」

「因為缺錢。」

「那沒想過好生跟個人過日子嗎？」

「沒有遇到。」

易掌珠點頭，伸手就指了指自己身後站著的家奴：「姑娘看這孫力如何？力氣大，家裡也沒什麼拖累，三年前他媳婦去世之後就沒再找過人，如今也想成個家。」

風月挑眉，心想這易小姐菩薩光芒普照四方的，也照得太寬了點。

「實不相瞞，易小姐。」她和善地笑道：「我在夢回樓裡挺好的，暫時沒有要從良的想法。」

臉色微變，易掌珠皺了眉：「哪有人喜歡一直在風塵堆裡打滾的？瞧妳年紀也不小了，還不找人嫁了，以後年歲大了，後半生都沒個依靠。」

「這實在不勞小姐操心……」

「姑娘是不是嫌棄孫力的身分？」打斷她的話，易掌珠有點生氣：「他雖然是家奴，可在我易府，也是被當成家人看待的。雖比不得那些在窯子裡逛的人有身分有地位，可他很踏實！」

這就有點尷尬了，風月乾脆閉嘴，眼觀鼻，口觀心，不再說話。

葉御卿臉上的笑意都淡了點，低聲道：「珠兒，風月不願意，妳又何必強人所難？」

她強人所難？易掌珠當真是生氣了，頗為不悅地看著葉御卿：「我是為她好，她不領情就算了，殿下還責備我？」

「不是……」

「我知道，您最近也愛往夢回樓走，殷哥哥也是，你們男人都喜歡長得好看的女人，珠兒都明白。」捏緊了拳頭，易掌珠努力平靜地道：「但風塵女子就是風塵女子，你們也當注意身分。想要長得好的，不陰城那麼多貴門之女，還挑不著你們順眼的？」

更何況，她還沒死呢！

風月終於聽出來了，這幾日葉御卿和殷戈止來找她找得頻繁，惹易大小姐不高興了。本來被她救了還有點感激她，現在大概是被惱恨沖昏了頭，看她的眼神分外不友善。

這算什麼事兒啊？如果沒記錯，易掌珠拒了太子的求親，又同殷戈止沒什麼關係，這兩人的醋，她吃得沒道理啊。

眼珠子滴溜溜地轉了幾圈，再抬頭時，風月笑得一臉無知：「風塵女子和貴門女子都是女子，易小姐為何就覺得他們不能尋風塵女子為伴？」

還想為伴呢？易掌珠皮笑肉不笑，念著恩情，勉強壓著火氣道：「自古婚姻都講究個門當戶對，風塵裡出來的姑娘，什麼都不會，也沒見過世面，哪裡能配得上貴門的公子？」

「奴家也算見過世面啊。」風月不服氣地抬了下巴：「官邸什麼的，也去過不少了，上次去的李太師的府邸，也不過如此嘛，同民間有錢一些的人家差不多。」

官邸能同民宅一樣？易掌珠笑出了聲，眼裡帶了點輕蔑：「太師雖有品級，但也算不得重臣，官邸自然簡陋。今日天氣不錯，姑娘若是當真想開眼界，不如就隨掌珠回將軍府去看看？」

等的就是這句話！

風月作苦惱狀，很是猶豫地看了易掌珠一會兒，道：「聽聞將軍府修得複雜，又無甚景物，規矩嚴還不允人亂走，去了也沒什麼好看的吧？」

「民間的傳言還真是有趣。」拂袖起身，易掌珠睨著她道：「將軍府是敕造的，景物良多，規矩雖嚴，但有我帶路，妳怕個什麼？」

「好吧。」勉強應下，風月的表情看起來是心虛又故作鎮定。易掌珠打定主意要在她面前炫耀一番，好叫她明白官家與平民的差距，於是二話不說就讓人備車。

眾人一起出門的時候，葉御卿頗為憐惜地看了風月兩眼，放慢腳步在她耳邊道：「掌珠偶爾會驕縱些，畢竟是被寵著長大的，妳多擔待。」

回他嫵媚一笑，風月頷首：「奴家明白。」

三人一起乘車，葉御卿依舊淡定地搖著扇子，風月忍不住就多嘴問了一句：「殿下不忙嗎？時常在宮外走動。」

「妳懂什麼？」易掌珠輕笑：「殿下這是用人得當，該做的事兒都交給最會做的人去做了，自己才更逍遙些。」

葉御卿笑著頷首。

風月瞭然，十分欽佩地道：「真不愧是一國太子。」

微微皺眉，易掌珠很不舒坦，但也不好開口說什麼。

將軍府到了，風月提著裙子下去，看著門口就裝作嚇了一跳的樣子，然後咳嗽兩聲恢復鎮定：「修得不錯。」

好笑地看她一眼，易掌珠邀著葉御卿從正門進去，然後揮手讓孫力引著她走後門。

風月規規矩矩地跟著走，前頭的家奴可能是剛剛被她拒絕，態度不是很好：「妳跟緊了，別亂走。」

「好。」溫柔地應下，風月跨進後門，被門口的守門人簡單地檢查了一番之後，就提著裙子往裡走。

易大將軍的府邸，當真是分外奢華的，哪怕是從後門進去，也像是繞進了迷宮，走廊蜿蜒，庭院大同小異，要不是有人帶著，定然一會兒就迷了路。

然而風月的方向感還是不錯的，就算前頭的孫力繞出個圓圈來，她也記得自己是從哪個方向進來的，也記得這一路走來的亭臺樓閣。

很不錯的宅子，按照風水來說，再往東就應該是易大將軍的院子了。風月看了一眼，正暗暗記著呢，前頭的人突然就停下來了。

「怎麼？」

抬頭看了一眼，風月微驚。

孫力臉上的表情有點凶狠，本來就不是很端正的一張臉，瞬間就更扭曲了。他們正走到一個小庭院裡，四處無人，兩邊都是假山，風月掃了一眼，呼救可能都沒用。

「妳看不起我？」他咬牙問。

笑著搖頭，風月很真誠地道：「沒有，只是真的還不打算從良。」

目光從她的衣襟裡掃下去，孫力喉頭微動，突然就伸手扯她衣衫。風月象徵性地反抗了一下，外頭的袍子就被他扯破——小氣的金媽媽，買的衣裳也向來不是什麼好料子。

順勢脫了外袍，風月穿著裡頭的長裙，咯咯笑了兩聲，朝面前的人拋了個媚眼：「瞧你給急的，想要奴家還不容易麼？站著別動。」

化被動為主動，風月一把就將孫力推在了假山上，狐眸盯著他，努力動著手指去扯他腰帶。

美人要自己動手，那是個男人就會站著不動省力氣。孫力色瞇瞇地看著眼前的人，感覺到自己腰帶一鬆，又感覺到自己腿上一緊，突然覺得有點不對勁。

「喜歡我嗎？」風月笑著道：「喜歡就晚上來夢回樓點奴家的臺啊，這光天化日的可不行。」

說罷，退後一步，臉上帶笑，飛起一腳將他踹倒在地，然後拔腿就跑！

腰帶被她用來捆住了他的雙腿，死結！孫力傻了眼，伸手就去扯，可在他扯的空隙裡，那女人早跑得沒了影。

可惡！

前頭就是東邊的院子，不知道是不是易將軍的主院。風月揉亂了自己的髮髻，手捂著衣襟，一路嚶嚶嚶地往裡跑，驚動了不少附近的守衛。然而都不知這姑娘哪裡來的，守衛們都圍著她，沒立刻動手。

「你們將軍府就是這般待客的嗎？放我進去，我要找易小姐評理！」大聲嚷嚷著，風月低頭就衝進了那院子，坐在地上就哭！雙手捂著眼睛，指縫兒裡倒是露出精光來。

第15章　打個賭吧

比其他院落的守衛都更森嚴，前庭空地兩邊還放了小巧的石獅子，朱漆雕花都一股懾人之感，十有八九就是易將軍的主院。

「這位姑娘！」旁邊的守衛拿劍對著她：「您要找大小姐，應該去南院，這裡是不能進來的……」

「胡說！」一扭身子，風月狠狠地瞪了說話的人一眼：「方才引路的那個叫孫力的家奴騙我，你們也想騙我！這院子這麼氣派，不是大小姐的還能是誰的？讓開，我要進去！」

這哪裡能讓啊？四五個護衛圍著她，看她說得出孫力的名字，更不像是撒謊，於是一邊攔著她，一邊連忙讓人往南院報信去了。

反正他們也不會動手，風月就墊著腳將周圍都看了個遍，跟鄉下人頭一次趕集似的，驚嘆地道：「果真不愧是將軍府啊，真是好看。」

年輕些的護衛面皮兒薄，瞧見這麼個衣衫不整的姑娘，臉紅成了一片，小聲問：「姑娘可要件衣裳裹著？」

「我倒是想要，可你們攔著我不讓我進去啊。」風月可委屈了，一雙眼睛眨啊眨，無辜地泛著水光。

護衛臉更紅了，小聲道：「這是將軍的院子，看守自然嚴些。幸好姑娘只闖了外院，要是進了裡頭，說不定就被羽箭射成篩子了。」

這麼厲害？風月挑眉，也不吵吵著要進去了，就安靜地等著。

易掌珠和葉御卿沒一會兒就過來了，瞧見她這模樣，葉御卿眉頭直皺：「出什麼事了？」

「殿下、易小姐。」風月回頭，可憐兮兮地看著他們，哽咽道：「孫力引奴家進門，卻欲強了奴家，奴家慌不擇路，跑到了這裡，瞧著院子氣派，許是易小姐的居所，便進來找你們了。」

易掌珠一愣，回頭往四處看了看：「孫力呢？」

有家奴過來小聲嘀咕了兩句，易掌珠的臉色微變，看了風月一眼，揮手讓人去拿衣裳。

「大概是姑娘身分特殊了些，故而孫力想與姑娘親近，也就沒個分寸。」朝她笑了笑，易掌珠道：「姑娘別往心裡去。」

妓子就是這般下賤沒人權，別人侵犯都只能說人家是想照顧妳生意，沒成功的話妳別往心裡去，成功了的話大不了補點銀子。

一早料到會是這樣的結果，風月也沒指望易掌珠會把孫力怎麼樣，重點也不在這裡。

「既是如此，那也的確是奴家大驚小怪了。」勉強笑了笑，風月道：「可以進去坐坐麼？奴家這衣衫不整的，在這裡站著也不像話。」

抬頭看了一眼這院落，易掌珠微愣，正想開口，旁邊的葉御卿卻搶在她前頭，沉聲道：「進去吧，等人拿衣裳來。」

「殿下。」易掌珠有點慌：「這是爹爹的院子。」

「本宮知道。」側頭看她，葉御卿道：「易將軍正在漠北駐守，院子空著，風月衝撞不到誰。再者，將軍自己也說，願本宮隨時來他院落走動。」

言下之意，主人都同意的，她攔著做什麼？

略微顧慮地看了四周一眼，易掌珠不吭聲了，抬眼示意旁邊的護衛去將前廳的門打開。

風月一臉天真，對什麼都好奇，睜大眼睛四處看著，嘴裡驚嘆連連：「好氣派的地方啊！」

瞧她那沒見過世面的模樣，易掌珠撇嘴，輕哼一聲道：「爹爹的院子可是數百工匠花了一年才修建好的，是整個宅子裡最後完工的院落，能不氣派嗎？」

「啊？數百工匠，修了一年？」風月咋舌，眼裡隨即流露出「妳在吹牛吧」的神色，小聲嘀咕：「氣派是氣派，可也就一個院子，怎麼可能修一年？又不是宮殿……」

易掌珠哼笑：「妳知道什麼？這院子每處都是精雕細琢的，一點瑕疵也沒有，一般的人力可做不到！」

「是嗎？」風月撇嘴，朝著葉御卿小聲道：「太子您看呢？方才奴家跑進來的時候，分明就瞧見不少瑕疵。」

葉御卿狀似沉思片刻，然後竟然意外地配合：「本宮好像也瞧著些。」

易掌珠這才是真的惱了，本就是經不起激將法的性子，又從小被人捧著長大，沒經歷過多少人心險惡，當即就起身道：「既然二位都這麼說，那掌珠就同二位打個賭！二位今日要是能在這主院裡找出一絲修築上的瑕疵來，掌珠立刻將府裡剛得的上等玉簪雙手奉上！反之，要是不能……」

轉頭看向風月，掌珠笑了笑：「那姑娘就接了孫力為客吧。」

風月乾笑，這算個啥？有獎她和太子分，有罰她一個人上？

「好。」不用受罰的太子殿下答應得那叫一個果斷：「那就開始找吧，為了避免衝撞，本宮和風月身邊都跟個貴府的護衛，要是碰著不該碰的，也好提點一二。」

如此就更加妥貼了，易掌珠想也不想就點頭，正好有護衛拿衣裳進來給風月，她順手就指了那護衛：「小唐，你跟著這位姑娘，別讓她闖了不該闖的地方。」

年輕的護衛紅著臉應了，看風月穿上了外袍，便引著她往外走。

葉御卿搖著扇子跟著跨出門，目光在風月的背影上停留了好一會兒，才閒散地往另一個方向而去。

「我是不是打錯賭了呀？」一離開前廳，風月就頗為懊惱地小聲嘀咕：「這地方機關重重，要修個一年半載的也是常事，唉。」

唐護衛依舊紅著臉，小聲道：「我在這裡守了一年有餘，的確常聽人誇此處天衣無縫，是絕佳的居所，要尋出瑕疵來，怕是難。」

「那怎麼辦呀。」風月不走了，站在原地眼淚汪汪的，看起來很像迷路的小羔羊：「奴家不想接那孫力的客，易小姐這是為難奴家啊！」

是個人都有惻隱之心，尤其是血氣方剛的男人對楚楚可憐的女人。唐護衛有點無措，連忙安慰：「我們仔細找找，也許當真有什麼瑕疵呢？」

感動地看著他，風月一腳就跨進了後院。

「站住！」後院的門口就有護衛攔人，唐護衛連忙上去道：「是大小姐的吩咐，兄弟們先去歇會兒吧，太子殿下等會說不準也要往這邊來。」

「這？」後院的護衛有點疑惑：「將軍吩咐過，這邊的院子不讓任何人進去的。」

「這些規矩是你們清楚還是大小姐更清楚啊？」唐護衛擺手：「大小姐都那麼吩咐了，你們就去歇著吧，有我守著這位姑娘，不該碰的是不會碰的。」

有易大小姐在後頭撐腰，後院護衛再多說也是無用，猶豫了一下，還是退了出去。

風月笑咪咪地瞧著，心想還是姑娘家好啊，姑娘家心軟，要是易大將軍在府上，那這地界兒她橫著可能都進不來。

「妳小心點。」看她要走進去，唐護衛連忙喊住她，指了指對面書房門口放著的石獅子：「那兒有機關，妳跟著我走。」

微微挑眉，風月應了，低頭看著他踏上庭院中間的青石板路，亦步亦趨地跟著他。

「旁邊的泥土地不能踩嗎？」好奇的風月寶寶天真地問了一句：「踩了會怎麼樣啊？」

「會被萬箭穿心。」唐護衛認真地道：「那邊兩座石獅子的頭上頂著的圓盤就是機關，兩邊泥土鬆軟，埋的全是細線，一旦踩上，箭頭會瞬間射出來，四面八方，沒有空隙可以躲。」

的確，這院子除了那兩座石獅子，旁邊連棵樹都沒有，自然不能躲。

正常人的書房，需要這樣的機關？風月笑了笑，不聲不響地繼續跟著進去。

這東院的結構果然很是複雜，五間屋子，除了書房、臥房和前廳，還有兩間客房。風月走了一圈兒，唐護衛也是盡職盡責，只要有機關的地方，一律都提醒了她，導致半個時辰之後，她對這東院的機關陷阱真是瞭如指掌。

「書房不能進去，其他的地方我們再找找吧？」唐護衛小聲道。

感激地看了他一眼，風月點頭，轉身去了客房。

客房大概是很久沒住人了，灰塵重，打開瞧著就是一片蜘蛛網。風月被嗆得咳嗽兩聲，皺眉道：「髒成這樣，怎麼也不掃掃？」

唐護衛笑道：「因著東院複雜，將軍慣常不留人在東院的客房的，沒人住，下人自然也就懶了些。」

掃了一眼裡頭，風月也沒進去的興致，隨意看了看，就準備回去了。

「姑娘不再找找？」唐護衛擔憂地道：「你們的賭注……」

「聽天由命吧。」風月微笑。

易掌珠還在前廳裡坐著，見風月垂頭喪氣地回來，便笑：「怎麼？認輸了？」

「將軍府建築之精細，奴家服了。」風月感嘆道：「這一路，當真沒找著瑕疵。」

哼笑出聲，易掌珠正準備再得意兩句，結果就聽得門口有人道：「是妳未曾用心找吧。」

兩人紛紛側頭，就見葉御卿笑著跨進門來，搖著扇子道：「光本宮瞧見的瑕疵，就有一百零八處，珠兒，這回妳可要輸了。」

一百零八處？易掌珠當即就搖頭：「不可能！」

一處瑕疵還能說是工匠粗心，要是有一百零八處，那他們怎麼可能看不見？

第16章　全靠演技

風月也有點好奇，雖然她壓根沒認真找，但一眼掃過去，這院子也是精工細琢出來的，不可能出那麼大的紕漏啊。

「你們來看。」收了扇子，葉御卿抬手就指了指門口。

易掌珠立刻起身，風月也跟著湊過去，就見那門楣上畫著三爪金龍，吞雲吐霧，頗有氣勢。

易國如戰功赫赫，也是頗受聖恩，敕造府邸不算，還能用三爪金龍作紋案，可見吳王對其倚重。

只是……仔細看看，這些個龍好像哪裡不太對勁？

易掌珠也瞧見了，驚訝地低呼了一聲，有些莫名其妙：「眼睛呢？」

這好端端的龍，怎麼都沒畫眼睛的？

葉御卿笑道：「大概是匠人粗心，這院子一共一百零八條龍，全部都沒畫眼睛。」

風月恍然，鬆了好大一口氣，易掌珠分外不滿，咬牙看了葉御卿一眼，眼神頗為委屈。

從小太子殿下就對她很照顧，像哥哥又像郎君，不管做什麼都護著她，站在她這邊的。今日就只為了個妓子，他竟然不幫她了？

心裡憋屈，但願賭還得服輸，易掌珠沉了臉，揮手就讓人把府裡剛得到的上好的和田玉簪拿了出來，塞進了太子的手裡：「掌珠身子不太舒坦，就不遠送了，二位慢走！」

說是說慢走，卻還是嗔怒地看了葉御卿一眼，明顯是有話要說。

捏了玉簪在手裡把玩，葉御卿恍若沒看見易掌珠的眼神，只道：「本宮正好要回宮，風月隨本宮上車吧，正好送妳一程。」

還真就走了？易掌珠驚愕，看了他好幾眼，又看向風月。

這狐狸精一般的女人，笑得嫵媚極了，躬身應了就同太子一起往外走，完全沒把她這不高興的態度放在心上。

哪有這樣的?!

風月知道這位大小姐要生氣，但太子殿下這回瞧著沒打算給她臉面，她這種小人物自然更不好多說了，低頭跟著人走就是了。

身後傳來易掌珠跺腳跑走的聲音，幾個丫鬟大聲喊著「小姐！」然而前頭的葉御卿走得頭也不回，衣袂飄飄，依舊是那副瀟灑得要命的樣子。

奇了怪了，風月有點想不通，從先前一粟街上的狀況以及民間傳言來看，這位爺不是挺喜歡易掌珠的嗎？這一下臉子給甩得，可真是半點柔情都沒有。

出門上車，風月畏首畏尾，規規矩矩地坐在葉御卿的旁邊，後者慵懶地靠在車壁上，手裡依舊在把玩那簪子，像是在想什麼事情。

悄悄側頭打量他，這人嘴角依舊帶著溫和的笑意，但眼眸半垂，裡頭昏暗一片。不小心對上稍微流瀉出來的暗光，風月身子一僵，連忙伸手捂眼。

那麼溫和的人，原來也會露出這麼令人膽顫心驚的眼神。

馬車裡安靜了一會兒，葉御卿睜眼，輕輕笑了一聲：「妳膽子這麼大，還會被本宮嚇著？」

風月直哆嗦：「奴家的膽子一點也不大，隨便來個什麼也能嚇奴家一跳。」

「那倒是稀奇。」坐直身子，葉御卿側頭湊近她：「膽子不大，還敢在易將軍的府邸裡亂跑，嗯？」

易掌珠可能看不出她的意圖，但這點伎倆在他眼裡，實在是不夠看的。只是恰好他也很好奇易將軍的宅院，因著身分，一向沒機會細究，旁人也進不去那地方。她今日裝瘋賣傻的，倒是也幫了他一把。

不過他很想知道，眼前這個風塵女子，勾搭殷戈止還不算，怎麼還想刺探將軍府？

眨了眨眼，風月眼眸清澈，萬分無辜地道：「奴家只是逃命而已啊，逃命可不得亂跑嗎？奴家只是想著人多的地方好救命，所以看那院子人最多，就衝進去了。」

說罷，咬咬唇，心有餘悸地道：「那叫孫力的也是可怕，二話沒說就對奴家動手，幸好奴家跑得快……」

表情真實，眼裡的害怕和慶幸也是真真切切的，看得葉御卿微微怔愣。

懷疑錯人了？她當真是誤打誤撞？

可是，她說的每一句話，都是在刺激易掌珠讓她在那院子裡隨意翻看，也是巧合嗎？

「不過奴家今日是不是得罪易大小姐了？」面前的女子嘆息，頗為苦惱地道：「本是打算故意打賭輸了，讓易小姐高興高興，誰知道殿下這麼不留情面，這下她怕是更惱奴家了。」

是故意打算輸的？葉御卿皺眉：「妳輸了，就當真要伺候孫力，先前妳在人前駁了他的面子，若是落在他手裡，他定然不會叫妳好過。」

「奴家都明白。」風月低頭，小小的身子縮成一團：「可是奴家能有什麼法子呢？做這行的，最怕得罪人，說不定哪天就死在巷子裡，連個收屍的人都沒有。」

心口微動，葉御卿抿唇，有些憐惜地道：「本宮護著妳，沒人能讓妳死。」

「多謝殿下。」抬頭朝他一笑，風月鬆了口氣：「有殿下護著，那奴家能回去睡個安穩覺了。」

輕輕頷首，葉御卿低聲道：「等會去夢回樓，順便點了妳的臺吧。」

殷戈止上次包她幾日，到今日應該是恰好結束。

心裡一跳，風月面上滿是嬌羞，頷首應下。

該來的總是會來，她一開始就打算爬人家太子爺的床，如今繞了幾個彎，終於還是要上了。

不能慫！

捏著手帕，風月高興地看著窗外的路，像是盼著到夢回樓一般。葉御卿瞧著，笑著搖頭。

也許，是他想太多了吧。

「哎喲我的姑奶奶，妳可算回來了！」

剛踏進夢回樓，就聽見金媽媽超大的嗓門，健碩的身子朝著風月就撲了過來：「好女兒！那位公子又包了妳幾日的生意，妳快上樓……哎？這位公子也來了，裡頭請啊！」

被她這話說得有點懵，風月眨眨眼，看向後頭的葉御卿。

太子殿下不急不緩，搖著扇子走到金媽媽身前了，才問：「誰又包了風月姑娘啊？」

瞧這俊俏的公子哥兒，金媽媽抹了抹鬢角就含羞帶怯地道：「還能是誰啊？前些日子包風月的那位公子，看起來是當真喜歡風月，今兒一來，又續了幾日。」

三樓的門打開，有人站了出來，立在欄杆後頭冷眼往下瞧。

風月抬頭，正好就看見了殷戈止一張含譏帶誚的臉。

眼前一黑，風月差點想衝他舉拳頭！冤孽啊！還讓不讓人好好勾搭個太子了？怎麼哪兒都有他啊?!

有點惱怒，她扭頭就道：「金媽媽，我已經接了這位公子的客了，您這時候來說奴家被別人包了，這……」

「我們這煙花地啊，向來就容易產生這樣的爭端。」金媽媽笑道：「所以一早有規矩的，誰先結了單，在媽媽這裡登了記，誰就為先。這位公子，若是想找姑娘，我們夢回樓裡美人兒可不少呢，您要不再瞧瞧？」

葉御卿搖頭，扇子一合就輕輕敲在風月的額頭上：「爺就看上她了。」

「這……」金媽媽賠笑：「凡事都有個規矩的。」

「在下也懂規矩。」葉御卿頷首：「那麼，那位公子包了幾日？」

「五日。」

「好，那就提前先在媽媽這裡登個記。」甩手拋了銀錠子給她，葉御卿朝三樓上微笑頷首，然後轉身就往外走：「五日之後，在下再來便是。」

金媽媽笑得臉都皺了，接著銀子跟著送出去好幾步，一路吆喝著：「公子慢走，小心腳下啊！」

吐了一口濁氣，風月認命地提起裙子，上樓。

殷戈止坐在房間裡喝茶，見她進來了，眼皮子掀了掀：「去將軍府做什麼了？」

嚇得一個哆嗦，風月退後兩步，警戒地看著他：「您怎麼知道奴家去將軍府了？」

不耐煩地伸手扯了她身上披著的袍子，殷戈止皺眉：「旁的我不知道，這是將軍府丫鬟的外袍我還是認得的。」

這樣啊，風月媚笑，蹭到他懷裡去坐著便道：「今日是受易小姐邀請去的將軍府，喝了會兒茶，衣裳壞了，所以借了丫鬟的衣裳回來。」

下意識地捏著她的腰，讓她坐穩些，殷戈止冷聲諷刺：「妳的衣裳真容易壞。」

那還不都是這些個臭男人沒事就愛扯人衣裳？風月齜牙，像隻凶惡的老虎，正想控訴呢，冷不防就見這人的眼神掃過來了，當即毛一軟尾巴一耷拉，垂著耳朵就變成了諂媚的貓咪：「公子說得是，金媽媽該買點好衣裳回來。」

輕哼一聲，殷戈止道：「今晚就在妳這裡歇了，妳準備準備。」

「好嘞！」風月頷首，立刻去找靈殊給自己盥洗更衣。

「主子。」澡堂裡，靈殊一臉天真地在她耳邊嘀咕：「方才遇見賣綠豆糕的趙大娘啦，大娘很關心您，還說最近天氣有變，讓您小心身子。」

風月聽著，笑吟吟地道：「人家這麼體貼，靈殊是不是該多去買點綠豆糕，照顧人家生意啊？這裡是銀子，等會妳就往響玉街去一趟吧。」

不疑有他，靈殊歡快地就應下。

夜幕降臨，風月裹了紗衣上樓，冷不防覺得頭頂有風，下意識地就低斥一聲：「誰！」

第17章　遇刺啦！

一片黑影從頭頂上過去，激得她渾身緊繃，下意識地就想去追。

然而，就算意識還在，但這身子，追上人家可能還會反被滅口。深吸一口氣，風月看了看四周，樓下人多，三樓的房門都緊閉，沒什麼人在外頭。

那只有殷戈止的身邊最安全！

提著裙子「咚咚咚」地跑回自己房間，風月一腳踹開房門就喊：「公子！有刺客！」

屋子裡的殷戈止手裡扼著黑衣人的喉嚨，像捏破布一般，眼神陰鷙：「我看見了。」

風月：「……」

動作好快啊，她跑過來也就幾步路的時間，這黑衣人竟然就動手了。更可怕的是，看起來他才剛剛動手，然後就被殷戈止給掐死了。

簡單粗暴，不用武器，伸手就掐死！

下意識地摸了摸自己的脖頸，她突然覺得殷戈止還是很溫柔的，掐她沒用什麼力氣，真用力，她怎麼也得被掐個奼紫嫣紅七竅流血。

嚥了口唾沫，風月一臉害怕地看著他：「公子……您……這……」

殺人了耶！

冷哼一聲將屍體扔在一邊，殷戈止看了她一眼：「妳怕？」

不怕，但裝也要裝得怕啊！風月抖著身子，跟中風了似的顫顫巍巍，一雙眼裡滿是惶恐：「奴家這房間還要用來睡覺的……」

像是聽見了什麼動靜，殷戈止側頭頓了頓，眉頭微皺，暗罵了一聲，然後便道：「妳是想留下來死在這裡，還是跟我出去看看月亮？」

這種事情需要問嗎？風月撲過去就往他懷裡一跳，一雙眼眨巴得嬌媚萬分：「公子救我！」

斜她一眼，殷戈止伸手捏了她的腰，轉身就踢開了窗戶，縱身一躍，從夢回樓的三樓直接跳到了對面房屋的屋頂。

屬貓的吧？抱緊了他，風月是真緊張了，生怕這人一個用力過猛，直接把人家房頂踩踏，然後就得摔個七葷八素的。

然而她多慮了，哪怕是抱著她這麼個人，殷戈止也是身輕如燕，從一個房頂踩到另一個房頂，瀟灑地穿梭於亥時安靜的不陰城，最後停在了不陰城最高的望鄉樓上。

「您是當真出來看月亮的嗎？」哆囉哆嗦地看了一眼他們的位置，風月差點嚎出聲：「這麼高！」

「下去。」殷戈止面無表情地道。

倒吸一口涼氣，風月「哇」地一聲就哭了出來：「公子，我們近日無怨啊，您好端端地把奴家抱出來讓奴家從望鄉樓上下去？若是奴家伺候得不周到，您可以跟金媽媽說，奴家改啊！不必用這樣的方式……」

「吵死了！」嫌棄地捂了她的嘴，殷戈止黑著臉道：「我是讓妳從我身上下去！」

夜風徐徐，樓頂上的玄衣男子站得筆直，身上纏著個紅衣女子，手腳並用，跟章魚似的吸附在人家身上。

呆呆地看著他沒回過神，風月噴了個鼻涕泡，泡泡「啵」地一聲破了，微微濺上他的衣襟。

殷戈止差點就反手將她劈下去了！

「息怒息怒！」連忙鬆開人家蹲在屋脊上，風月掏出手絹擦擦眼淚擤了擤鼻涕。

旁邊的人厭惡萬分地看著她，很是不能理解：「別的女人哭都只有眼淚，妳為什麼還流鼻涕？」

扔了手絹翻了個白眼，風月道：「是個人哭都會有鼻涕，有的姑娘想悽美點，就把鼻涕擦了而已。可當真傷心了害怕了，誰還顧哭得美不美啊？」

殷戈止皺眉，臉上滿是不能理解。不過來不及能他想通，四面八方破空之聲同時襲來，風月嚇得立刻趴在了瓦片上。

對於她這種不礙事的行為，殷戈止還是很滿意的，側身躲開暗器，順手就拔了她頭上的金簪，格開直衝面門而來的長劍。

「叮」地一聲響，仿若兵器交接，小小的金簪將對面的黑衣人震得虎口微麻。黑衣人瞳孔裡露出點恐懼來，退後幾步站在飛簷上，猶豫不決。

風月瞧著，忍不住嘀咕：「當殺手的這點自信都沒有，還殺什麼人啊？」

聞言，黑衣人狠狠瞪了她一眼，舉劍就朝殷戈止衝過去！後者身手矯捷，不慌不忙地躲著他的攻擊，一雙眼直直地盯著黑衣人的眼睛。

被這氣勢所懾，黑衣人目光慌亂，很快就露了破綻，下盤一弱，被殷戈止一個掃堂腿，直接便從望鄉樓上滾了下去。

瓦片同人骨肉砸下去的聲音一起在底下炸響，殷戈止拂了衣袍，頗為張狂地道：「要麼就一起上，要麼你們就歇著，這樣一個個地來，不如不來！」

瞧瞧，武功高就是囂張，敢一個人單挑人家一群！要是她是刺客，聽著這話，那就不上了，回家洗洗睡。可暗處的那些人好像很有骨氣，被這麼一激，「唰唰唰」地就來了十個人，無聲地站在屋簷四周。

「好囂張的口氣。」為首的刺客終於開口，像是被氣壞了，捏著刀直抖：「兄弟們給我上，把這兩個人剁成肉醬！」

嗯，肉醬。

嗯？等等？把兩個人剁成肉醬？風月瞪大眼，看了看殷戈止又低頭看了看自己，忍不住咆哮出聲：「關我什麼事啊！放狠話的是他，你們剁他不就好了！憑啥連我也剁！」

「妳給我閉嘴！」低喝一聲，殷戈止伸手又拔了她兩根簪子，當暗器一樣衝著人家腦門就扔。

混戰頓起，風月壓根躲無可躲，只能在殷戈止腳下求得片刻安寧。

眼眸微微染紅，殷戈止明顯是興奮了起來，一個人在人群之中遊刃有餘，跟玩似的與他們過招，先將人家的刀劍都奪了扔下樓，然後就一副「略略略來打我啊」的樣子在刺客群中晃盪。

風月抱著腦袋偷看戰況，心想她要是刺客，肯定也被這賤人氣死了，打不過也就罷了，還得被他當猴耍！

刺客的確是氣死了，站在後頭屋簷上的一個黑衣人憤怒地抬起了袖子，對準了殷戈止的背心。瞳孔微縮，風月下意識地就起身，撲上殷戈止的背，大喊了一聲：「小心！」

這聲音震耳欲聾，直接把望鄉樓裡頭的人都喊醒了。殷戈止被吼得腦子裡一陣嗡鳴，側身就躲過了背後的袖箭，皺眉回頭看了看身後。

紅紗裹著香氣，在暗夜裡顯得格外惑人，她那僵硬的手臂勒在他脖子上，老實說，很不舒服，他有點呼吸不上來。但是背是戰鬥中最脆弱的地方，被她這麼一抱，莫名的，倒是有點踏實。

「妳這是想保護我？」

語氣裡嘲諷之意甚濃，風月聽得撇了撇嘴：「沒啊，奴家躲箭呢，自己躲不過來，還是趴在您背上比較安全。」

瞎操的什麼心吶！以殷戈止這樣警戒的性子，別說背後的袖箭了，背後的牛毛針他也躲得開。

臉上有點羞恥的紅暈，風月把頭埋在他背後，老老實實地將自己偽裝成一個包袱。

前頭的刺客正渾身緊繃地盯著殷戈止，冷不防好像看見他笑了笑，嚇得年紀小點的刺客差點從屋簷上掉下去。

「頭兒。」膽子大的刺客看見殷戈止這表情，也不太淡定了：「要不我們先撤吧？這看起來不太妙啊……」

「怕什麼！」為首的刺客強自鎮定，再一掃殷戈止月光下那張恍若閻王的臉，終於是站不住了，哆囉哆嗦地道：「不怕也得留著兄弟們的命在……先撤！」

「唰唰唰」地幾聲，跟他們來的時候一樣，離場的聲音也十分整齊。

四周安靜了下來，風月睜開一隻眼瞧了瞧，看著安全了，才伸長了脖子出來，鬆了口氣：「好可怕啊！」

殷戈止抖了抖背，像是想把她抖下來，奈何背後的人跟座泰山似的，竟然紋絲不動。

「喂。」他皺眉：「妳勒著我了。」

「哦。」鬆開他站下來，風月心疼地看了看自己的簪子，掰開這位大爺的手拿回來，抹了抹重新插回頭上：「公子竟然惹著刺客了？」

背後一鬆，夜風一吹倒是涼得很，殷戈止瞇眼道：「並非我惹事，而是他們閒得無聊非得取我性命。」

就吳國對魏國之時，吳國朝廷之中一直有兩種聲音，一種是安於現狀，一種是再次攻打魏國，將魏國完全劃為吳國地界。

朝廷之上自然是前一種聲音占上風，但別有用心之人，自然會想方設法刺殺他，以便挑起兩國間的戰事，達到擴張吳國版圖的目的。

「您這樣也太危險了。」風月皺眉：「沒人護著您嗎？先前您身邊的那個小哥呢？」

護著他？殷戈止垂眸：「我不需要人護著。」

久疏沙場，能來人讓他聞聞鮮血的味道，也是不錯的。這些人就算死了，也不會被歸為命案，真是分外的方便。

深深地看他一眼，風月坐在屋簷上就開始耍賴：「別的奴家不管，但是公子，您扔了奴家兩支簪子，還在奴家房間裡殺人，又讓奴家看了這麼嚇人的場面，您得補償奴家！奴家的小心肝都要嚇得跳出喉嚨了嚶嚶嚶。」

這女人……

轉頭看她，殷戈止眼神複雜。

第18章　狐假虎威

說她什麼好呢？罵她沒個正經吧，關鍵時刻竟然還知道幫他擋箭。要誇她英勇無畏吧，這會兒倒跟他坐地耍賴了。

「兩支簪子是嗎？」居高臨下地看著她，他道：「我賠給妳。」

「簪子好說，還有驚得奴家的小心肝撲通撲通的補償！」風月扁嘴，眨巴著眼睛，伸手戳著自個兒的心口：「嚇死奴家了啦～」

不知道是不是夜風太涼，殷戈止打了個哆嗦，渾身都起了顫慄。

屋脊上的小妖精一點也不覺得羞恥，一臉泫然欲泣的表情，大有「你不賠我就哭給你看，哭出鼻涕泡！」的意思。

臉上的表情鬆了些，殷戈止走過去，微微彎腰就將她整個人撈起來，捂在懷裡，原路奔向夢回樓。

殷戈止人不怎麼樣，身上的血腥味也重，但當真捨得用兩隻手來抱人的時候，懷抱便格外踏實，踏實得風月差點睡著。

將人塞進被子裡，殷戈止轉身將屋裡的屍體扔下樓，關上窗戶鎖上門，然後更衣上床。

「妳想要什麼，明日就去買，算作我給妳的補償。」看著風月的背影，殷戈止板著臉說了一句。

風月迷糊地應了，接著就沒聽見聲音了。

正以為這人要直接睡覺呢，誰知道身後一熱，整個背部的輪廓都被人貼得嚴絲合縫。殷戈止高八尺，這麼捲著她，很容易地就讓風月想到了招搖街尾的肉卷——他是外頭的麵皮，她是裡頭的那片肉，包得嚴嚴實實的。

身下被什麼東西抵著，風月裝作沒察覺，背後這人竟然也當真沒動，說完這句話就閉眼睡了。呼吸綿長，熱氣吐在她耳畔，恍然間讓她覺得這裡不是窯子，而是安靜祥和的宅院主屋，神仙眷侶般的兩個人相擁而眠，溫暖又美好。

然而，窯子就是窯子，注定是要被人打破寧靜的。一大早風月就被下頭的聲音吵醒了，難得的，還是個男人的聲音。

「青樓不都是給銀子就能贖人嗎，憑什麼我要贖人就不讓？欺負人？」

「這位公子。」金媽媽小聲地賠笑：「風月有客人在。」

「天都亮了，有客人也該伺候完了！」孫力狠命地拍著桌子：「你們敢耍什麼花樣，我拆了妳這樓！」

金媽媽皺眉，頗有些不爽，這年頭什麼人都敢嚷嚷著要拆她樓，越是沒本事就越叫得凶，這人一看就不是個好東西，有錢她也不會讓他贖了風月！

三樓另一邊早起的姑娘們倒是笑咪咪地在看熱鬧了，瞧著下頭的孫力，斷絃嘖嘖道：「這兩日風月的生意可真是好啊，還有人願意給她贖身了，好福氣。」

「瞧妳這話說得。」微雲搖頭：「下頭那人看樣子就不如風月這兩日接的客人有身分，真給贖走了，算什麼福氣？」

「話不能這麼說啊，我們這行的，有人願意給贖身就不錯了，還挑肥揀瘦的麼？」斷絃哼道：「真要拒絕這人的贖身，那不擺明了是個趨炎附勢的？以後誰來贖她？」

想了想，好像也是這麼個道理，青樓女子也是要名聲的，越是高雅的青樓，越講究個氣節，真被傳出「見高踩低」的名聲，那也算是毀了。

吵嚷的聲音不絕於耳，殷戈止睜眼，一張臉黑得難看。

風月瞧著，立刻滾下床，骨碌碌地滾到隔斷後頭躲著，小聲道：「這可不是奴家吵您的啊，下頭在鬧呢。」

被人吵醒的殷戈止一向暴躁，起身，眼睛都沒睜開，直接把外室裡放著的雕花漆紅的圓桌拎起來，開門就往下一扔！

「哐噹！」桌子砸碎在大堂中央，嚇得孫力瞬間沒了聲音。

安靜了，殷大皇子鬆了眉頭，繼續回去睡覺。

風月裹了衣裳，拎了靈殊進來給自個兒梳了髮髻，等下頭重新響起點聲音的時候，才躡手躡腳地出門，一溜煙地跑下樓看情況。

「出什麼事了？」

碎裂的木桌旁邊，金媽媽淡定地笑著，指了指被嚇白臉的孫力：「這位公子想給妳贖身。」

「哦，贖身啊？」看了看孫力，風月捏著帕子笑：「承蒙公子厚愛，我們這夢回樓，客人想給姑娘們贖身，姑娘要是不願意，您也是帶不走人的。」

「妳不願意？」瞇眼看著她，孫力臉上重新帶了戾氣，像市井的流氓，頗有些威脅的意味。

這點兒氣勢，自然是不可能嚇著風月的，小妖精媚眼一拋就道：「不願意啊。」

「妳！」孫力氣得一拍桌子：「我肯要妳就已經很不錯了，妳還想怎樣？看不起我？」

「這位公子。」風月笑道：「人要別人看得起，首先得自己看得起自己，您這張口閉口的都覺得是我們夢回樓看不起您，不給贖身，實在是太過自卑。」

「我自卑？」孫力哼笑，抹了一把自己方形的臉，小小的眼睛裡露出鄙夷：「我給人幹活，賺的都是乾淨錢，比妳們這些張腿賺錢的女人不知道好多少，妳有臉跟我說自卑？」

話說得難聽了，金媽媽都沉了臉：「這位公子，自重。」

「您覺得我們這裡的姑娘不乾淨，那您捧著銀子眼巴巴地上來給奴家贖身做什麼？」冷了眼神，風月一步步朝這邊走過來，周身少了嫵媚旖旎，倒是莫名的給人壓迫感：「嘴裡罵我們低賤，自己又賤得慌拿錢來要我們低賤，公子，到底是你們賤些，還是姑娘們賤啊？一個男人瞧著也是而立之年了，嘴裡還這麼不乾不淨的，貴府是不是從小不太重視禮儀教導？」

說一句，靠近他一步，風月眼神冷冽，分明穿的是羅袖紅紗，卻彷彿拿著砍刀騎著高馬，逼得孫力不停地往旁邊挪，差點摔到地上。

「我……」

「你什麼你？」風月瞇眼：「想給我贖身？好啊，贖身的價錢都是姑娘們和金媽媽商量著定的，媽媽，我要給自個兒定個一萬兩黃金，您說成嗎？」

「成！」想都沒想，金媽媽點頭就應了。

臉漲得通紅，孫力半晌沒回過神，等反應過來自己被個妓子嚇成這樣的時候，又急又羞，起身就一把將風月推開：「真以為我這麼好欺負？我告訴妳，這人是將軍府的大小姐要奴才來贖的，妳們這般侮辱我，就是侮辱將軍府！什麼夢回樓，我呸！明兒就讓妳開不成！」

金媽媽一愣，一眾姑娘也都被嚇了一跳。樓上的斷絃等人飛一般地就跑了下來，著急地道：「將軍府哪裡是我們能開罪得起的？媽媽妳也是，跟著風月胡來做什麼？」

微雲看著風月就道：「我們總不能因為妳一個，就毀了整個夢回樓！妳快去跟這位公子道歉，好生說說，讓他贖身。」

「是啊，妳的事，憑什麼牽扯到我們啊？」

掃了她們一圈，風月嘆息，這樓裡的姑娘們還真是巴不得她走呢。

「我不。」要是別的地方，她可能還會猶豫一下，偏生是將軍府，是這個孫力，那她是決計不會答應的。

這倆字一出來，一眾姑娘當即就炸了：「妳怎麼這般自私？讓妳跟人走而已，又不是要了妳的命，做什麼非得連累我們？」

「就是啊，金媽媽待妳也不薄，好吃好喝地供著妳，妳就這般不識好歹？」

任憑她們說，風月站在大堂中央，冷冷地看著孫力，就是沒動。

孫力嗤笑，得意地看著她被眾人圍攻，翹著二郎腿看著金媽媽道：「怎麼樣？現在讓贖身了嗎？」

「不讓。」

冰冷的兩個字從樓梯砸下來，震得眾人一頓。

姑娘們紛紛側頭，就見殷戈止披著外袍，像是沒睡醒的樣子，眉目間滿是沉怒地看著這邊。

風月一身剛硬的氣勢瞬間就軟了，無辜地朝他直吐舌頭，要是背後有尾巴，肯定還會討好地搖兩下。

大魔王終於被吵醒了！

不爽地看向孫力，殷戈止慢慢走下來，眾人紛紛讓開一條路。

孫力自然是認識他的，笑了兩聲正想套近乎，沒想到脖子倏地一緊！

直接捏著他的脖子拎起來看了看，殷戈止疑惑地問：「你說你是誰派來的？」

被掐得白了臉，孫力掙扎了兩下，艱難地道：「殿下息怒……奴才，奴才是易大小姐身邊的人啊，您不記得了嗎？」

易大小姐？遲鈍地反應了一下，殷戈止扔開他，面無表情地道：「狐假虎威。」

被這四個字說得臉上一陣紅一陣白，孫力還是得爬回來跪好，硬著頭皮道：「的確是大小姐的吩咐，說是這位姑娘對她有恩，所以讓奴才把她贖出去過好日子。」

「我呸！」有殷戈止在，風月瞬間就有底氣了，很是狗腿地跑到人家背後躲著，伸出腦袋就惡狠狠地道：「你那叫讓我過好日子？將軍府裡想強我未遂，怕是要買我回去讓我生不如死！」

身子一僵，殷戈止皺眉，緩緩回頭看了風月一眼：「妳說什麼？」

風月眨眼，突然想起自己昨兒回來沒跟這位爺說實話，當即心虛地乾笑了兩聲：「沒什麼。」

第19章　斷手教學

眼神沉了沉，殷戈止盯著她，大有「妳不說清楚我就盯穿妳」的氣勢。

嘁了口唾沫，風月扭頭，朝著孫力的方向齜牙咧嘴：「就他，想在將軍府裡照顧奴家生意，被奴家拒絕了，大概面兒上過不去，所以來找奴家麻煩。」

所以披著丫鬟的衣裳回來，是因為外袍被人扯了？

殷戈止頷首，一張臉線條緊繃，緩緩地轉頭看向孫力。

跌坐著的孫力一個哆嗦，像是看見了什麼恐怖至極的東西，一邊往後爬一邊道：「奴才不贖了，奴才還要回去跟大小姐覆命呢……」

沒吭聲，殷戈止安靜地跟著他的動作往外走，走到夢回樓門口，孫力像是終於找回點力氣，爬起來就跑！

「妳去準備早點。」不慌不忙地回頭吩咐了風月一聲，殷戈止道：「我出去買點東西。」

「……好。」點點頭，風月立刻就往廚房衝，速度比孫力還快！

殷戈止這個人真的太可怕了，一旦生氣，雖然臉上看不出個什麼，但站在他身邊都會覺得呼吸困難，生怕怒火一個跑偏就燒到了自己身上。

分明是個年輕人，但這渾身的氣勢，倒是比上了年紀的長輩還嚇人，怪不得治軍嚴明呢，恐怕軍營裡敢不聽話的，不被打死也能被嚇死！

但是……他這麼生氣做什麼？

拎了靈殊來代勞早膳，風月坐在旁邊撐著下巴，很是認真地思考了一會兒。

「姑娘。」觀止跟著進來了，捋了袖子就來幫忙：「您不用擔心，有主子在，沒人能欺負您的。」

嗯？眨眨眼，風月側頭問他：「你家主子對每個人都這麼好嗎？」

「也算不得好。」觀止老老實實地道：「只是主子的東西，一向不喜歡人碰，孫力犯了忌諱，哪怕是易小姐的人，這回也少不了吃苦頭。」

這樣啊，風月笑了笑：「那要是換做易小姐，被人冒犯了，你家主子當如何？」

觀止一愣，很認真地想了想，然後道：「要是易小姐的話，那冒犯的人肯定會被主子取了性命。」

頓了頓，又覺得不妥，於是再補上一句：「畢竟身分懸殊。」

風月瞭然，點點頭，心裡微鬆。

旁邊的靈殊不高興了，眼睛一瞪就踩了觀止一腳：「怎麼說話的？」

好笑地摸了摸這小丫頭的腦袋，觀止道：「妳倒是護主，不過我說的都是實話，風月姑娘明事理，自然不會在這些小事上計較。」

不高興地鼓嘴，又看看自家主子的確沒有在乎的表現，靈殊洩了氣，老實地煮菜熬粥。

等早膳做好，三人一起上樓回房，推開房門，殷戈止已經在裡頭了，旁邊還多了兩個少年。

風月記得，這倆少年是殷戈止剛收的徒弟，藍色衣裳那個是安國侯府二少爺安世沖，灰色衣裳那個是鎮遠將軍府二少爺徐懷祖。

殷戈止運氣真不錯，這兩人身分不低，天資也不錯，收做徒弟，只有好處沒有壞處。

不過，教徒弟別的也就算了，怎麼還教逛窯子的?!

嘴角抽了抽，風月裝作什麼也不知道的樣子，進去行了個禮：「早膳好了。」

殷戈止正在跟兩個徒兒說話，見她進來就停了，跟個大爺似的等著她伺候，連筷子都要給他塞手裡。

「您方才買什麼去了？」抬袖一笑，風月眨巴著眼看著後頭兩個小徒弟：「買回來兩個人？」

這倆孩子瞧著也就十七八歲的年紀，臉皮還薄，被她一個媚眼就紅了臉，一個往左轉一個往右轉，都不敢看她的臉。

殷戈止很是嫌棄地看著她，很不和善地道：「買什麼還要同妳稟告？」

「那自然是不用的。」縮了縮脖子，風月委委屈屈地扁嘴：「您說啥就是啥！」

這個人，得意忘形起來讓人想掐死她，委屈起來又跟天塌了似的，眉毛耷拉下來，眼睛水汪汪的，活像他要把她給欺負死了。

殷戈止輕輕嘆了口氣。

背後兩個小少爺聽見了，微微有點驚訝，忍不住多看了自家師父兩眼。

師父會嘆氣耶！師父早膳也喜歡喝粥耶！師父竟然也拿女人有點沒辦法耶！

感動得眼眶泛紅，安世沖和徐懷祖握了握手，在彼此的眼裡都看見了同樣的心情——

太好了！師父也是凡人！

從拜師到現在兩人都一直戰戰兢兢的，畢竟殷戈止是活在傳說裡的人物，他們生怕哪兒觸怒師父，引了天災什麼的，但從剛才的街上鬥毆到現在的嘆息聲，他們驚喜地發現，原來師父跟正常人沒什麼兩樣啊！

而且，師父打架的時候……或者說是單方面毆打別人的時候，真的是太有氣勢太好看了！一邊打還一邊給他們冷靜地解釋：

「手臂最弱的地方是關節，要打斷這隻手，你們力道不夠，可以用手肘或者小臂外側，為師省事些，直接擰了。」

「聽見他這樣的慘叫聲，手還動不了，就說明手關節斷了，不是脫臼，脫臼沒這麼痛。另外再來看看這隻手。」

「當你攻擊的人想反抗的時候，再給他後頸來一個手刀。」

冷靜的聲音，完全沒有被淒厲的慘叫聲掩蓋，像陰曹地府裡的索命之聲，不急不緩地在巷子裡響起。

殷戈止就像個屠夫，說打斷孫力兩隻手，就真是一隻手都沒給留下。

安世沖和徐懷祖在他旁邊看著，一邊聽一邊記，完全沒有問自家師父為什麼要揍這個人。

反正師父做的事，肯定都是對的，問那麼多幹嘛！

經此一事，兩個小少爺更加崇拜殷戈止了，跟著他，能學到的東西實在太多了！

於是現在風月瞧見的，就是兩個眼裡冒光就差沒朝殷戈止跪下來的少年郎。

「等用完早膳，你們去宋將軍那邊，跟著他手底下的士兵一起操練。」殷戈止道：「午時的時候，再來這裡用膳。」

哈？風月有點意外：「來這裡？」

「妳有什麼意見嗎？」殷戈止看向她。

腦袋立刻搖得跟撥浪鼓一樣，風月賠笑：「沒有沒有，奴家定然讓人好生準備！」

殷大爺不說話了，繼續低頭喝粥，兩個小少年乖乖巧巧地跟著他坐下，很是優雅地一起用膳。

風月的肚子「咕」地叫了一聲。

斜了她一眼，殷戈止沒吭聲，用完早膳就打發了兩個徒弟，然後進內室休息。

王八蛋啊！觀止說多做兩份早膳，她還以為這人是變體貼了要跟她一起用膳，沒想到自個兒還是只有站著看的份兒！妓子就是沒地位，都不能跟人同桌吃飯！

氣哼哼地端了盤子要出去，觀止卻過來接了她的工作，笑咪咪地塞給她兩個肉包子。

誒？風月眨眼，聞了聞這香味兒，眼睛一亮：「你真是個好人！」

耳根一紅，觀止吶吶地擺手，想說什麼又沒說出來，只看著面前這姑娘狼吞虎嚥地吃了包子，順手給她倒了杯茶。

感動不已地看著觀止，風月感慨：「人與人之間的差別，怎麼就這麼大呢？魔一般的主子，仙一般的隨從！」

內室裡傳來一聲冷哼，嚇得風月差點沒站穩。他奶奶的，這麼久了都還沒睡著？

「公子，奴家說笑呢！哈哈哈。」朝著內室的方向拜了拜，風月拔腿就往樓下跑。

觀止哭笑不得，只覺得這姑娘真是活潑得緊，比他見過的任何一個女子都活潑，帶得主子最近都好像鮮活了些。

倒也不錯。

巳時一刻，風月剛收拾好準備上樓，就聽得大堂裡一陣騷亂，有兵甲碰撞之聲整齊地響起，激得她打了個哆嗦。

「各位軍爺，這是怎麼了？」金媽媽慌了神，看著十幾個穿著盔甲的護衛闖進夢回樓，在大堂四周站了個圈兒。

門口堵著的侍衛讓開路，最後進來的是個穿著鎧甲的姑娘，一身氣勢也是嚇人，張口就叱：「傷人者何在？」

金媽媽戰戰兢兢地道：「傷什麼人啊？大人有話好說，我們這裡沒出過傷人之事啊！」

易掌珠怒極，揮手就讓人把孫力抬了進來：「我的隨從，在你們這裡被人打斷雙手，你們夢回樓做的都是黑心生意不成?!」

風月提著裙子跑了出去，掃一眼易掌珠這裝扮，皺了皺眉。

細皮嫩肉的，頭盔都戴不周正，還穿鎧甲。很像她小時候不懂事偷穿父親鎧甲時候的模樣，稚嫩不搭。

「易小姐。」朝她行了禮，風月笑著道：「這位公子出我夢回樓的時候是好好的，沒有人動手，至於出去之後發生了什麼，我們也不知道，何以一上來就問我夢回樓的罪？」

皺眉看著她，易掌珠一副「恨鐵不成鋼」的樣子看著她道：「我好心讓孫力替妳贖身，免妳半世漂泊，妳倒好，拒絕不說，還讓人打斷他雙手！風月姑娘，我原以為妳是個好人，但現在看來，妳不過就是個趨炎附勢的低賤妓子！」

乾笑兩聲，風月恭敬地道：「奴家本就不是什麼高貴的人，這裡的客人都知道，整個夢回樓最不要臉的就是奴家，所以奴家願意漂泊，難承小姐美意。但是孫力的這雙手，與奴家無關。」

第20章　說不得

罵女子低賤已經是很難聽的罵法兒了，但是沒想到面前這人一點不羞，還言辭鑿鑿地狡辯！易掌珠噎了一口氣，難以置信地看著她。

窯子裡的女人，都是這般沒自尊的？

孫力好像在昏迷，迷迷糊糊地哀嚎著。易掌珠聽得更氣，揮手就道：「把這群人給我帶回衙門去審查！」

金媽媽慌了，風月也皺眉，侍衛上來押著她，她沒反抗，倒是問了一句：「既沒當場抓著行凶之人，亦沒有衙門批捕的公文，易小姐只憑這一身鎧甲，就要抓人嗎？」

易掌珠不解地看著她：「孫力是來贖妳出的事，我抓妳送去衙門，有什麼不妥？」

好歹是將軍府的小姐，基本的規矩流程都不知道？風月嘆息：「您高興抓就抓吧。」

就算與法不合，但人家身分貴重，想來也不會有人怪她。

「這是做什麼？」三樓的欄杆邊，有人淡淡地問了一句。

易掌珠抬頭，看見殷戈止，嚇了一跳：「殷哥哥？你怎麼在這裡？」

聽見易掌珠的聲音，殷戈止皺眉仔細瞧了瞧下頭，轉身走下來，到她面前站定：「妳穿成這樣是要做什麼？」

低頭看了看自己的盔甲，易掌珠臉紅了紅，吶吶道：「來這種地方，穿女裝也不太方便，我就想著穿這個會好些。」

沉默了一瞬，殷戈止也沒多說什麼，看了旁邊的孫力一眼，道：「他雙手是我擰斷的。」

嚇了一跳，易掌珠瞪眼看他：「你……殷哥哥！孫力哪裡得罪你了?!」

「並未得罪。」殷戈止平靜地負手道：「我是看他忠厚老實，卻一直操勞，有些憐憫他，所以擰斷他雙手，從此他再也不用幹活，可以在家裡舒服地過下半輩子。」

說完，看向易掌珠：「難道不是為他好嗎？」

這怎麼能算是為他好？易掌珠皺眉，想反駁，張了張嘴又有些臉紅。

她就是一直以這樣的論調讓孫力去贖風月的，現在總不能說這不算為人家好，那豈不是打了自己的臉？

生生嚥下這口氣，易掌珠紅了眼，沙啞著嗓子道：「殷哥哥說什麼，那就是什麼吧。既然是你的恩賜，那我也不論了，走就是了。」

說罷，轉身就跑。

「掌珠。」殷戈止喊了一聲，兩個字，輕飄飄的，卻像塊石頭似的砸在風月心上。

瞧瞧這喊得，跟喊別人那硬邦邦的語氣可不一樣，帶著點無奈，還帶著點寵溺，喊完便跟著人跑了出去。

哎喲喂這一追一跑的，可真是郎情妾意打情罵俏臭不要臉嘿！

翻了個白眼，風月掃了掃衣裙，轉身就往樓上走。

旁邊看熱鬧的斷絃等人回過神來，七嘴八舌地就說開了：「那是易家大小姐吧？除了她也沒別的女人能有這麼大陣仗了，她剛才喊那位公子喊什麼？殷哥哥？」

微雲倒吸了一口涼氣：「殷？這個姓氏是魏國國姓啊！」

魏國國姓的人，在吳國不陰城的，只有一個人——殷大皇子。

幾個姑娘心裡都是「咯噔」一聲，紛紛朝風月這邊看過來。

風月垂眸，慢悠悠地走在樓梯上，就像什麼也沒發生過一樣，走得嫵媚又優雅。

斷絃咬牙，酸裡酸氣地道：「就算是那位又怎麼樣？人家那樣的身分來我們這裡，只能是嘗慣了山珍海味，想吃點蘿蔔鹹菜。瞧見沒？易大小姐一走，人還不是馬上追過去了？可沒見他對某些人這麼好。」

「畢竟身分有別，一個天上花，一個地下泥，可憐有些人將這逢場作戲當了真，最後什麼也沒落著，才是可憐。」

轉身上了三樓，風月朝著對面露出牙笑了笑：「各位姐姐要是擔心我，那就不必了，至少我的棺材本是夠了。」

伺候那麼一個人，得的賞錢都抵得上她們伺候十個人了，同情她？有必要嗎？

一句話噎得斷絃等人沒吭聲了，風月下巴一揚，高傲得像隻打贏了架的孔雀，進屋關上了門。

「這小蹄子！」斷絃恨得牙癢癢：「就沒個法子教訓她嗎！」

「哪有什麼辦法……」微雲嘆息：「我們好生準備準備吧，那位爺來這裡，也不一定就看上風月一個。」

想想也有道理，斷絃連忙回屋，好生練起琴來。

屋子裡安靜下來，風月隨意地脫了鞋，雪白的腳丫子踩在地毯上，又踩上了軟榻後頭的窗臺，拎了櫃子裡藏著的酒，靠在窗邊直接仰頭便飲。

白天本來就該是她這種人睡覺的時間，反正沒客人了，好好喝酒睡一覺吧。

紅紗衣礙事，風月皺眉解了腰帶，外袍鬆鬆垮垮地滑下肩頭，露出幾道淺淺的疤痕。肌膚如雪，紅衣如火，酒水從肩窩溢出來，滑進深深的溝壑裡，誘人至極。

她沒想勾引誰，這會兒也沒這個心情，只是從前不高興的時候就喜歡這樣喝酒，總被父親叱罵沒個規矩，哪兒喝不好，非得爬窗臺。

如今再也沒人管她啦！不穿鞋沒關係，衣衫不整沒關係，大口大口地喝酒也沒關係！

嘿嘿笑了兩聲，風月灌了一口酒，捏著酒瓶子的手有些生疼，不過這點疼實在也不算啥，頂多用來在男人面前博同情，當真一個人的時候，這碎了骨頭的手，她也能照樣用。

喝得迷迷糊糊的，髮髻也散了，衣衫也亂了，風月打了個酒嗝，關上窗就回去睡覺。

夢裡有人在撕扯她的衣裳，凶狠得像一頭獅子。風月不耐煩地揮手，奈何手被人扯著綁住了，那只能動腳——猛地一抬腿將人踹開，然後抱著枕頭繼續睡。

「妳活得不耐煩了？」有人在她耳邊低吼：「給我醒醒！」

好不容易喝醉的，誰要醒啊？迷迷糊糊地「呸」了一聲，風月嘟囔著抱住不斷搖晃她的手，紅彤彤的臉蛋在人家手上蹭了蹭，然後繼續睡。

屋子裡安靜了一會兒，接著風月就感覺有泰山壓了下來，壓得她喘不過氣，直掙扎。但她越掙扎吧，這人還越來勁，手扣著她的手，腿壓著她的腿，用牙直接撕咬開她的衣襟，跟狼似蹭她。

這一定是一場噩夢，風月覺得，既然是夢，那還掙扎個什麼勁兒啊？反被動為主動，叫人嘗嘗什麼是欲仙欲死好了！

當初為了學這男女之事，她可是將不陰城所有書鋪的春宮圖都買空了，苦心鑽研，比以前練武還認真，習得一身好功夫，專門為了對付男人。她已經沒有喜歡的人啦，身子也不是完封的，愛怎麼樣怎麼樣吧，誰在乎呢？

耳邊粗重的喘息伴隨著嘶啞的低吟，風月覺得自己可能很成功，夢裡這人動情都動得這麼明顯，那一定是被她迷得神魂顛倒了。

要死一起死吧！

黃昏剛至，夢回樓裡的動靜就不小，一聲聲高高低低的，激得過路的人都忍不住往裡走。殷戈止知道風月是個浪蹄子，但是沒想過她能浪到這種地步，激得他渾身都微微泛紅，忍不住伸手捂著她的嘴：「不許叫了！」

幾番雲雨，酒醒了一半，風月茫然地看著身上這人，然後笑嘻嘻地扯了他的手：「公子這麼快就回來啦？」

看了一眼外頭的天色，殷戈止沒答她，只嫌棄地道：「妳可真是浪蕩。」

「妓子不浪蕩，哪兒來的生意啊？」咯咯笑了兩聲，風月勾著他的腰就起了身子，媚眼如絲地道：「就像那將軍府的小姐，要是不清高，怎麼會引得您趨之若鶩？」

臉色猛地一沉，殷戈止伸手就掐住了她的脖子，眼裡滿是怒氣。

「奴家……說錯話了？」勉強喘著氣，風月還在笑：「還是您覺得，奴家這種賤人嘴裡，不配評說人家小姐啊？」

「是不配。」聲音冷漠得完全不像是正在與她糾纏，殷戈止不悅地道：「妳做好妳自己的事。」

喜她纏綿，又厭她低賤，恩客可真是難伺候。

風月笑著，看他起身更衣，也沒留客，只道：「奴家好像不得公子歡心了，公子再包奴家幾日，也是是浪費錢財，不如就退了銀子，另尋個可人兒？」

跟他玩欲擒故縱？殷戈止嗤了一聲：「妳想趕著上太子的床，那也得把我伺候完。本也未得過我歡心，現在來計較，是不是晚了點？」

氣氛瞬間僵硬了起來，觀止在門外聽得一臉愕然，這好端端的，怎麼都吵起來了？剛剛主子進去的時候還挺高興的，翻書都沒他們翻臉快啊！

「奴家明白了。」風月頷首，合了衣裳就下樓去澡堂。

殷戈止滿臉戾氣，靠在軟榻上揉了揉額頭。

他這是怎麼了?跟個妓子置氣?有這必要嗎?不過這幾日著實是太慣著她了，倒讓她自以為是，還敢衝他耍脾氣。

女人果然是寵不得。

整理了袍子，殷戈止打開門，冷不防就有人撞進來，綠色的紗衣輕輕盈盈的，比紅色的讓人瞧著舒心了不少。

「公子……」斷絃嚇了一跳，臉上瞬間紅了：「奴家只是路過，並無衝撞之意!」

第21章　伺候不了的客人

這路過的方式也太詭異了，不走過道，倒是往他門上撞，藉口也不知道找好點？殷戈止有點不耐煩，低頭掃她一眼，推著她出門，自己也跟著站出來。正想說去她房裡，結果面前的姑娘就跟羊癲瘋了似的抖起來，「撲通」一聲就給他跪下了！

「公子。」聲音裡滿是顫抖，斷絃嚇得臉色慘白，朝他磕頭道：「奴家當真不是有意的！」

殷戈止一愣，低頭認真地反思了一下——自己有這麼嚇人嗎？

「我沒怪妳。」殷戈止道：「妳起來。」

這人的眼神像鐵鉤一樣，驚得斷絃不安極了，猶豫了半晌才磨磨蹭蹭地站起來，旁邊的人顯然更加不耐煩：「妳房間在哪兒？」

房間？嚥了口唾沫，斷絃指了指對面，殷戈止二話不說，抬腳就往那邊走。

斷絃愣在原地，看了看這位爺的背影，又看了看風月的房門，突然有點後悔。

她是不是做錯決定了？

夢回樓的澡堂很大，姑娘們都是一起沐浴，又快又方便，但是有個缺點就是：很吵。

七八個姑娘圍在她身邊，豔羨地看著她身上的痕跡，嘰嘰喳喳地道：「風月真是好運氣啊，這位恩客人長得俊，也捨得打賞，瞧著……想必功夫也不錯。」

她們嘴裡的功夫肯定不是武功，風月選擇了沉默，安靜地刮著自個兒的皮，臉上沒有表情，看起來跟在殷戈止和靈殊面前完全不一樣，冷漠又疏離。

幾個姑娘也早就習慣她了，背地裡罵她表裡不一，當面兒還是要逢迎一二的，畢竟馬上就是花魁選舉了，風月這姿色，當選的可能很大，到時候客人多了應付不過來，也能分她們點生意。

所以就算風月瞧著很拒人千里，一眾衣裳都沒穿的姑娘還是圍著她笑：「聽聞那位爺身分也貴重，又這般愛惜妳，說不定哪日就贖妳出去了，我們啊，可真是羨慕都羨慕不來。」

「是啊，聽說那位衝冠一怒為紅顏，為了風月，還打斷了上門要給風月贖身的恩客的手，哎呀呀，要是有恩客為奴家這麼霸道一回，奴家真是死也甘願！」

洗完了，風月起身，一身的水珠嘩啦啦地往下掉，濺得幾個姑娘閉了眼。

一句話沒吭，她裹了衣裳就走，留下一池的姑娘尷尬地面面相覷。

「這德性！」等人走遠了，才有人不悅地道：「對著恩客笑得那麼歡，對我們姐妹倒是清高得不理不睬的，這樣的人，也虧得有恩客看得上！」

「誰讓人家長得好看呢。」有人嗤笑。

「她哪兒是長得好看？分明是妝粉用得濃，沒瞧見來澡堂洗澡都不敢洗臉嗎？有本事洗把臉看看，哪有現在這樣好看！」

說得也是，風月的妝粉還真是整個夢回樓最濃的，眼睛勾畫成了狐眸，唇上朱丹也濃。真要洗了臉，肯定沒有這般豔光四射。

幾個姑娘得到點安慰，繼續沐浴了。風月離開澡堂，什麼也沒聽見，直接往樓上走。

屋子裡已經空了，殷戈止走了？鬆了口氣，她正要進去坐下呢，靈殊就不知道從哪兒跳出來了，小辮子氣得一翹一翹的：「主子！剛剛斷絃姑娘過來，把您的客人搶走了！」

嗯？風月眨眼：「斷絃？」

「可不是嗎！」靈殊要氣死了，淚花兒都往上冒：「分明是她說不要搶客人的，先前還那般趾高氣揚，現在一轉眼又來搶您的，這算個什麼？」

瞧這小臉蛋，都給氣紅了。風月一笑，伸手將她抱到膝蓋上，拿了旁邊的綠豆糕就哄她：「我們不氣啊，正好妳主子不想伺候了，那位客人走了也好，反正銀子已經給了，他不來，吃虧的又不是我們。」

「可……」

「靈殊乖。」摸摸她的頭，風月道：「男人這東西啊，妳別太在意，誰知道他們心裡到底在想什麼呢？今兒同這個好，明兒同那個好，都是常事，妳在意，那傷著的只有妳自個兒，明白了嗎？」

靈殊不哭了，有點茫然地看著她。

門口的觀止倒是哭笑不得，摸摸鼻子道：「姑娘，也不是世上所有的男人都這樣的，靈殊還小，哪有您這樣教的？」

抬眼看他，風月挑眉：「公子還有何吩咐嗎？」

「那個……」觀止也不知道自家主子突然的這是怎麼了，不過作為隨從，吩咐他只能聽，再不合理，也只能硬著頭皮道：「主子說餓了，讓您做點吃的送過去。」

在別的姑娘房裡，讓她做吃的過去？風月咂舌，忍不住鼓了鼓掌：「你家主子真是太會折騰人了。」

「憑什麼啊！」靈殊跳了起來，衝到觀止面前就齜牙：「餓了就讓斷絃姑娘房裡的人做，我家主子沒空！」

觀止乾笑，被個只到自己胸口高的小姑娘瞪著，竟然有點心虛。

風月聳肩，認命地站起來：「行了，人家給了銀子的，不吃我就吃東西，反正得吃一樣，那還是吃東西吧。」

撐不死他的！

殷戈止在斷絃房裡等著，斷絃在彈琴，但是不知道怎麼的，已經走了好幾個音了，惹得殷大皇子眉頭直皺，臉色難看得緊。

斷絃很想哭，她真的很好奇風月是怎麼伺候這位爺的，渾身都是煞氣，讓人根本不敢接近，臉上還一點表情都沒有，完全看不出他高不高興。

看不出情緒其實也還好，但自從她開始彈琴，這位爺是明顯地不高興了，嫌棄的神色彷彿一把把尖刀，直往她心口戳。

她可是斷絃啊！整個夢回樓最擅長琴藝之人，在不陰城裡也算小有名氣，竟然被這般看不起。

「妳不如別彈了。」殷戈止開口說了一聲。

琴聲戛然而止，斷絃漲紅了臉，囁嚅道：「公子不喜歡這曲子？」

沒答她，殷戈止直接起身，將她面前的琴抱了過來，隨意放在桌上，揮手彈了幾個音。

纏纏綿綿的女兒音，到他手裡卻成了金戈鐵馬的蒼涼聲，斷絃一震，殷戈止卻沒有繼續彈。

「不是琴的問題。」他說了這麼一句，然後就鬆開琴，去軟榻上躺著了。

屋子裡瞬間死寂。

風月拿頭頂著托盤把菜送進斷絃屋子裡的時候，就見斷絃一臉灰敗之色，像是受到了極大的打擊，靠在一邊目光呆滯地看著她。

這是發生啥了？

將菜放在桌上，風月看向殷戈止，後者懶散地起身，慢悠悠地開始用膳。

「妳做的？」吃了兩口，殷戈止問了一聲。

風月厚著臉皮點頭：「您不是讓奴家做吃的麼？」

奴家就親自去吩咐廚娘做了呀。

這句話不敢說出來，她知道，一旦說了，以這廝愛折磨人的性子，定然會讓她重新去做。

皺眉放下筷子，殷戈止抬頭，很是不悅地道：「難吃！」

「難吃您就少用些，都這個時辰了，也該就寢了。」完全不以為意，風月揮手就讓靈殊來幫忙收拾碗筷，接著轉身就走。

殷戈止面沉如水地坐著，手裡的筷子被靈殊惡狠狠地抽走，面前的菜也一瞬間消失了個乾淨。

膽子還真是不小啊，甩臉子給他看？殷戈止瞪著風月的背影，直到門關上了，才轉頭看向別處，輕哼一聲，緩和了神色。

斷絃看得有些怔愣，她不懂為什麼風月不怕這位爺，這位爺也好像沒有要同她計較的意思。這麼對恩客，當真不怕失寵嗎？

也是她太不了解殷戈止，像風月這種看得透的，就知道殷戈止從來就不給人恩寵，更談何失寵？

坐在妝臺前卸了頭上的東西，風月垂眸一掃，就瞧見臺子上放了倆新的金簪。

「這哪兒來的？」

靈殊瞥了一眼，哼聲道：「金媽媽給的，說妳首飾少了，最近客人多，給添置兩支簪子。」

捏起那簪子看了看，做工考究，用料也上乘，難得金媽媽這麼大方，終於不給她們用次貨充好了，風月點頭，放了簪子打了個呵欠，便上床睡覺。

另一邊的房裡，殷戈止從容地躺在床上，也沒管斷絃，可憐的姑娘站在床邊鼓了十次勇氣，都不敢跨上那床榻。見這位爺也沒有急著要自己的意思，再三考慮，斷絃還是睡去了軟榻上。

殷戈止皺眉，心想這姑娘怎麼一點也沒有風月的眼力勁？要換做那小妖精，早就撲上來勾引他了，完全不用他費事。

轉身朝床榻裡頭睡了，殷戈止覺得，明兒還是換個姑娘吧，這姑娘真是乏味極了。

第二天清晨，風月睡了個好覺起來，梳洗打扮一番，便去準備午膳。雖然不用伺候那位爺了，但她可沒忘記還有兩個小徒弟，都是貴門子弟，她這裡夥食可不敢差。

靈殊給她戴了舊的簪子，風月撇嘴：「傻丫頭，有新的不戴，等著放舊啊？戴這個！」

不情不願地給她換了簪子，靈殊小聲嘀咕：「這倆簪子也沒什麼好看的，趕明兒奴婢攢夠了銀子，給主子買個更好的！」

感動地看了她一眼，風月仰天唏噓：「竟然有人孝順我，真是好開心啊！」

第22章 簪子

「主子這說的是什麼話。」靈殊鼓嘴：「奴婢是被您救的，也是您一手帶了三年，等您不願意幹這行的時候，那奴婢肯定是要養您的！」

小小的丫頭，滿臉的赤誠，挺直的腰桿瞧著竟也有些風骨。

風月笑了，拍拍她的肩膀就繼續往前走：「那以後，我可就靠妳啦！」

靈殊跟在後頭小步跑著，捏著小拳頭暗暗發誓，她一定會好好賺銀子的！

……

將軍府闖入了賊人。

易掌珠一大早就進宮求見太子，像是被嚇得不輕，讓太子屏退了左右，嚴肅地道：「竟然有賊人能闖進將軍府！殿下，此事必定要嚴查！」

葉御卿坐在主位上，淡淡地笑道：「將軍府一向滴水不漏，進去的賊人鮮有能生還者，珠兒認為問題出在了哪裡？」

易掌珠肯定是不會認為問題在自己身上，就算她引了葉御卿和風月姑娘進府，可一個是當朝太子，一個是低賤的妓子，兩個人都不可能對將軍府有什麼想法，那就只能是內鬼。

「父帥不在，府裡的人珠兒大概是壓不住。」咬咬唇，她看著葉御卿道：「當真有人背叛將軍府，那珠兒也只能向父帥請罪。」

「哦？」葉御卿挑眉：「妳半點都不懷疑是那青樓女子，或者是本宮的疏忽嗎？」

「掌珠怎麼會懷疑殿下。」嬌嗔地看他一眼，又想了想風月，易掌珠搖頭：「至於那位姑娘，瞧著傻裡傻氣的，沒見過世面，也沒什麼背景，沒有道理做這樣的事情。」

傻裡傻氣？

葉御卿低笑，展開扇子掩了自己的眉眼，眼神幽深。

那個叫風月的姑娘，若是真傻，在殷戈止身邊絕對活不下來。既然現在人活得好好的，還能坐在窗臺上姿態瀟灑地喝酒，那就是說，她半點也不傻。

說來也巧，昨兒本是去了一趟侍郎府，從夢回樓後頭的巷子裡抄近路回宮，一不小心抬頭，還就看見了那般香豔的場景。

說香豔也有點不合適，但他是沒見過女人那樣喝酒的，不拿酒杯也就罷了，還光著腳敞著袍子，手裡拎著酒罈子，難得地不顯得浪蕩，反而顯得瀟灑。

回來之後他想了很久，實在沒想通自個兒怎麼會從一個女子身上看出點狂放不羈的瀟灑味道來，不過昨夜入眠，那場景倒是又入了夢。他還沒反應過來，自己就靠了過去，將那女子一把摟入懷裡。

想要她。

不知道是因為殷戈止，還是因為風月本身就很有趣，他對得到這女人的執念，似乎是越來越深了。

至於將軍府……

回過神，葉御卿又笑得溫和無害：「本宮會讓許廷尉派人去詳查的，妳放心好了。」

不過既然交到他手裡了，這案子就注定不會有結果。

易掌珠毫無察覺，反而高興地行禮：「多謝殿下！」

「本宮送妳出宮吧。」體貼地引她出門，葉御卿語帶責備：「女兒家別總一個人四處亂跑，有什麼事都可以同本宮說。」

害羞地紅了臉，易掌珠頷首，乖巧地跟著他離開皇宮。

「妳身邊的孫力呢？」坐在馬車上，葉御卿突然問了一句。

沒想到他這麼在意自己，連身邊的人都觀察入微，易掌珠嘆了口氣，委委屈屈地道：「被殷哥哥打斷了手，送回老家去養著了。」

殷戈止？葉御卿神色微動，轉而一想就能知道原因，不由地輕輕吸了一口氣。

還真是……難得地對一個女子這般在意啊，這才幾日，竟然都會替人出頭了？往常他送他的美人兒也不少，結果一個都沒能被他留在府上，他倒是好，在青樓裡撿著個寶貝，竟然這麼護著？

輕笑著搖了搖頭，看了一眼外頭，葉御卿道：「珠兒，本宮突然有些事情，妳先回府吧，晚些時候本宮再讓人給妳送些小玩意兒。」

易掌珠一愣，頗為不解：「您要去做什麼？」

太子的行蹤，那是人能隨便問的？不過葉御卿倒也沒怪罪，只笑了笑不回答，便下了車，帶著侍衛騎馬，往另一個方向而去。

安世沖和徐懷祖準時地來夢回樓用膳了——雖然很慫地走的後門進來，但看起來對殷戈止的吩咐真是嚴格遵從，一看見風月，甚至還微微頷首算打招呼。

連忙朝兩位公子哥還禮，風月笑道：「午膳已經備好，二位慢用。」

好奇地看了一眼空空的房間，安世沖問了一句：「師父呢？」

風月還沒回答，旁邊的徐懷祖就笑嘻嘻地打了安世沖的頭一下：「你真是走路不長眼睛，方才上樓的時候沒瞧見嗎？師父在二樓的廂房裡，好像在看人跳舞。」

不爽地捂著腦袋看了徐懷祖一眼，安世沖沒吭聲了，安靜而優雅地用膳。

這世家子弟就是有風度，看起來分明很想知道為什麼殷戈止不在她房裡，但愣是沒問。風月微笑，伸手替他們布菜，手上包著的布還沒拆，看得兩個人眼裡更是好奇。

安世沖看起來比較守規矩，但徐懷祖就活潑些，沒忍住終於還是問：「姑娘這手，聽聞是骨頭裂了，還能用？」

眨眨眼，風月道：「奴家原先在鄉下做農工作，受的傷可多了，自然也就忍得疼些。」

徐懷祖看她的眼神頓時帶了點尊敬：「說來慚愧，換做在下，在下都不一定能像姑娘這樣堅韌，怪不得師父要我們在這裡用膳，一定是想讓我們從姑娘身上領悟些道理。女子尚且堅如磐石，吾輩男兒，豈能怕流血流汗？」

安世沖一頓，放下筷子，也帶了敬意地看了風月一眼，看起來對徐懷祖的話頗為贊同。

風月：「……」

現在的孩子都這麼老實嗎？殷戈止明顯只是想讓她做飯而已，還能讓他們領悟道理了？說起來，兩個徒兒這麼一身正氣，當師父的卻天天泡在窯子裡，像話嗎？

「風月！」金媽媽的大嗓門突然在門口響起，嚇得桌上兩位少爺差點噎死。

賠笑兩聲，風月轉身去開門，就見金媽媽擠眉弄眼地塞了個簪子在她手裡：「剛那位溫柔俊俏的公子給妳送來的，說妳戴著定然好看！瞧瞧，上等的和田玉簪，這種簪子，可只有官家才有的！」

微微一頓，風月接了簪子捏起來看。

是易掌珠給太子的那支，今日竟然來送給她了？

將軍府被盜，看來太子殿下已經知道了消息，但他定然不會知道這事與自己有關，那送簪子是個什麼意思？

想了一會兒，本著不要白不要的原則，風月伸手就將頭上兩支新的金簪取了，換上這一支玉簪，素雅高貴。

殷戈止看完歌舞回來，就瞧著兩個徒兒用完了膳，正往風月的頭上瞧。

「這簪子好看，做工也考究。」安世沖道。

徐懷祖頷首：「一看就很貴重。」

順著他們的目光朝她頭上看了看，殷戈止開口：「玉簪配閨秀，才顯端莊嫻雅。在妳頭上，不倫不類。」

一聽見他的聲音，兩個小少爺瞬間起身站得筆直，齊齊行禮：「師父！」

風月嘴角抽了抽，裝作沒聽見他這評價，跟著行禮。

跨進門來，殷戈止臉色不太好看，掃了她一眼，又看了看後頭妝臺上放著的金簪，刻薄地道：「妳戴那個就夠了，官家特貢的簪子，不適合妳。」

這人舌頭一定浸了毒吧？風月氣得直翻白眼，沒見過說話這麼狠的，簡直是不給人活路。

幸好她不愛美，沒自尊，這要是換個別人來，不得被他給說得跳河自盡？

「奴家喜歡這簪子。」緩了兩口氣，風月笑道：「哪怕是不合適，奴家也想戴著。」

「主子。」觀止湊上來，小聲嘀咕了一句：「這是太子方才親自來送的，不過人沒上樓，在樓下送了就走了。」

臉色不變，殷戈止垂眸看著她，聲音平靜：「妳是喜歡這簪子，還是送簪子的人？」

被他盯得有點毛骨悚然，風月反應比什麼都快，捂著腦袋就躲：「奴家都喜歡！恩客送的禮，哪有不喜歡的？這位公子，奴家包給您幾日沒錯，但奴家的東西，您也不能拿啊！」

誰稀罕她個破玉簪？殷戈止有點惱，看她滿臉防備的樣子，心裡莫名地生出一股煩躁來。

「觀止，把那兩支金簪收了。世沖、懷祖，跟我去練兵場。」

拂袖就走，殷戈止面兒上什麼也看不出來，兩個徒兒都沒察覺自家師父生氣了，只有觀止擦了擦額頭的汗，上前去收風月妝臺上的簪子。

「幹啥？」風月瞪他：「這簪子是金媽媽給我的。」

哈？觀止一愣，不明所以地道：「這是昨兒我家主子給您買回來的，靈殊沒說嗎？」

心裡一跳，風月轉頭看向角落裡的靈殊。

靈殊鼓嘴，心虛地抬頭看房梁。

竟然是殷戈止送的？風月有點怔愣，看著觀止手裡的簪子，伸手就去搶了來。

「哎……」

「送人東西，沒有收回去的道理。」捏緊金簪，風月很不要臉地道：「既然是給我的，那就是我的，你不能拿走！」

第23章　非人般的折磨

觀止傻眼了，這主子的吩咐他不聽不行啊，可瞧著面前這姑奶奶，捏了簪子就往自己衣襟裡塞，他也不可能去搶。

風月的動作那叫一個快，塞完簪子就起身，拎了裙子就往外衝。

殷戈止正沉著臉下樓，冷不防感覺背後有東西襲來，飛快地轉身一躲。

「公子！」這一聲的調調拐了十八個彎，軟軟黏黏的，聽得人虎軀一震。

風月扭著腰眨著眼，完全沒顧忌旁邊還有兩個根正苗紅的小少年，抬腿就貼上殷戈止的身子，撒嬌道：「奴家知錯了啦～」

身子筆直，任由她貼著，殷戈止睇著眼盯著她：「知錯？」

「奴家不知道這金簪是您送的。」諂媚地笑，風月伸手就從胸口掏出簪子，一把插在頭上：「早知道是您送的，奴家哪兒捨得取啊？您瞧，您的眼光真是太好了，這簪子很配奴家！」

往她腦袋上掃了一眼，玉簪已經不見了，兩支金簪插在上頭，跟她這一身紅紗衣當真是相配。心裡舒坦了點，殷大皇子面上卻還是那般陰沉：「說完了？那就下去！」

「嚶嚶嚶。」盯著眼神殺，風月巋然不動，甚至伸手狠狠摸了一把：「奴家捨不得離開公子，奴家想一直陪著公子！」

她腦袋抽了才去得罪殷戈止啊，趁著還有緩和的餘地，趕緊哄回來！

黑色的瞳仁安靜地瞧著她，殷戈止不動，就這麼站在樓梯上。

出來看熱鬧的姑娘們越來越多，盯著風月指指點點。風月完全不在意，小媚眼反而拋得更勤了：「公子要是不拒絕，那奴家可就賴著您了？」

「滾。」平靜地吐出一個字，殷戈止睨著她，眼裡滿滿的都是嫌棄：「妳不覺得丟人，我都覺得丟人。」

到底是女兒家，被他這麼說，怎麼也該臉紅羞愧然後下去了吧？風月沒有，完全不為所動，就像沒聽見這話一般，一張臉依舊笑得春暖花開的，貼著人家身子就扭：「忘記說完了，就算公子拒絕，奴家也會賴著您的。」

殷戈止：「……」

他見過很多不要臉的人，但是跟眼前這個女人比起來，簡直就是九牛一毛！好歹是個姑娘，半點自尊都沒有？

「我要去練兵場。」

練兵場不是她這種樣子的人能去的，有辱軍風！

風月依舊沒動，傻兮兮地衝他笑：「那奴家就去給您端茶倒水啊！」

「不需要！」終於是不耐煩了，殷戈止伸手，像扯八爪章魚似的將她從自己身上扯下來，往旁邊一扔。

「呼」地一聲摔在地上，四周都響起了笑聲，風月委屈地揉著屁股，狐狸眼眨巴眨巴的，可憐極了。

殷戈止轉身就走，完全沒有看她一眼的意思，風月咬牙，立刻起身跟了上去：「公子！」

走得很快，殷戈止出門就上馬，策馬狂奔了好一段路才回頭看。

那女人沒跟上來。

輕輕鬆了口氣，又覺得有點好笑，他搖了搖頭，等兩個徒兒和觀止策馬趕上來，便一起往練兵場而去。

雖然是質子，但大概是因為惜才，吳國皇帝和太子都對他頗為看重，那底下的人自然也就把他當半個吳國皇子看待，加之他善武會兵，練兵場一類的地方，一向是最歡迎他的。有腦子不靈光的武將，被他套套話，便對他言無不盡，軍機要事也都說給他聽。

比如現在，兩個徒兒去練他剛教的一套步法了，宋將軍就在他旁邊嘆息道：「易大將軍府上被盜，聽聞書房失竊，恐怕之後的幾場仗，吳國難打啊！」

「沒那麼嚴重。」殷戈止鎮定地道：「易將軍一向謹慎，就算當真有戰術安排或者聖旨被盜，他也會臨時做調整，不會出太大的亂子。」

「說是這麼說。」看他這胸有成竹的樣子，又知道他一向受易將軍看重，宋尚溫覺得他多半也是知道內情的，於是便小聲道：「可北境的戰役馬上就要開始了，等消息傳去易將軍耳朵裡，怕是都來不及。」

殷戈止搖頭：「給易將軍送消息的人一向很快。」

「您還不知道吧？」宋尚溫扁嘴：「以往快是以往，可今年干湖那邊的路都被水淹了，信使都只能走遠路。加上易大小姐又不太懂事，等整理好消息送出去，怕是都要明天了。」

眼眸微動，殷戈止嘆息了一聲，接著便道：「觀止那小子又不見了，我去找找，將軍慢坐。」

「好。」耿直的宋將軍完全不知道自己洩露了什麼——的確也沒洩漏什麼，要是他這話說給別人聽的話。

但很可惜，聽的人是殷戈止。

一把扯了觀止就進了練兵場旁邊的屋子，殷戈止從袖子裡拿了羊皮地圖出來，修長的手指往上一劃：「信使圖快，一般都是一人上路，不走干湖，最近的就是從萬馬坡到寒雪嶺這條道，明日我會去一趟將軍府，在掌珠要送信之前，你讓人在萬馬坡候著。」

「是。」低頭應下，觀止轉身就往外走。

捏了捏拳頭，殷戈止垂眸。

易大將軍戰無不勝，功勞最大的當屬他的情報機構，傳信快，動作隱祕，若是外人，幾乎很難截殺他的消息。

不過，他現在，算是吳國的內人了。

來吳國一年，他從未有過什麼動作，只在武力上多有彰顯，人卻顯得沉默木訥，被人試探了不下百次，如今終於是等來了機會。

像以前的魏國仰仗他和關將軍一樣，吳國在行兵打仗之事上，最仰仗的也就是這個易將軍。關蒼海死了，他被俘了，易國如要是還一直瀟灑，建功立業，那豈不是沒了天道循環之說了？

抬頭看了一眼外面，殷戈止回神，打開門出去，看著安世沖和徐懷祖道：「你們繼續練，黃昏時分我會回來，二十招之內，只要你們能碰到我，我便將不悔劍和長恨刀送你們。」

不悔劍和長恨刀！兵器譜上有名的利器，多少武人求之若狂，竟然全在師父這裡？兩個少年興奮了，齊齊拱手應下，然後更加刻苦地練了起來。

殷戈止瀟灑地甩手，就打算回去找個地方休息。

誰知，一隻腳剛踏出練兵場的大門，一抹紅色的影子猛地就撲了過來，抱緊他跨出來的腿，抬頭就衝他扁嘴：

「公子讓奴家等得好生辛苦啊！」

喉嚨一噎，他抬頭掃了一眼四周，這裡方圓一里都荒無人煙的，她竟然還跟來了？

瞧她衣裳上染了黃沙，鼻尖上也有點灰，殷戈止抿唇：「妳還真是有本事。」

嘿嘿一笑，風月討好地道：「有人說啊，『精誠所至，金石為開』，奴家這麼真心誠意地致歉，公子肯定不會再生奴家的氣了！」

的確是不生氣了，但還是看不起她，怎麼沒事就喜歡往地上跪啊趴的，不要臉起來還抱人家的腿，當真是個姑娘？

輕哼一聲，殷戈止掀開她，冷漠地道：「我要喝茶。」

「早就備好嘞！」從背後變出個竹筒來，雙手捧著遞過去：「涼茶，清熱解渴！奴家親手泡的！」

接過來打開蓋子聞了聞，勉勉強強地喝了一口，殷戈止道：「湊合。」

這種得了便宜還拽得要死的人一定會下地獄的！風月咬著牙笑得嫵媚，看他又要走，連忙起身跟在他身後。

「公子要回城嗎？不騎馬嗎？」

瞥一眼她滿是灰塵的繡花鞋，殷戈止絲毫不憐香惜玉地道：「騎馬騎累了，想走走。」

人家說走走，那就走走吧，風月認了，跟著他踏上泥土地，他走，她就小碎步跟著。

一炷香之後，四周已經是田埂了，風月揉著腿小聲道：「公子，真的不考慮乘車嗎？那邊有牛車。」

殷戈止背挺得很直，高大的身子能為她擋點陽光，但腳下生風，完全沒有要停歇的意思：「不乘。」

行吧，不就是走路嗎？她行軍的時候走得也不少，權當鍛鍊了。

可是，如今這身子比不得從前了，半個時辰之後，風月累趴在了一塊大石頭上，滿臉蒼白地嚎：「要死了要死了，奴家不走了，公子回去的時候，讓人來接奴家吧？」

「妳想得美。」殷戈止頭也沒回，眼裡卻有些惡劣的愉悅：「要是不走，我不會管妳。」

夭壽啊！風月仰天長嘯：「救命啊——」

停下步伐，回頭看她一眼，殷戈止抱著手臂道：「留點力氣晚上喊也不遲，等天黑了，這邊有的是山禽野獸。」

渾身一個激靈，風月認命地站了起來，老老實實繼續跟在他後頭走。

貴人是不是都有病啊？好端端的馬不坐，喜歡走路？她走得眼睛都花了，背彎著，雙手無力地垂著晃盪，遠看肯定像一隻殷戈止背後牽著的狗。

實在走不動了，風月伸手就抓住了前頭這人的腰帶，頭抵上去，哀哀地道：「奴家……受不住了……公子……饒命啊！」

這喊的都是什麼亂七八糟的？殷戈止嗤了一聲，回頭睨著她：「做個選擇吧。」

「什麼？」

「把妳今兒得的玉簪給我，我背妳回去。或者，妳自己繼續跟著走。」

第24章　一點也不在意

見過這麼無恥的人嗎？啊？跟個妓子搶東西？風月眼睛都紅了，雙手抱胸，委委屈屈地看著他：「沒有第三個選擇了嗎？」

殷戈止轉身就走。

「哎哎！」風月認命了，老老實實地把懷裡的玉簪掏出來，追上去就塞進他手裡：「奴家實在走不動了！」

停下步伐，殷戈止看著她。

面前的女人伸手就朝他撒嬌：「簪子給你了，要抱抱！」

身子一扭一扭的，活像隻小狐狸，甩著大尾巴朝他拋媚眼。心裡微哂，他收了簪子，伸手就將她撈了起來。

終於不用自己走了！風月感動得差點哭出來，抓著人家衣襟，委委屈屈地擤了擤鼻涕：「腳好痛啊！」

「閉嘴。」

沒見過這麼聒噪的人，一張小嘴隨時都在說話，真是吵死了。

「別啊，還有那麼遠的路，要是都不說話，那不是無聊死了？」風月扁嘴，鍥而不捨地道：「奴家剛剛跑過來的時候路上遇見很多人吶，都盯著奴家看，活像奴家是天上掉下來的仙女似的哈哈！」

斜她一眼，殷戈止道：「也許人家只是覺得妳像隻山雞。」

「呸呸呸，哪有山雞像奴家這般美豔動人的？」風月哼道：「那場景分明就是……怎麼說的來著？行者見羅敷，下蛋捋鬍鬚？」

殷戈止：「……」

不僅像山雞，還是一隻沒讀過書的山雞。

輕嘆了一口氣，他抱著她，板著臉低聲唸：「行者見羅敷，下擔捋髭鬚。少年見羅敷，脫帽著俏頭。耕者忘其犁，鋤者忘其鋤。來歸相怨怒，但坐觀羅敷。」

聲音清幽低沉，像翻閱著陳舊帶香的書，一股子雅氣。

「對對對！」連連點頭，風月笑咪咪地道：「我就是那個羅敷！」

實在沒忍住，殷戈止停了步伐，皺眉看著她：「妳到底是哪裡來的自信？」

還羅敷？她這張臉再畫厚點的妝，就跟戴了面具沒什麼兩樣了！

扁扁嘴，風月晃著腿道：「您別這樣看不起奴家呀，好歹剛剛也有人問奴家名姓呢，瞧著一張臉都紅到耳朵根了嘖嘖，哎，就前頭那個穿著士兵衣裳的那個小哥！」

說著說著就看見了人，風月掙扎著就要朝人揮手，殷戈止掐緊了她，不悅地道：「再亂動，妳自己下去走！」

身子一僵，風月立刻老實了，抱著人家脖子靠在人家懷裡就裝死。

朝那邊正在巡視的士兵看了一眼，殷戈止面無表情，根本不在意。

把人扔回夢回樓，殷戈止皺眉活動著手臂，眼裡滿是不悅。

風月賠笑地替他揉著手臂：「公子真是天生神力啊，抱了奴家這麼遠！」

對她的恭維完全不感興趣，殷戈止道：「我最近兩日有事，可能不常來此處。」

「奴家明白。」笑吟吟地應了，風月嫵媚地道：「公子忙完了再過來，奴家候著呢。」

出城的路上就有人告訴她，太子命廷尉查將軍府失竊之事了，不過命令是這麼下了，廷尉目前也沒什麼大動作。殷戈止這個時候忙，十有八九也跟這件事有關。

不可一世的魏國皇子，當真甘心一直在吳國為質？

她倒是想看看，沉寂了一年之久的殷大皇子，到底在想個什麼。

瞧著她乖巧，殷戈止也沒多說，坐著歇了一會兒就先回府更衣。

「主子。」剛踏進使臣府，就有人在暗處朝他道：「有人送了兩盒東西來，屬下檢查過，有些蹊蹺，但……人沒抓著。」

東西？殷戈止頷首，走進主屋去看。

兩個黃梨木的盒子，既然已經被檢查過，他也就放心地直接打開，將裡頭放著的一疊東西拿出來看。

待看清那些東西是什麼的時候，殷戈止瞳孔微縮，轉頭就斥了一聲：「怎麼能沒抓著人！」

「屬下失職！」暗處的人無奈地道：「實在是不知道誰從牆外扔進來的，追出去的時候，街上人太多，壓根不知道……」

易將軍府上的地圖，寫明了機關布置，連帶著還有府上失竊的機密書信，這些東西，竟然會有人拿來給他？

他明面上與易將軍可算是英雄惜英雄，斷然不會有人覺得他要對易國如下手，那送這東西來的人，是什麼意思？

心裡頓時緊張，殷戈止滿眼戾氣，捏著一堆信紙看完之後，盡數焚毀。

不是太重要的軍機，只兩道聖旨有用，這賊人厲害歸厲害，也還沒找到那老東西最要緊的機密。不過，這點東西到他手裡，也是能起不小的作用的。

誰在背後幫他？亦或是，想利用他？

沉吟了一炷香的時間，殷大皇子冷哼了一聲，揮袖將紙燃完的灰燼拂得漫天。

管他是誰，管他想做什麼，他只做他要做的，無論誰來摻和，他都不會罷手！

天色漸暗，殷戈止回到了練兵場，兩個徒兒已經躍躍欲試地候著了。

「師父，只要碰著你就可以嗎？」徐懷祖問了一聲：「不管用什麼手段？」

「嗯，只要用上我教你們的步法，其他手段隨你們。」殷戈止頷首，一身繡銀黑衣被風吹得翻飛。

四周圍了不少的人在看，安世沖和徐懷祖對視一眼，一個攻左，一個攻右，出招極快，配合也算不錯。

殷大皇子負手而立，左躲右閃，衣袍烈烈，過了十招，愣是沒讓他們碰著衣角。

徐懷祖不高興了，他看上長恨刀很久了，原以為這輩子碰不著，誰知道近在眼前。就算是師父，那也必須打啊！可是，師父的身法實在太敏捷刁鑽，要是不耍陰招，真的不可能碰得著。

「啊，那不是風月姑娘嗎？」旁邊突然有圍觀的士兵喊了一聲。

殷戈止一愣，下意識地回頭看過去，就感覺旁邊兩道凌厲的風捲了過來。

好小子，還玩陰的？殷戈止在心裡笑了笑，身子卻沒動，任由他們一左一右打在自己手臂上。

「哇！」沒想到這招真的有效，徐懷祖高興地叫了一聲，抱起安世沖就甩了個圈兒：「我們碰著了！」

安世沖也高興，但是被人，還是被個男人這麼抱著，饒是發小，他也毫不客氣地一拳揮了出去，打得這人鬆開他後退兩步，「唰」地流了鼻血。

「師父！」徐懷祖委屈地告狀：「他打我！」

「你有臉說？」安世沖皺眉：「沒個正形！」

瞧得出來這倆孩子很高興，殷戈止也就緩和了神色，揮手讓觀止把他一早準備好的刀劍拿出來，送到他們手上。

「這是為師弱冠之時，尋得上等寒鐵，親手所鑄。」殷戈止淡淡地道：「塵封多年，如今另得主人，願你們善待。」

徐懷祖下巴都要掉地上了，看看手裡寒氣四溢的長恨刀，震驚地道：「竟然是師父鑄造的？」

怪不得世人都知道一對刀劍削鐵如泥，被皇室珍藏，卻不知道是何人所鑄，也不知下落何方。師父手裡的東西，那肯定都是神兵利器。只是……弱冠的時候就自己鑄造神兵，他們師父到底是吃什麼長大的？

安世沖眼裡滿滿的都是高興，撫著長恨劍，朝殷戈止行了大禮：「多謝師父！」

殷戈止頷首，抬頭掃了一眼驚嘆的眾人，目光突然一頓。

周圍看熱鬧的士兵們都是一驚，相互看了看。

收回目光，殷戈止看著背後的宋將軍道：「宋家軍一向是以彪悍著稱，武功想必都不錯，等會兒在下要給兩個徒兒演示新的招式，將軍能不能借個人給在下？」

宋將軍爽快地道：「殿下隨意挑。」

能被殷戈止選著當靶子，雖然很榮幸，但一定很疼。一眾士兵硬著頭皮站著，就見面前那玄衣男人走過來，步伐都沒帶偏的，直接走到了一個人面前，點著他道：「就你了。」

被點著的士兵一臉茫然，他才剛從外頭巡視完了回來，怎麼就要給人當人肉靶子了？

第25章　無形的管制

不過既然被選中了，那就穿著盔甲上吧，士兵想，就當是一次難忘的人生經歷了。

結果他沒想錯，接下來發生的事情，當真是死都難忘！

「人身上有一百零八處死穴，行軍打仗，遇見的對手往往不止一個人。在群攻之時，若想突出重圍，一個個地擊殺敵人很費力氣，為了省力，就盡量往死穴上打。」

認真地說完，殷戈止轉身看著那士兵，眼裡一點溫度都沒有：「頭面上，你們注意看我擊打的位置。」

兩個少爺湊過來仔細盯著，就見自家師父出手如電，擊在那士兵的百會穴、睛明穴、太陽穴、人中、印堂、耳門……一連串下來，站著的士兵臉色發青，目光陡然充滿驚恐。

「不用緊張，我壓根沒用力氣，你不會死。」看著肉靶的身子抖起來，殷大皇子很善良地安慰了一句：「頂多回去疼上幾日罷了。」

士兵：「……」他現在走還來得及嗎？

明顯來不及了，殷戈止壓根沒管他，繼續道：「再然後是身上，但身上的大穴一般被盔甲護著，要省力為師不建議你們攻身軀。」

說是這麼說，修長的手一握成拳，還是帶著力道落在那士兵的胸口、背心、小腹，聽著「呯呯」作響。饒是穿著盔甲，肉靶的臉色也微微發白，不知道是疼的還是嚇的。

「最省力的，當然是咽喉。接下來為師教你們幾個路數，在混戰中也能準確取人一命。」退後幾步，殷戈止看著那士兵，勾了勾手：「過來想辦法殺我。」

身上的死穴被這麼打了一通，就算身體沒事，心裡也有陰影啊！士兵的腿發軟，哆囉哆嗦了好一會兒，才舉著大刀衝過去。

「呀——」

冷靜地看著他，殷戈止側身躲開第一擊，順手在地上撿了樹枝，猛地朝他劈下。那小兵反應還算快，抬頭便舉刀去擋。

就這個時候，殷戈止左手猛地往他咽喉前頭一劃，眸子裡霎時迸出冷冽殺氣，直擊人心。

感覺喉嚨一涼，士兵連吸氣都不敢，怔愣地看著對面這人的眼睛，恍然間就覺得自己已經被殺死了。

是他蠢，這麼簡單的聲東擊西都躲不開，但這位爺出手太快，他跟不上啊……他就是個肉靶而已，到底犯了什麼錯，怎麼就對他這麼狠吶？

身子一軟，士兵緩緩倒了下去，不甘心地閉上了眼。

徐懷祖看得連連拍手：「這套招術不錯，徒兒們一定好生練習。」

收回手，殷戈止頷首，拂袖道：「基本功永遠是最重要的，其餘再多招式套路也只是在你們基本功扎實之後，明日繼續來練吧，今日就到此為止。」

「是。」安世沖和徐懷祖應了，目送殷戈止先離開，才收拾東西一併出去。

一眾士兵目光崇敬地看著那幾個遠去的貴人，等看不見了，才七手八腳地把地上躺著的士兵拉起來：「李山南，裝死呢？快醒醒，等會兒該吃晚飯了。」

李山南閉著眼睛小心翼翼地開口：「我已經快死了，還吃什麼晚飯！」

死？看一眼他完好的喉嚨，眾人齊齊翻了個白眼：「殷殿下手裡都沒武器，你怎麼死？」

啥？摸一把自己的脖子，李山南立刻站直身子，抖了抖手臂腿兒，捂著胸口道：「真是像在鬼門關走了一遭似的……」

殷殿下的眼神，著實嚇人！

不過，有生之年要是能有他那樣的武學造詣，就好了。

感慨了一陣子，換防完畢的士兵們還是勾肩搭背地去用膳了。

殷戈止不在，風月便只給兩位少爺備了晚膳，正等著人回來呢，就聽見外頭又有吵嚷聲。

「爺。」斷絃勉強笑著攔著個客人：「您一向寵著奴家的，這回來怎麼就點別人的臺了？」

「就是啊。」金媽媽幫腔：「而且風月是當真沒空，被人包了的。」

滿臉橫肉的恩客冷哼，不管不顧地就往樓上走。金媽媽攔不住，直瞪斷絃。斷絃也很無奈啊，上次這客人就對風月有了點興趣，這回來要人，她有什麼辦法？

聽著動靜，風月開門出來，瞧見人上來就笑：「這是怎麼了？」

恩客一看見她就柔和了臉色，湊上來道：「自然是想妳了，小美人兒，上次後院遇見，妳可跑得真快。」

盯著他想了想，風月想起來了，上次鑽狗洞回來，正好遇見這位客人在跟斷絃那啥啥呢，這臉上的橫肉，她還算有印象。

假笑了兩聲，風月道：「客人這是瞧上奴家了，要點奴家的臺？」

「自然。」那恩客道：「我可是被妳魂牽夢縈了好幾天！」

「不巧。」風月道：「奴家接著別的客人呢。」

臉色一變，那恩客往她背後瞧了瞧，見屋子裡沒動靜，當即便不高興了：「妳們這裡的人慣常會耍手段，分明沒客人，也硬要說沒空？不就是銀子嗎？妳還怕大爺我給不起？」

說著，伸手就掏出一錠銀子，在風月面前晃了晃，然後指頭一翹就扔在了地上。臉上的表情之傲慢，還帶著點不屑。

一般遇見這種被人扔銀子羞辱的情節，有點骨氣的姑娘都會直接甩對面這人一個耳光，然後從銀子上踩過去。樓裡的微雲姑娘就這麼做過，博了個「清高不能以銀錢賤之」的好名聲。

然而，風月睨了地上的銀子一眼，彎腰就撿了起來，放在手裡掂量一番，翻了個白眼。

「八兩銀子，就能這般囂張點奴家的臺？」嘴裡嗤了一聲，風月捏著那銀子，表情比對面那恩客更加傲慢，食指一翻就將銀錠往後一扔：「不夠。」

恩客怔愣，忍不住「嘿」了一聲，指著金媽媽問：「她就這麼金貴？」

金媽媽陪笑：「我們風月最近被人包著，給的都是大額的銀票，難免……」

「再大，能有多大？」恩客嗤笑，感覺臉上過不去，當即就也掏了銀票出來，數了兩張往風月腰帶裡一塞：「這些夠不夠？」

夾著銀票出來看了看，風月微微心驚，忍不住再打量了面前的人一圈兒。

一百兩的面額，就算是在這高門貴人雲集的不陰城，能拿出來兩張的人也是少數。看打扮，這人不像是商賈。

那就只能是官了。

什麼樣的官，能出手這麼大方啊？風月笑了，把銀票往自己胸口一塞，朝著面前的人就拋了個媚眼：「既然如此，那大人就往裡頭請吧？」

恩客哼笑，正要跟著她跨進屋子，卻聽見後頭有人問：「這是怎麼了？」

眾人回頭，就見安世沖和徐懷祖兩人，一人拿刀一人拿劍，一身正氣地朝這邊走過來。

胖胖的恩客嚇了一跳，收回跨了一半的腳，眼珠子一轉，立刻轉身就朝另一邊的樓梯跑！跌跌撞撞的，一溜煙地就沒了影。

風月挑了挑眉。

「沒怎麼，兩位少爺快進去用膳吧。」眼瞧著人跑沒了，風月回頭笑道：「媽媽也去休息吧。」

金媽媽應了一聲，看了看這兩位小公子，立刻拉著斷絃就下樓。

斷絃不服氣得很：「風月還是個新人，瞧著這架子倒是越來越大了！」

金媽媽撇嘴：「我們這裡只看誰賺的銀子多，分什麼新舊？妳沒事也別惹風月，伺候好妳自己的客人就成了。」

心有不甘，斷絃也多說不了個什麼，扭身就走。

進屋關門，風月看了一眼這兩個少爺，心想殷戈止還真是會讓人找地方吃飯，在她這裡吃，那她還當真接不了客。

「方才那人是誰？瞧著有點眼熟。」安世沖皺眉想了想：「沒瞧著正臉。」

「一個客人罷了。」風月笑道：「我們這裡是從來不問恩客身分的。」

「這樣啊。」安世沖點頭，老老實實地坐下用膳，倒是旁邊的徐懷祖，東瞧西瞧的，在地上撿了錠銀子起來。

「真不愧是文人口中的銷金窟啊，瞧瞧這遍地的金銀，掂著還不輕。」

風月笑了笑：「客人大方。」

「能這麼大方的客人也少啊。」抬眼看向風月，徐懷祖道：「在下覺得姑娘的客人，似乎都頗有來頭。」

「運氣好罷了。」

徐懷祖點頭，將銀子放在桌上，笑了一聲：「不過最有來頭的，恐怕還是我們師父，姑娘，我們師父很是惦記妳呢。」

惦記她？風月挑眉，笑咪咪地問：「惦記奴家什麼？」

「今日他跟師父耍詐，在打鬥時讓人喊了妳的名字。」安世沖鎮定地解釋：「師父竟然上當分神了。」

微微一頓，風月有點茫然。

殷戈止有這麼在意她？

「他那一分神，這對好刀好劍，就歸我們了。」徐懷祖高興地道：「說來還得多謝姑娘，待會兒我就讓人去給姑娘挑些小玩意兒送來。」

刀劍？風月回神，往他們手裡一瞧，這才看見他們拿著的原來是不悔劍和長恨刀。

低笑一聲，她搖頭：「若是彩頭是這個，那便與奴家沒什麼關係，你們師父定然是一早就打算送給你們，拿我當藉口，放了水罷了。」

她就說麼，殷戈止那樣的人，怎麼可能對她這種才認識幾日的人上心？

風月不相關

第26章　你要的證據

遠在使臣府的殷大皇子被人惦記著，忍不住打了個噴嚏。

「主子。」觀止推門進來，朝他頷首：「已經都安排妥當了，易小姐那邊的意思，是想請您幫忙查查內鬼。」

意料之中的事情，易掌珠有點小聰明，大概也是易將軍臨走前囑咐了她不可只倚仗一人，所以讓太子去追賊人，轉過頭來讓他去查內鬼。

可惜了，他跟太子，對那將軍府，似乎都沒安什麼好心。

「知道了。」頷首應下，殷戈止問：「送東西來的人找到了嗎？」

觀止低頭：「實在難尋，不過屬下已經讓他們多留意四周，若是還有人來，定然能抓住。」

「嗯。」伸手拿筆，在紙上隨手寫了個名字，殷戈止道：「內鬼是他，今日開始，便讓人好生找找他出賣將軍府的罪證吧。」

接過紙，觀止同情地看了一眼上頭的人名。

王漢。

此人乃將軍府總管，忠心多年，權力甚大，易國如諸多的事情，都要從他手上過。要釘死這麼個人，沒有鐵打的證據可不行。

但是主子的命令，有證據要找，沒有證據製造證據也要找！觀止應下，恭敬地退了出去。

晚膳過後，夢回樓裡的兩位公子各回各家了，風月躺在軟榻上翹著二郎腿。

拿錢不接客，這樣的逍遙日子，真是太爽了！

「姑娘，要果脯嗎？」門被人敲響了，有小販在外頭吆喝：「香甜軟糯的果脯，吃得人笑口常開！」

靈殊一聽就眼睛放光：「主子？」

睨她一眼，風月哼笑：「妳自個兒拿銀子去買，我要一兩話梅。」

「好嘞！」小饞貓蹦蹦跳跳地就去開門，外頭的小販笑咪咪地道：「姑娘，要果脯嗎？」

「要！我要一兩桃子肉、一兩乾桂圓……啊對，給我家主子來一兩話梅。」靈殊饞巴巴地說著，拿了主子妝匣裡的銀子給他，然後把小販包好的紙包接過來。

風月笑得慈祥，看她把話梅遞給自個兒，抱著兩個紙包樂呵呵的樣子，便道：「好東西不能獨享，妳不是與樓裡許多丫鬟交好嗎？把妳的果脯分給她們吃，快去。」

靈殊一聽，覺得很有道理，立刻開門就跑。

風月起身，笑著將門合上，上了門栓。

打開手裡的紙包，將梅子倒在花架上的罐子裡，風月熟門熟路地就將包梅子的紙給撕了個口子，扯了夾層的紙出來。

「開始查王漢了？」低笑一聲，身子往門上一靠，風月吊兒郎當地笑：「哎呀哎呀，我們的殷大皇子，當真是心未死，仇難散，真好。」

焚毀了紙條，她重新打開門，靠在門框上朝對面的二樓看了看。

二樓有間屋子敞著門，裡頭傳來些笑聲。

「公子喝醉了。」三四個姑娘坐在兩側，中間坐著的男子皮膚黝黑，臉上黑裡透紅，明顯是喝高了。

「爺沒醉。」揮揮手，那人又灌了口酒：「爺可是海量，怎麼能醉呢？」

何愁掩唇一笑，朝其他姑娘道：「我來伺候吧，姐妹們都先回去休息。」

這是她的房間，也是她的客人，其餘人不過湊個賞錢，既然主人開口了，那其他姑娘也就都退了下去。

房門關上，何愁坐去客人懷裡，嬌笑著道：「奴家總覺得爺氣度不凡，比別的客人英武不少。」

「那是自然，爺可是久經沙場的！」恩客醉兮兮地捏了何愁的臉蛋一把，神祕萬分地小聲道：「偷偷告訴妳，爺可是將軍府的人。」

微微一頓，何愁裝作沒聽見似的，笑道：「您當真是醉了。」

「怎麼？不信啊？」恩客哼了一聲，伸手就掏了個牌子出來：「瞧見沒有？將軍府的腰牌！爺可是一人之下萬人之上，掌管著整個將軍府呢哈哈哈！」

何愁垂眸，扶著他東倒西歪的身子，未置一詞。

「可是最近的事情真是煩死我了。」語氣驀然低沉，恩客起身，往香軟的床上一倒，喃喃道：「好歹也是出生入死的兄弟，偏讓我來管這家宅後院，出了點事就得找我，怪我沒管好。呔！老子真該回家種地去！」

來這裡的客人，很多都是不開心了、壓力大了，求個一醉方休。夢回樓的姑娘向來口風最緊，所以在這裡的客人，也就最放鬆。

王漢躺在床上，嘀嘀咕咕地抱怨了好一通，何愁跪坐在床邊聽著，面帶微笑，直到他完全睡著。伸手從他手裡拿了腰牌，何愁不聲不響地朝自家丫鬟離秋使了個眼色。

離秋會意，接了腰牌就飛快地往響玉街跑，找著個賣雜貨的鋪子，一溜煙地就鑽了進去。

一夜好夢，醒來的王漢看了看四周，瞧見桌上放著的自己的腰牌，微微一凜，連忙起身收進懷裡。

外頭已經亮了，何愁打水進來，朝他溫柔一笑：「公子起身了？您昨兒醉得厲害，胡亂扔東西，奴家也不認得是什麼，就瞧著貴重，便給您放桌上了。」

心下一鬆，王漢笑了笑：「還是妳體貼人。」

說著，洗了把臉親了她一口就出門了。

睡到日上三竿的風月，頂著雞窩頭起床，慢悠悠地梳洗打扮。

「外頭的姑娘們都忙死了，我們好像太閒了點啊。」靈殊一邊幫她梳頭一邊嘀咕：「也不知道是好是壞。」

從鏡子裡看她一眼，風月挑眉：「小丫頭無聊了？」

「是有點。」扁扁嘴，靈殊道：「我們要不要偷偷上街去買點什麼啊？」

「好啊。」猶豫一下都不曾，風月點頭便應了：「正好我想去雜貨鋪看看貨，聽聞那兒進了不少好的木材玉種，要是有好的，便做塊兒玉珮也不錯。」

靈殊點頭，立刻給改了個良家閨女的髮髻，找了身粗布衣裳讓自家主子裹了，偷偷摸摸地就從後院的狗洞裡爬出去。

妓子上街是要被打的，但是偽裝一番，人家也看不出來啊！

大搖大擺地走在響玉街上，靈殊高興地四處蹦躂，挨個店鋪地看。風月也不嫌煩，跟著她四處瞧，到了雜貨鋪的時候，才道：「妳先去前頭賣小籠包的地方占個座，我進去這裡瞧兩眼。」

單純的靈殊一口就應了，甩著辮子繼續往前蹦躂，風月拎著裙子進了雜貨鋪，掌櫃的一看她就笑：「客官要點什麼？有剛到的貨。」

「拿來瞧瞧。」

紅木的盒子，打開看見的就是將軍府的腰牌，正面是鎏金的「易」字，背面右下角刻著持有者的名字：王漢。

「掌櫃的手藝是越來越好了。」風月低笑：「當真是真假難辨。」

「過獎。」掌櫃的拱手：「裡頭還有些陳年的貨，客官若是感興趣，也可以再看看。」

「不了。」合了盒子，風月笑道：「現在只要這個就夠了。」

剛好有這麼巧，王漢就是夢回樓的客人，點何愁的臺大概也有小半年了，要仿刻他的腰牌，比別的都容易。

出了雜貨鋪，風月往前去與靈殊會合，笑咪咪地道：「聽說安居街那邊有一家烤肉店，烤的肉香氣四溢，很是好吃，我們不如就去那邊用午膳？」

一聽烤肉，靈殊想也不想就點頭：「好！」
安居街是條甚為繁華的街，隔壁就是官邸的分界，出來享用美食的貴人不少。風月帶著靈殊坐在烤肉店的二樓，沒一會兒就見到許多婦人跨進了門。
王漢的夫人李氏是最愛吃這家的烤肉的，每隔幾日就會帶著一群手帕交來光顧，今兒運氣不錯，當真讓她給堵著了。
「我們上樓去吃。」掃一眼大堂，有身分有地位的李氏自然是上二樓來了。
風月一笑，張口就道：「哎，靈殊，妳記不記得昨兒爹爹提過的那個王大人？」
正準備吃肉的靈殊一臉懵逼地抬頭看她。
啥王大人？
責備地看她一眼，風月跺腳：「就是將軍府那個啊，爹爹不是說，他以前跟著易將軍征戰沙場，很是威風嗎？前些日子我去打聽了，他如今在將軍府，竟然成了個下人。」
踏上樓梯的腳一頓，李氏不悅地攔住身後眾人，自個兒往上走幾步，伸了頭去看說話的人。
一桌兩個姑娘，有個背對著她，對面那個姑娘正在喋喋不休：「本來我好崇敬那些上陣殺敵的人，但是一看建功立業回來，下場這麼慘，我又覺得可惜。哎，按道理說，王將軍那樣的功勳，怎麼也該給個爵位安享餘生的……」
王漢以前就是易國如的副將，奈何在與魏國的一場戰役中被關蒼海打斷了腿，又傷了經脈，易國如念他忠誠，便讓他退回不陰城，在自己府上管事。

老實說，將軍府的管事，地位一點也不比普通的爵爺低，但是名頭不好聽啊，再是管家，那也是個家奴，說出去哪裡光彩？

李氏本來還不覺得有什麼，聽了這些閒言碎語，心裡反而是膈應了。

她也是內吏家的女兒，有點身分的，嫁過來給個家奴為妻，就算王漢再得將軍信任，她臉上也無光。

肉沒心思吃了，李氏轉頭就下樓。

靈殊目瞪口呆地看著自家主子，眨眨眼，完全沒聽懂她在說什麼，但嘴裡塞著肉，倒也吭不了聲。

第27章　可怕的人

見人都走了，風月笑咪咪地給靈殊多塞了點肉：「妳不用聽懂，乖乖吃哈。」

靈殊眨眼，嚥了嘴裡的肉，突然很是正經地小聲嘀咕：「主子，有時候奴婢總覺得，您有事情瞞著奴婢。」

風月笑得半點不心虛：「我瞞著妳做什麼？就是有些事情，大人能懂，小孩子不能懂而已，明白嗎？」

是因為她沒長大的原因？靈殊低頭細想，好像也挺有道理的，那就再多等幾年吧！先繼續吃肉！

李氏回府，一路上幾個手帕交都在小聲議論，有人道：「我倒是覺得方才那姑娘說的並無錯處，王將軍在民間也是頗有威望的，只是……到底是屈才了。」

「將軍器重信任，我也不能多說什麼。」李氏臉色不太好看，奈何還不能直接說易將軍的不是，只能咬牙忍了。

「王家夫人。」剛要回自家宅子，就見將軍府上的家奴來了，捧著件兒衣裳喜氣洋洋地道：「將軍府發了新衣，這是王管家的，您幫忙收著。」

灰褐色的袍子，饒是用的絲綢的面料，那也是灰褐色的，同將軍府其他下人一個顏色，至多不過花紋好看點。

要是平時，李氏說不定還挺高興的，可是今日，她橫豎就是看不順眼，冷笑一聲就道：「我家相公不缺衣裳，非得穿這種東西不成？拿回去！」

家奴嚇了一跳，愕然抬頭，就見王宅的大門「嘭」地關上，碰了他一鼻子的灰。

撓撓頭，他也不知道這是怎麼了，看了看手裡的袍子，還是拿回將軍府去。

殷戈止正坐在將軍府的花廳裡喝茶，易掌珠在他旁邊，神色頗為委屈。

「我到底還是太不中用了。」她垂眸：「什麼都做不好，將軍府也管不好。」

殷戈止道：「管事是男人該做的，府上不是還有王管家嗎？妳一個弱女子，操心那些做什麼？」

「可是……」易掌珠紅了眼：「爹爹就我一個女兒，我偏生還體弱多病不堪用，這回府上還出了這樣的事情，爹爹一定很失望……」

殷戈止不擅長安慰人，看她哭，也只能看著，臉上表情都不帶變一下的。

易掌珠咬牙，有點埋怨地看他一眼：「殷哥哥還是這般不會體貼。」

「抱歉。」殷戈止道：「我會早點查出內鬼，不會讓將軍怪罪到妳頭上。」

平平淡淡的一句話，易掌珠倒是聽得有點臉紅。

這樣寡言少語、不會說話、但十分可靠的男人，實在很是令人心動。

「妳有懷疑的對象嗎？」殷戈止問了一句。

回過神，易掌珠皺眉：「府裡的人都是爹爹親自選的，爹爹信任的人……我當真不知道該懷疑誰。」

「做事總有動機，沒有人會無緣無故辜負將軍的信任。」身子微微前傾，殷戈止看著門外道：「為權為財，亦或是受人要挾，府裡總會有人露出破綻。」

微微頷首，易掌珠道：「如此，殷哥哥不如在府上住兩日，也方便些。」

「這……」殷戈止皺眉沉思。

易掌珠連忙道：「府上人多，殷哥哥不必擔憂什麼的。」

「好吧。」勉強應了，殷戈止道：「就住兩日。」

「掌珠馬上命人去安排！」高興地起身，易掌珠跑出去就讓人收拾房間。

於是用過晚膳沒一會兒，風月房間裡就多了個人。

「唉。」葉御卿搖著扇子嘆息，聲音聽起來頗為愁苦：「風月，我哪兒不好嗎？」

笑咪咪地給他倒茶，風月道：「公子人品相貌都是上乘，何以有此一問？」

「殷戈止今日搬去將軍府住了。」喝了口茶，葉御卿又嘆了口氣：「珠兒可沒邀過我去住將軍府。」

這是女人被人搶了？風月挑眉，仔仔細細認認真真地捏著葉御卿的下巴看了好一會兒。

葉御卿微怔，沒想到她會有這種動作，倒是沒反抗，任由她看著自己，眼裡波光緩緩。

「公子顏如渥丹，傾國傾城。」中肯地給出評價，風月道：「若是奴家來選，肯定會在府裡給公子修個金屋子，只給公子住。」

被這話給逗得一樂，葉御卿側頭失笑，搖頭道：「都說妳們這裡的姑娘很會讓人開心，今兒我算是見識了。不過，他不來妳這裡，倒是去將軍府住了，妳沒有不開心？」

「不開心個啥？」風月聳肩：「恩客來來去去的多了去了，更何況那位爺身分高貴，想去哪兒住，還能是我這個風塵女子能決定的？去也就去了，等再過兩日，奴家也能接您的客了。」

還真是坦蕩，坦蕩得像是對殷戈止一點感情都沒有，要不是上次撞見她那眼神，葉御卿差點就要相信這鬼話了。

面前這女人有很多副面孔，嫵媚的、豪放不羈的、冷漠疏離的，他觀察了她很久，卻還是分不清哪個是真實的。

怎麼會有人這麼有趣呢？

「我還以為他對妳有些情意，妳怎麼也該多在意他一些。」葉御卿笑得溫和無害：「哎呀呀，妳說他們倆住在一起，要是發生點什麼不該發生的，可怎麼是好？」

大概是伺候殷戈止那種冰山習慣了，乍遇見個這麼溫柔活潑的男人，風月還有點不適應，嘴角抽了抽便道：「不會發生什麼的，倒是有個問題，奴家想問很久了。」

「什麼？」

「聽聞您曾跟易小姐求過親。」看著他，風月八卦兮兮地問：「您這樣的身分，她怎麼會不同意？」

眼神一黯，葉御卿像是傷了心，聲音都低沉了下來：「不是她不同意，是易將軍說捨不得，要過兩年再嫁。」

易將軍竟然會拒皇子的婚？風月咋舌。

不過人家易府地位高，兵權重，可不像闕蒼海那般傻兮兮的手裡什麼也不留，吳國皇帝拿人家沒辦法，拒也就拒了唄。

「兩年不長不短，可中間會發生什麼事，誰也不知道。」葉御卿道：「就像今天晚上，孤男寡女同住一處，萬一有些什麼，那兩年之後，易家的轎子也不會進我東宮的門。」

就這麼喜歡易掌珠啊？風月瞧著都有點不忍心了，下意識地就伸手拍了拍他的肩膀：「哥們，別太傷心了，實在不放心，那就去看看唄？」

葉御卿一頓，被她這瀟灑的動作震得眉梢跳了跳。

察覺到失態，風月不動聲色地就收回了手，裝作什麼也沒發生，轉身就去推開了窗戶，看了一眼外頭的天色：「啊，今晚月亮真大。」

掃了自己肩膀一眼，葉御卿站起來，合了扇子道：「該發生的總會發生，去看也沒什麼用，我只是來找妳聊聊天，心裡舒坦了，也就該回去了。」

風月點頭，笑咪咪地送人家出門，臨到門口，太子殿下突然又回過頭來，伸手從門外的侍從手裡拿了盒東西遞給她。

「妳好像很喜歡吃這家的綠豆糕，今日順路，替妳帶了點。」

響玉街的綠豆糕。

心裡猛地一沉，風月有些茫然地抬頭看了面前的人一眼。

謙謙君子，體貼多情，眼如清河，裡頭卻有她看不懂的東西。

「您怎知奴家愛吃這一家的糕點？」盡量讓自己聲音不抖，風月笑著問。

葉御卿目光憐惜地看著她：「既然是中意姑娘，在下自當了解姑娘喜好，以便投其所好。」

只是這樣而已嗎？風月看著他，突然想起了這不陰城裡關於太子的傳言——

「七尺俊朗少年郎，眉眼含玉惹蝶狂。挽袖微服民間逛，家國大事不坐堂。溫言軟語得人心，自是端正好棟梁。若真付其心與腸，粉身碎骨短松岡。」

以前聽見這打油詩的時候，風月還笑過，說什麼亂七八糟的，好歹是一國太子，怎麼可能這般口蜜腹劍，又怎麼會讓人傳成了打油詩？若當真那般陰險，有人說他半句不是，都該被砍了才對。

然而現在，站在自己房間的門口，手裡捏著他剛遞來的綠豆糕盒子，風月突然能明白寫詩的人曾經經歷過什麼了。

分明是一張笑得好看極了的臉，不知怎的卻讓人透骨生涼。

「瞧妳，臉都發白了，傷還未癒，還是該好好休息。」伸手替她將鬢髮別在耳後，葉御卿笑著擺手：「先告辭了。」

呆呆地點頭，風月合上了門。

她突然明白為什麼殷戈止讓她不要接近葉御卿了，不是怕她勾引太子沉迷女色，而是怕她是誰家派來刺探太子的人。真是的話，那葉御卿立刻就會查清她的底細弄死她，並且提高警惕，別的招數再也近不得他的身。

原來如此。

可惜了，她是一個沒有底細的人。

低頭看看手裡的盒子，風月拍了拍胸口。她做事一向天衣無縫，老闆娘他們也是個中老手，沒道理這麼快被人發現的，大概只是來嚇唬嚇唬她而已，不用這麼慌。

大概是心緒不寧，晚上睡覺的時候，風月做了舊夢。

「主子快走！」有人滿身是血地推著她，換上她的衣裳，戴上她的髮釵，一雙眼悲切地看著她：「您只有活著，才能讓關家冤案有平反的可能！」

平反？風月嗤笑，眼裡一片血光：「平反有用嗎？哥哥說得對，冤又如何，不冤又如何？就算平反，我關家滿門都活不過來了，既然如此，那是誰的血債，誰就來血償！」

「哪怕下十八層地獄，我都會將這些人一個個找出來，碎屍萬段！」

第28章　弄死一個是一個

夢裡的人是不理解她的，睜眼驚恐地看著她：「將軍一生行正道……」

「所以老頭子的一生，肯定是會被人歌頌的。」她笑，繫上丫鬟的髮帶，紅著眼眶道：「但我不需要，從小就被他罵沒個正經，他人沒了，我更不會正經。」

「只有殺戮才能償還殺戮，只有鮮血才能撫平鮮血，別他奶奶的給我說正道、名義、寬容、平反，老頭子沒了，老子要他們全家死絕，斷子絕孫！」

關清越就是這麼個放蕩不羈的人，不服禮儀，不服管教，一身的好功夫在十二歲之後就能順利逃脫家法，上天入地，也只有關蒼海能讓她老實片刻。

這樣的人，看上誰了就喬裝去他身邊守著，嫁不得自己喜歡的人了就跟喜歡的人上個床圓滿圓滿，誰打她一下她打人家十下，誰給她一塊點心她還人家十塊。

這樣的人，以女兒之身笑傲千兵萬馬，征戰沙場，以血止戈。

這樣的人，快意恩仇，敢愛敢恨，一匹烈馬一身戎裝，瀟灑得像陣風。

這樣的人，現在是個低賤到泥土裡的妓子。

「妳叫什麼名字？」恍惚間，有人問她。

她咧著嘴笑，說：「我叫關風月，招搖街、夢回樓、關風月。」

……
金戈鐵馬之聲響於夢裡，有戰馬上的人奪了敵軍將領首級回頭，看見千萬個頭盔下，有一抹笑意燦爛如陽。
那笑容很好看，不是男子的，是女子的。驀然間盔甲裡像是有紅紗飛了出來，在強烈的光芒之中烈烈纏綿，迷了人的眼。
身子一僵，殷戈止醒了。
好奇怪的夢，盔甲裡還能飛出紅紗來？
揉揉額頭，他覺得最近一定是被風月毒害了，以至於做這些個古裡古怪的夢。
「主子。」見他醒了，觀止面帶愧色地遞過一個黃梨木的盒子來：「這個東西，又來了。」
嗯？看了看盒子，又看了看他的臉色，殷戈止皺眉：「沒抓到？」
「剛來將軍府，都沒有準備好，所以……」
揮袖讓他不必再說，殷戈止起身，將那盒子打開。
一張腰牌，一封書信，他先看了信，瞇了瞇眼，又看了看腰牌。
竟然知道他在查王漢，還將這些東西給他送上門來？殷戈止冷笑出聲：「真是厲害。」
「主子，怎麼辦？」觀止覺得背後發涼：「會不會被人設計？」
起身燒了信紙，殷戈止捏了腰牌，面無表情地問：「你傳令做事的人，有幾個？」
「五個。」

「很好，我給你五道命令，你分發給他們，記著，分開給，什麼命令給了什麼人，你記下來。」

「是。」

在他面前耍花樣？那就好好耍吧。

盥洗用膳，早膳之後，殷戈止出門，正好遇見易掌珠。

「殷哥哥起身了？」朝他一笑，易掌珠道：「今日掌珠要去山間放茶，給過山的路人喝，殷哥哥要一起去嗎？」

要是普通人提出這種要求，殷戈止會覺得有病，路人趕路，自己不會帶水？不會飲河水？還去給他們放茶，有什麼用？

然而，提出這種慈悲光芒萬丈的想法的，是易掌珠，他頷首就應了：「去吧。」

易掌珠的菩薩名聲在不陰城是響噹噹的，夏日發涼茶，冬日發棉被，一粟街總會有將軍府的救濟棚子，雖不論那些個東西是不是都發到需要的人手裡了，但有這樣的心，就是格外善良，與那些青樓賺錢自己享樂的妖豔賤貨完全不一樣。

關賤貨莫名地覺得背後發涼，抬頭往四周看了看，又繼續低頭吃她的山珍海味。

「要是不陰城每個高門都能捐點銀兩出來就好了。」易掌珠一邊爬山一邊道：「光將軍府一家救濟難民，也不是個事兒。可我每次去別府說道，他們就算肯捐，臉上也是不太樂意的。」

「殷哥哥，你說，人心有時候是不是很冷漠？分明自己能吃飽穿暖，卻不願意讓別人也吃飽穿暖。」

殷戈止抿唇，不置可否。

易掌珠自顧自地道：「我有時候也想自私一點，那樣爹爹就不會總是說我浪費錢財，可是看看自己衣著光鮮，再想想世上還有那麼多人餓死，我心裡就難受。」

像是觸動了情緒，易掌珠突然就哭了，蹲在山道上，傷傷心心地哭了起來。

殷戈止低頭看她，突然怔了怔。

易掌珠哭得梨花帶雨，很是漂亮，眼淚像珠子一樣一串串地往下掉，手帕擦著鼻下，半點鼻涕也沒有。

「是個人哭都會有鼻涕，有的姑娘想悽美點，就把鼻涕擦了。」

腦海裡不知怎麼的就響起風月說的話，殷戈止挑眉，驀地就笑了。

當真是笑，臉上的輪廓柔和下來，嘴角彎出極好看的弧度，眼裡亮晶晶的。光從頭頂的樹葉間隙灑下來，斑駁迷人。

易掌珠看傻了眼，張大嘴抬著頭，一時都忘了哭。

「你……」

回過神，臉上的笑意瞬間消失，殷戈止轉身，繼續往山上走：「要趕在天黑之前下山，就早點上去吧。」

「……好。」

殷戈止原來是會笑的啊？走了好久易掌珠才想起來問：「你笑什麼？」

她哭得那麼傷心，是個男人都該好生安慰啊，他還笑？笑得好看也不行啊，有這樣的嗎？哪知前頭的人面無表情，很是正經地道：「妳眼花了罷？我何時笑過？」

被他這認真的語氣一震，易掌珠低頭，認真地開始懷疑是不是自己眼花了。

山上送完涼茶下來，一到將軍府，觀止就來低聲回稟：「命令已經發下去了。」

「嗯」了一聲，殷戈止轉頭看向易掌珠：「剛剛收到個消息，還請借一步說話。」

看觀止那神神祕祕的樣子，易掌珠很是好奇，跟著殷戈止就進了客房。

「查到什麼了？」

伸手打開桌上的盒子，拿出腰牌看了看，殷戈止道：「這是不是貴府的東西？」

往他手上一瞧，易掌珠嚇了一跳：「王總管的腰牌？怎麼會在你這裡？」

「方才觀止說，有家客棧的掌櫃發現了點將軍府的東西，於是都放在這盒子裡送來了。」臉不紅心不跳地騙人，殷戈止道：「大概是賊人逃竄之時嫌帶著累贅想丟棄，結果被客棧的人在雜物堆裡撿到了。」

翻看了那腰牌兩遍，又打開桌上的黃梨木盒，在看見將軍府地圖之時，易掌珠臉色變了，倒吸一口涼氣：「這！」

她就說麼，她就說麼！這將軍府守衛那般森嚴，賊人怎麼可能進得來，原來是有了內應，拿著這塊腰牌，人就能進將軍府潛伏，等晚上一到，照著這機關地圖就去書房偷東西，必定全身而退！

好個王管家啊！

「我去找他算帳！」拍桌起身就要走，眼前卻有人影一閃。

伸手按著門，殷戈止皺眉低頭看著她：「妳先別衝動，王管家在府上盡忠多年，深得將軍信任，總得找出他背叛將軍府的原因才好定罪，不然將軍回來，妳怎麼跟他交代？」

女子到底是衝動些，聽他一說，易掌珠冷靜了下來，想了想：「殷哥哥覺得該如何？」

「總要找到他這樣做的原因。」殷戈止道：「王管家平時，可有對府上何處不滿嗎？」

這麼一問，易掌珠還真說不上來，開門就喊了個家奴來，低聲問：「王管家在哪兒？」

家奴躬身道：「應該是在他的宅子裡，不過看起來似乎跟他家夫人吵架了，剛送過去的衣裳都被退了回來。」

「嗯？」易掌珠挑眉：「他跟夫人吵架，退將軍府的衣裳做什麼？」

「奴才也不知道，瞧著李氏心情不太好，奴才說剛做的衣裳，她還道王管家又不是沒衣裳穿，做什麼要穿將軍府的衣裳。」

說著，還疑惑地搖了搖頭：「奴才也不知道到底是不是吵架了。」

奇奇怪怪的啊，殷戈止側頭道：「妳要真是想知道，不如找妳的丫鬟去問問王管家宅子裡的人。」

好主意！易掌珠立刻照做。

也不知道是有神助還是怎麼的，套話意外地順利，丫鬟沒一會兒就來回稟，低聲說了李氏鬧脾氣的原因。

「荒謬！」易掌珠惱怒地道：「父親留他在府裡，是因為信任他，有些事不放心給別人做。他倒是好，反而在意個身分，為此出賣父親？人家給他什麼了？金銀錢財還是許他官職？」

殷戈止嘆了口氣：「此事，還得再多查查，等查到背後指使，再問罪不遲。」

不管是誰在背後相助，這件事進行到這一步，那就是順理成章了，第二天殷戈止就在王漢的宅子裡找到大量來歷不明的財物，順便把一臉茫然的王漢送進了大牢。

「證據確鑿，我不會放過他的！」易掌珠氣得直哆嗦：「這樣吃裡扒外的東西，將軍府少一個是一個！」

的確是吃裡扒外的東西，殷戈止站在旁邊，眸色陰暗。

王漢曾在關蒼海麾下為副將，後被揭穿臥底身分，直接投奔吳國，反手斬殺魏國數十士兵，在後來的戰役裡屢屢為吳國立功。

他是個魏國人，卻甘心做了吳國的狗。

第29章　想當花魁？

這樣的狗，死有餘辜，報應來得晚，也終歸是來了。

「殷哥哥辛苦。」回頭看著他，易掌珠萬分感激：「珠兒倒是不知道拿什麼報答。」

「不必。」朝她頷首，殷戈止道：「事已了解，在下也當告辭。」

易掌珠一愣，看著面前這人，捏了捏手帕，神色有點委屈。

殷戈止彷彿沒看見，轉身就帶著觀止回住處收拾。

「點釵。」難過地轉身看著自己的丫鬟，易掌珠問：「他是不是一點也不喜歡我？」

點釵瞪眼，扶著她的手臂道：「小姐，您想什麼呢？整個不陰城都知道，殷殿下最不愛摻和事。為了您，都住到將軍府來了，還抓出了內鬼，還陪您上山發茶。不是奴婢說啊，整個不陰城，能讓殷殿下這麼看重的，也只有您了！」

是嗎？易掌珠垂眸：「可是，換做別人，也應該在這裡多住兩日啊，事情一結束他就走……」

「大概是避嫌吧。」點釵道：「畢竟將軍不在府上，他長住也不像話。」

這樣啊。

緩了神色，易掌珠高興了些，點頭道：「給殷哥哥準備點謝禮吧。」

「是。」點釵笑著陪她回去閨房，路上不斷嘀咕：「眼下整個不陰城，所有待字閨中的姑娘，就屬您身分最貴重，也最得人心，任是誰都想圍著您轉呢，您該更加相信自己才是，殷殿下不善言辭，但瞧這行為，心裡定然是有您的。再說了，就算身分尷尬不能與殷殿下有什麼結果，您還有太子殿下呢！」

易將軍的掌上明珠、高貴的出身、柔美的長相，她好像一生來什麼都有了，可惜的是，喜歡的人好像不能成眷侶，而葉御卿……又對她好得讓她愧疚。

問世間情為何物啊……

「主子。」

剛跨進使臣府的大門，觀止就叫了一聲。

殷戈止皺眉抬頭，就見院子的空地上，放了一個黃梨木的盒子。

昨天放的消息，今天就能送來東西，動作還真是快呢。

冷笑一聲，他過去撿了盒子打開看，裡頭放著的是一張輕飄飄的狀紙。

「查護城軍都尉的事，你交給誰去辦的？」殷戈止問。

觀止無聲地遞了一張牌子過來，上頭刻著個人名——干將。

「派人監視他。」收了東西，殷戈止進屋更衣：「把他背後的人給我找出來。」

「是。」

風月正抖著腿吃著梅子呢，冷不防打了寒顫，往自個兒背後瞧了瞧，窗外萬里無雲，是個好天氣。

但是怎麼總覺得有事要發生呢？

「主子主子！」靈殊跟屁股著火了似的竄進來，繞著她跑了三個圈圈，激動地道：「出大事了啊！奴婢忘記提醒您，今晚有花魁選舉！」

眨眨眼，風月伸出食指抵住她的額頭，大喊了一聲：「定！」

靈殊立刻韁住了身子，水靈靈的大眼睛直轉悠。

「花魁選舉我知道啊。」風月笑咪咪地道：「但妳家主子對現在的狀況很滿意，花魁什麼的，讓她們去搶吧。」

她也就是想勾搭葉御卿而已，已經多附贈了一個殷戈止，她還去搶花魁幹嘛？吃飽了撐的？

「可是……」扁了扁嘴，靈殊不高興地道：「您聽聽樓裡那些個姑娘是怎麼編排您的？今兒好多人都等著看您的笑話呢！說您只會……只會跳沒羞沒臊的舞，別的什麼都不會，繡花枕頭一包草！」

「哦。」風月點頭：「這話說得挺中肯的。」

靈殊：「……」

「安心吧小丫頭。」風月勾著嘴角笑：「妳家主子想要的，用盡手段都會得到。不想要的，別人再怎麼說，我也不會動。」

泄了氣，靈殊的小腦袋「呯」地一聲砸在桌子上，裝死。

風月看得好笑，起身往她嘴裡塞了梅子，便打開門往大堂裡看。

青樓楚館，怎麼都會搞些選花魁之類的噱頭吸引恩客，花魁的身價與別人不同，爭的人自然就多。眼下天還沒黑，樓裡的姑娘們已經紛紛行動起來，各個樓層的走廊和最底下的大堂裡都站著三五成群的鶯鶯燕燕，正交頭接耳。

「如今樓裡生意最好的也就斷絃跟風月兩位姑娘了，你們猜，今晚鹿死誰手？」

「我賭斷絃姑娘，畢竟彈得一手好琴。」

「我還是賭風月吧，雖然是不夠體面，可瞧瞧，喜歡她那樣的人還真不少。」

斷絃開門出來，正好看見對面靠著欄杆往下瞧著的風月，妖媚的臉上帶著傻兮兮的笑，怎麼看都讓人看不順眼。

嗤笑了一聲，她翻了個白眼，搖著團扇就下樓。

殷戈止她可能的確是伺候不了，但不一定就說明她比風月差，今晚可是個好機會，她一定得贏。

「斷絃。」微雲等人在二樓，見她下來就一把將她拉了過去，神神祕祕地道：「今晚有好戲看了！」

「什麼？」斷絃茫然，微雲神祕兮兮地小聲道：「妳不是很不喜歡風月嗎？待會兒等著看，她定然要丟臉的！」

聽她們嘀咕了一陣，斷絃也跟著笑了，瞇眼看向三樓。

欄杆上已經空無一人，也許是去準備晚上的節目了。舒心地出了口氣，斷絃拉著一群姑娘就繼續下樓。

打掃夢回樓的奴僕從房間裡離開，風月照舊打開人家擦過的櫃子，從裡頭拿出張紙來。

「趙麟之子，趙悉。」六個字，下頭還有一幅畫像。

風月挑眉，殷戈止選的人還真是一選一個準，全是她看不順眼的。

趙悉來過夢回樓，凡是在夢回樓過夜的人，只要隨身腰牌玉珮之物離過身，亦或是本人昏迷沉睡過，那他們的隨身物品一定會被送去響玉街的雜貨舖連夜仿製，以備後用。

也就是說，她想製造罪狀，亦或是接近誰，都比普通的暗衛更快，更不著痕跡。

殷戈止既然瞧上這個人了，那她就幫他一把。

「妳在看什麼？」

冷不防有聲音在背後響起，激得風月汗毛倒豎，立刻將紙塞回櫃子裡，然後嫵媚地轉身，朝著來人就是一個媚眼拋過去：「奴家自然是在等公子呀～」

殷戈止一臉冷漠地看著她，彷彿在看個臺上的戲子。

風月不在意，左扭右扭地就走到他面前，可憐巴巴地抬頭看他：「公子好狠心，說兩天不來，當真就是兩天不來，奴家好生寂寞嚶嚶嚶！」

不知道為什麼，每次這個人捏著嗓子這麼說話，他都很想把她拎起來抖兩下，抖直了！

然而，對青樓女子，不能要求那麼高。

睨著她，殷戈止道：「剛進來就聽聞，妳們今日要選花魁？」

「是啊。」風月眨眼，頭一揚，手從髮髻滑到下巴捏了個蘭花指，得意地問：「公子覺得，我們這裡的花魁當屬誰？」

眼裡又充滿了嫌棄，殷戈止冷淡地開口：「反正不會是妳。」

雖然沒想爭吧，但是聽這話，是個姑娘就高興不起來！風月扁嘴：「奴家哪兒不好啦？」

「夢回樓選花魁，定然是要才貌雙全，德藝雙馨。」目光不太友善地掃了她一圈兒，殷戈止搖頭：「妳一樣都沒有。」

一樣都沒有?!風月磨著牙，嘴角抽搐了好一會兒，才勉強抬頭衝他笑：「那真是委屈公子了，奴家什麼都沒有，還點奴家的臺！」

定定地看著她，殷戈止沉默片刻，突然低頭下來，湊到她耳邊道：「也不是什麼都沒有，至少床上讓人覺得舒坦。」

風月：「……」

什麼叫衣冠禽獸?這就是衣冠禽獸啊！一邊嫌棄她，一邊又調戲她，有毛病是不是?要不是看在他實在有用的份上，她早就一巴掌……嗯，還是算了，打不過。

識時務者為俊傑，在強者面前要乖順。

耷拉了尾巴，風月悶頭不吭聲了，模樣看起來活像受委屈了的小狗，哼哼唧唧，眼淚汪汪。

殷戈止瞧著，心情都好了，朝她勾勾手。

風月別開頭齜了齜牙，然後嘿嘿地就朝人家撲了過去，抱著人家精瘦有力的腰，狠狠地摸了一把：「公子?」

「想當花魁?」

「不想！」

「那妳這不甘心的模樣是怎麼回事?」

風月一頓，抬頭，深情款款地望進他的眼裡：「奴家不在意別人怎麼看奴家，但很在意公子的看法。公子要是這般看不起奴家，奴家會很傷心的嚶嚶嚶！」

「……」

每次跟這風月姑娘在一起，自家主子好像都心情不錯？門外的觀止偷偷往裡頭打量，驚奇地發現了這個現象。雖然被人熊抱著的殷大皇子臉上一點波瀾都沒有，但周身的氣息實在柔和，像春風吹了綠草，鮮花朵朵開。

真是奇了。

「公子，樓下為您設了座。」金媽媽挨個房間裡請人，到了風月門口，不敢進去，而是在門口小心翼翼地道：「您要是方便，可以先下去落座。」

自從那四擔子禮物送到夢回樓，這位公子就成了全樓的姑娘最想伺候的客人，雖然不知道為什麼斷絃不得他喜歡，但今晚其他的姑娘，可都是躍躍欲試呢。

「嗯。」應了一聲，殷戈止將懷裡的人拎起來就往走。

第30章　殷大花魁

「那個……」風月賠笑：「這位公子，雖然得您厚愛奴家很高興，在這眾目睽睽之下您帶奴家一起入場，奴家也很高興，但是……」

但是能不能不要跟拎猴子似的把她拎手裡啊？她有腳啊！能走路啊！這樣很像她犯事被人抓了好不好？

殷戈止恍若未聞，下了大堂就拎著她放在金媽媽準備的離臺子最近的紫檀木圓桌邊。

姑娘們都還在房間裡準備呢，就她一個大大咧咧地坐在了客人的桌上。

隱隱有不友善的目光從四面八方射過來，風月低頭，裝作什麼也沒察覺，捏著一根牛肉乾嚼啊嚼。

夜幕降臨，紅燈高懸，臺子上開始表演了。風月往背後掃了一圈，太子沒來，其餘常客倒是都到了。

也對，一國太子，怎麼可能當真閒得沒事就往青樓跑？

收回目光，風月正想繼續吃東西，就聽得周圍一陣叫好聲，差點把房頂給掀了，嚇得她一個哆嗦，手裡的牛肉乾「噗通」一聲落進了茶杯裡，泛上一層油膩來。

殷戈止皺眉看著她，那眼神，彷彿恨不得把她也塞茶杯裡。

「嘿嘿。」心虛地笑了笑，風月小聲道：「公子，奴家向來舉止不太優雅，您可以當沒看見的。」

她可以不優雅，但起碼得有點樣子吧？坐他對面丟人呢？殷戈止搖頭，瞬間有點後悔為什麼要跟她坐一桌。

臺上的斷絃表演完了，恭恭敬敬地朝臺下行禮，眾人叫好聲沒斷，有書生站起來道：「斷絃姑娘這般的好琴藝，又是這般好相貌，自然當奪花魁桂冠。」

青樓狎妓是風流，各個姑娘背後也有不少的支持者，就像賭馬似的，自己賭的馬，怎麼也要贏了，才能證明自己眼光不錯。

於是，賭在風月身上的人也不服氣了，站起來就道：「論相貌，斷絃姑娘哪能與風月姑娘比？」

「你這說的是什麼話？」書生不服氣了：「看人怎麼能單看相貌？風月姑娘雖美，可除了美，她還有什麼？再跳一曲脫衣飛天舞？」

眾人一陣鬨笑。

微雲笑出了聲，斷絃也覺得解氣，這句話她早就想說了，今兒被客人這般當眾說出來，就像在風月臉上狠打了一巴掌，聲音清脆得令人愉悅。

殷戈止微微側頭，看了那書生一眼。

風月滿不在乎，揮手便道：「各位何必扯奴家下水？奴家今日就沒打算上臺，花魁爭奪，與奴家無關。」

那書生一聽，當即就笑了：「姑娘是不想爭，還是壓根爭不了？」

旁邊的人怒道：「才藝多種多樣，你怎知風月姑娘就爭不了？斷絃會彈琴，姑娘何嘗不會跳舞？今兒這又沒個斷決之人，輸贏還不是下頭的人說了算？斷絃姑娘在夢回樓久，客人多，這對風月姑娘哪裡公平？」

書生冷笑：「多說無益，比劃才知真。若需要人斷決，那不如就由在下……」

「我來。」冷硬的聲音在一片嘈雜之中響起，像定海神針似的，周圍的人瞬間就安靜了。

金媽媽眨眨眼，看向殷戈止，賠著笑道：「這位公子，斷決之事，當然還是要擅長此道之人才有信服力。」

直接起身，殷戈止越過金媽媽就往臺上走，一身白袍在燈光下泛著柔和的光，看得一眾姑娘紛紛倒吸一口氣。

好生俊朗的人啊，那一雙眼風流多情，袖子飛揚之處瀟灑萬分，怨不得今日風月臺都不上了也要陪著他。這樣的客人，或者說這樣的男人，誰不想要？

斷絃還沒回神，面前放著的琴就被人抱走了，雪白的紗衣翻飛，落在臺子右邊的角落，引得人跟著看過去。

風月抿唇瞧著，讓觀止給他遞了張凳子上去。

殷戈止沒有面朝臺下，而是朝著臺子中央的方向，接了凳子坐下，將琴往腿上一放，信手就彈。

高山流水之聲，清凌凌如泉，瞬間將這滿樓的浮躁之意壓了個安靜。琴聲有力又纏綿，流暢瀟灑，像極了彈琴的人。

內行看門道，外行看熱鬧，不懂琴的人只覺得這首曲子比剛才斷絃彈的更好聽，行家卻聽得出來，臺上這人修琴至少十年有餘，基礎扎實，功底深厚，難得的是表達反而自由，無半分匠氣。

一曲終了，臺下反應了半晌才響起驚嘆聲。金媽媽也是懂琴的，當即就不敢再攔著，只笑著朝眾人道：「這位公子是行家，讓他來斷決，想必沒什麼問題。」

只是，他這一曲將斷絃壓得太慘了些，光聽斷絃一人彈，眾多似懂非懂之人還會覺得不錯，有才有貌。但這位爺上來之後，是個人都對比得出來，斷絃那點琴藝，實在還差火候。

方才說話的書生臉上不太好看，斷絃也是不敢再抬頭。

殷戈止伸手將琴放在一邊，就坐在臺上看著，眼神冷靜，一句話也不多說。

滿樓的人都嚴肅了起來，風月眨眨眼，又眨眨眼，扯了觀止過來問：「你家主子這是怎麼了？竟然管這種閒事。」

觀止聳肩，看向臺上：「主子大概是一時興起，畢竟這些東西，從來了吳國之後，就再也沒把弄過了。」

靈殊立在風月背後，好半天才回過神，小聲嘀咕道：「這麼一瞧，這位公子倒也沒那麼討厭了。」

風月失笑，回頭朝她道：「妳這小丫頭，喜歡誰討厭誰也太簡單了點。」

扁扁嘴，靈殊道：「奴婢就覺得厲害的人值得喜歡，凶巴巴的人很讓人討厭，可他……」

抬頭看著殷戈止，靈殊小臉兒都皺成了一團：「太讓人為難了！」

搖搖頭，風月繼續看向臺上。

有斷絃的前車之鑑，後頭上來吹笛子的微雲很是認真，奈何，殷戈止也會吹笛子，毫不留情地跟人家吹了同一首曲子，連貫性、感情、氣息在前一首曲子的襯托下更加彰顯，高下立判。甚至都不用殷戈止評說，下頭的恩客都能七嘴八舌地評說出微雲哪裡不足。

也不知道這位大爺是不是當真來砸場子的，接下來上去的姑娘，有寫書法的、有畫畫的、有表演百步穿楊的，他愣是一個都沒放水，同樣的紙筆，同樣的弓箭，將人的面子掃得半點沒留。

奇特的是，下頭的恩客竟然沒怒，倒是紛紛驚嘆於殷戈止寫的隸書和畫的水墨畫。就連方才不服氣的書生眼裡也露出驚嘆來。

太不要臉了！

當殷戈止在臺上拉開弓的時候，風月捂了臉，很同情地從指縫裡看了選百步穿楊的金玲一眼。其他的都好說，在這臺子上選武學相關的東西，又遇上殷戈止……那定然是死得比前頭幾個都慘。

結果不用多說，殷戈止連射三箭正中靶心之後，恩客們不止鼓掌，還紛紛評說青樓女子選這種才藝實在不搭，不如不選。然後繼續讚嘆臺上那人當真是文武雙全，難得的人才！

這場選花魁的大會進行到接近尾聲的時候，風月覺得今兒花魁非殷戈止莫屬了，就連被他拂了顏面的姑娘，最後都站在臺子邊滿臉崇敬地看著他，半點不記仇。

都到這個地步了，那還有什麼話好說？

也不知道這位一向低調的爺是發了什麼瘋，竟然來做這種風頭出盡之事。風月正翻著白眼，冷不防地就感覺四周的人都朝自己這邊看了過來。

嗯？

莫名其妙地往臺上看去，就見殷大皇子正垂眸看著她的方向，手裡筆墨瑤琴盡歇，彷彿就等著她上場。

不是吧？風月乾笑，縮了縮脖子，提著裙襬「蹭蹭蹭」地就跑到臺邊小聲道：「公子，您為難她們就好了，為難奴家做什麼？」

「大好的機會，妳不上來試試？」殷戈止睨著她。

笑容滿面，風月使勁兒搖頭：「不了！」

嫌棄地看她一眼，殷戈止轉頭，隨手點了個人上來：「妳來。」

穿著舞衣的何愁戰戰兢兢地搖頭：「不了吧？奴家……奴家覺得自個兒準備得不是很好。」

殷戈止看著她，沒吭聲。

何愁背後直冒冷汗，猶豫半晌，還是頂不住這位爺的眼神威壓，上臺獻舞。

老實說，何愁今兒只是來湊熱鬧的，畢竟她的舞可沒風月跳得好，想著混個臉熟也就罷了，誰知道竟然還被這位爺點著名上來。

硬著頭皮跳完一曲，何愁不知道等待自己的是什麼，哆囉哆嗦地站在臺上，往殷戈止那邊瞟著。

曲子聲音停了，舞袖垂地，殷戈止面無表情地頷首：「跳得不錯。」

眾人一驚，紛紛鼓掌！

這還是今晚他頭一回開口評價臺上的人，方才那姑娘跳了什麼舞來著？不記得了，反正這位大爺說不錯，那就肯定是不錯！

一邊忙著看白衣的姑娘們紛紛回神，驚愕不已，風月在臺下跟著鼓掌點頭：「不錯不錯。」殷戈止下了臺，拎著風月就上樓回房。眾人紛紛喊留步，奈何金媽媽攔在前頭，不讓人追上去。

「各位，今兒這一場，何愁姑娘拔得頭籌，大家可有什麼意見？」金媽媽問。

「沒有沒有！」一眾恩客都擺手，鼓掌恭喜。

第31章　勢利的女人

這場花魁選舉，過程很驚喜，結局很意外，眾人其實也不明白那位公子為什麼就看上何愁的舞了。倒是有聰明人分析：「可能是他不會跳舞。」

說的也是啊，文武全才，但到底是個男人，怎麼可能會跳女人的舞？如此說來，何愁奪魁也是順理成章。

既然成花魁了，那不少客人自然也就湊上來點何愁的臺，何愁笑著選了趙家公子，今晚的花魁大賽也就在一片喧鬧之中落了帷幕。

「公子好厲害啊！」靈殊跟在他倆後頭走，滿眼都是小星星：「天哪，太厲害了，您是沒瞧見方才斷絃姑娘那一夥人的臉色，太難看了哈哈哈！」

風月嘴角直抽，回頭看了她一眼：「小丫頭，妳先前還討厭這位公子來的，立場能不能堅定點？」

嚇得看了殷戈止一眼，靈殊連忙低頭不吭聲了。

現在哪裡還敢討厭啊？萬一被他一箭射穿了怎麼辦？

殷戈止頭也沒回，進屋讓了風月進門，轉頭就將靈殊和觀止關在了外面。

風月一愣，抬頭看他。

腰身被人捏著，壓在人炙熱的身子上，迎面對上的就是這人一雙暗潮翻湧的眼睛。

明白了，發情了。

老實說應付殷戈止這樣的人真是太輕鬆了，他完全不跟妳玩虛的，想睡妳就是想睡妳，簡單直接，耿直真實。

就是半點沒人情味，讓她能真真切切地感受到自己妓子的身分。

伸手給人寬衣解帶，風月輕佻地勾了勾他的下巴，笑道：「既然今兒得公子一句功夫好的誇獎了，奴家也不能懈怠。」

殷大爺躺上床，壓根沒想動彈，就看著身上的人風情萬種，妖嬈迷人得像一條柔軟的蛇。

若是按房中術來選花魁，眼前這妖精一定會毫無懸念地奪魁。連他都受不住的人，有幾個人能逃脫她的魔掌？

心裡莫名地就有點不舒服，殷戈止垂眸，突然問了一句：「明日妳是不是要開始伺候太子了？」

風月一頓，很是不滿地看了他一眼，嬌滴滴地道：「這種時候，哪有問這個的？」

腰肢被人一掐，風月停了動作，雙頰緋紅，咬牙看著他答：「是。」

腰上的桎梏鬆了鬆，不知怎麼的又捏得更緊。身下的人神色莫測，眼裡陰晴不定。

難得一個女人這樣讓他覺得舒坦，要不要，乾脆給她贖身？畢竟要是別人來碰了，再給他，他會覺得髒。

可是，這人有哪裡好，值得他青眼相加？功夫上乘的人也許不止她一個，只是他還沒碰到罷了。

難得因為男女之事起了猶豫之心，殷大皇子認真地思考了起來。

身上的人恍然未覺，小心翼翼地低下頭來，張口就咬了一下他的唇。

倒吸一口涼氣，殷戈止回神，皺眉看著她。

「方才公子在臺上，奴家就想，您這唇上要是有一抹豔色，當真也該是傾國傾城。」風月低笑：「滿樓的姑娘，都會被您比得黯然失色，現在一瞧，果然如此。」

聞到血腥味兒，殷大皇子瞇眼看了這不要命的妖精許久，伸手便扣在她後腦勺上，以唇印唇。

風月一愣，心口像是被什麼東西猛地一撞，看著身下的人，差點失了神。

掰開她的腦袋，捏著下巴端詳一二，殷戈止淡淡地開口：「如此，也算絕色。」

嗯？

低頭看進他的眼裡，瞳孔上映著的姑娘面若桃花，唇紅如火，當真是絕色。

「哎呀呀，奴家不著脂粉也很好看的。」略微慌張地別開頭，風月隨口說了這麼一句。

「哦？」殷戈止來了興趣：「洗把臉我看看。」

「……」

她為什麼要搬起石頭砸自己的腳？還搬了一塊巨石！

風月尷尬地笑了笑，伸手就往人家衣襟裡伸：「這良辰美景花好月圓的，我們為什麼要做那麼無聊的事情？還是來快活快活吧？」

殷戈止皺眉，還想再說，卻被她這作怪的手攪得悶哼一聲。睨她一眼，他翻身，抓著人就準備好生教訓一番。

月落烏啼，東宮之中一殿燈火尚明，葉御卿看著手裡的東西，眼裡滿是好奇。

「殿下。」侍衛長馮闖在旁拱手道：「王漢已經關押在司刑府，看易小姐的意思，可能明日審了再定案。」

「還給她審什麼？」輕笑一聲，葉御卿道：「既然證據確鑿了，他也該畏罪自殺了，省事。」

馮闖一頓，接著便低頭應下。

手裡的紙上寫著殷戈止最近的動作，葉御卿看了半晌，還是忍不住開口問：「他是從何處找到這些證據的？按理說，腰牌這種東西，他就不應該拿得到。王漢雖然退下來了，到底也是習武之人，不可能如此疏忽讓人偷了腰牌。就算讓人偷了，他也該向將軍府稟明才是。」

馮闖搖頭：「殷殿下彷彿是憑空就得了證據，上門定罪了。」

憑空？葉御卿笑著搖頭：「本宮不信事情會湊巧到這個份上，夢回樓裡那位姑娘，查清楚了嗎？」

「那位姑娘無親無故，身邊唯一信任的丫鬟也說她是隨魏國的難民一起流入吳國的，平時安分，鮮少與什麼特殊的人有來往，也沒有經常出門，按理說除了買太多綠豆糕有些古怪之外，其餘一切正常。」

「只是，今日殷殿下一從易府離開，回去更衣之後，就去了夢回樓找那位姑娘。」

嗯？葉御卿眼神幽深，看了某處好一會兒，才恢復了笑意：「如此，那也就罷了。」

自古英雄難過美人關，看上誰不是問題，只要別看上個麻煩。

一宿纏綿後起身，風月看了看屋子裡，已經沒了殷戈止的人影。

「主子。」靈殊端著水盆進來，嘖嘖有聲地道：「可不得了了，包下花魁的那位公子，竟然賞了何愁姑娘五十兩黃金！」

黃金可是稀罕的玩意兒，市面上流通著的本來就少，這位爺還一拿就拿了五十兩出來，嫉妒得一眾姑娘眼睛都紅了。

「何愁運氣不錯。」風月笑咪咪地道：「這位恩客是個大方的，走，我們也去看看熱鬧。」

奪了花魁又拿了黃金，何愁的房門口的確是熱鬧非凡。風月憑著力氣大不要臉，順利地擠了進去，朝著何愁就笑：「恭喜恭喜。」

何愁與她不熟，只禮貌地回她一禮。拳頭大的金錠子就放在桌上，周周正正的，閃閃發光。民間大多流通碎銀，拿小秤稱的，多了還要用鉗子鉗掉些，所以模樣都不周正。只有官家流出來的金銀，才會是完整的。

風月垂眸，隨手拿了個鐲子當賀禮給她，便出了包圍圈。

這天下的官兒，不管哪個國家，都是十官九貪，就算本性不貪的，在官場裡改變不了現狀，也只能隨波逐流，所以一般要除去誰，最好的罪名就是貪汙。

殷戈止不會跟個紈褲子弟過不去，目標多半是趙悉的老爹趙麟，送他個百姓告趙麟侵占良田的狀紙看來不夠，還得再挖點東西。

想著想著，風月也就沒注意前頭的路，冷不防地就撞上個人。

「風月姑娘。」胖胖的恩客笑得樂呵：「不知姑娘是那位公子包下的，先前多有得罪，還望姑娘海涵。」

這是上次塞了她銀票的人，上次瞧著還那般跋扈，今日就這般有禮了？看來，似乎是認得殷戈止。不陰城裡認得殷戈止的，那十有八九都是個不小的官。

臉上瞬間掛了燦爛的笑意，風月頷首：「哪裡哪裡，大人今日來是？」

「剛問了金媽媽，說姑娘晚上還有客人，在下也不敢叨擾。」眼珠子轉得跟黃鼠狼似的，這人笑道：「就這會兒想同姑娘聊聊天，當然了，銀子照給。」

白天的生意，果然都不是妓子該做的生意。

裝作很貪財的樣子，風月眼睛都亮了：「大人想聊什麼？奴家自當奉陪！」

恩客一瞧，這姑娘真是一隻單純的狐狸精啊，有戲！於是立刻跟著她上樓回了房間。

「實不相瞞，在下對您接待的客人，很是崇敬。」東扯西扯了半晌，這人終於開口道：「想問問姑娘，那位公子可有什麼特殊的喜好？」

看了一眼他的手，手心無繭，食指中指的關節側面倒是有黃繭。風月一臉認真地回答：「說來也奇怪，那位公子看起來脾氣不太好，也不讓奴家多說話，大概是喜歡安靜吧。至於特殊的喜好，奴家暫時還沒發覺。」

胖子點頭，想了想，笑道：「是這樣的，我家有個妹妹啊，愛慕他許久了，想讓他嘗嘗她親手做的點心，但總也沒機會。姑娘要是能幫忙，那在下必定重謝。」

風月想也不想就應了：「好啊，只要給銀子，這些忙都不是問題。」

還真是個勢利的妓子呢，楊風鵬心裡冷笑，面上卻是高興，伸手就扯了一張一百兩的銀票出來塞進她的腰帶：「等會兒我便讓她做了點心送來，下回那位公子來，只要吃了，妳還有好幾張銀票可以拿。」

還真是不把錢當錢嘿？風月笑得眼睛彎成了月亮，一臉天真地應了：「好，奴家定然給您辦到！」

第32章　易國如的命

這事兒要是交在別人手裡，真是太簡單了，一個求財的妓子，一個給錢的客人，要做的也不過是給自己伺候著的客人餵個飽含女兒家心意的糕點，一切都很正常，也會很順利。

但是風月腦子沒起泡啊，她會收錢去幫別人對殷戈止下手？怎麼死的都不知道！

先不說殷戈止今天晚上已經不會來她這裡了，就算是來，這種要進肚子的東西，她敢亂給？雖然她笑得傻，但也不能當她真傻啊！

送走那客人，風月捏著銀票看了一會兒，起身去拿了紙筆，寫了張小紙條，揉成一團就捏了中空的銀子過來，塞進去，再在外頭抹一層銀色的膠泥。

「靈殊。」她喊了一聲：「去買點綠豆糕吧。」

小丫頭蹦蹦跳跳地就進來了，接過銀子二話不說便往外跑。

這吳國看起來也亂得很吶，有人對殷戈止感興趣，有人又想把他扯進無邊煉獄。太子爺古裡古怪陰森森，易小姐沒頭沒腦傻白甜，她想做的事情，當真能順利完成嗎？

「風月。」

剛說著呢，背後就響起個溫柔的聲音。風月一頓，回頭看過去，就見葉御卿一身華服，搖著把扇子就進來了。

「公子來得好早。」看一眼外頭的天色，風月笑道：「光天化日地進來，也不怕人說閒話？」

「這裡的客人，十個有八個要對我行禮，妳說，誰來說這閒話？」合扇落座，葉御卿看著她道：「不過倒是奇了，姑娘竟然也在意別人的說法？」

「不在意，但鮮少看見有與奴家一樣不在意的。」笑了笑，風月給他上茶。

屋子裡就他們兩個人，都不說話的時候，氣氛就尷尬了起來。

葉御卿絲毫沒有要緩解這種尷尬的意思，抬眼瞧著她，突然道：「茶喝得太多了，今日不如喝酒吧？」

酒？眼睛一亮，風月立刻打開櫃子，得意地朝他道：「奴家這裡最多的，可能就是酒了。」

酒好啊，喝醉了就什麼都不知道，稀裡糊塗跟人睡了也就完事了，半點不用糾結，簡單又直接。

瞧著她這冒光的雙眼，葉御卿失笑，起身就幫她把酒罈子搬出來，舀了酒，一人一壺。

別問他為什麼不拿酒盞，那種東西，哪裡能被眼前的人用來喝酒？要不是她手上還有傷，定然是酒罈子更適合。

使臣府。

因著不去夢回樓了，徐懷祖和安世沖也便只能到府上用膳。觀止炒了五盤菜，瞧著也挺色香味俱全的，但是殷大皇子一下筷子，臉就黑了一半。

「鹽放多了。」

觀止一驚，連忙低頭。

他一直不太能控制好鹽的分量，以往主子吃著也沒吭聲啊，今兒說出來，那他怎麼辦？重做？來不及了吧，都午時了，再做這三位都得餓肚子。

徐懷祖使勁兒把菜嚥下去，刨了兩口飯壓了壓，然後才問：「怎麼不去夢回樓了？」

殷戈止淡然地道：「總不能在那兒吃一輩子飯。」

「觀止不會做飯的話，把風月姑娘請回來做不就好了？」安世沖一本正經地道：「鹽吃多了傷身。」

徐懷祖打了他一下，哭笑不得地道：「你當風月姑娘是什麼人？能當廚娘使喚？聽聞今日太子殿下去了她那裡，要是運氣好，說不定還會被太子給贖了身。」

夾菜的手一頓，殷戈止冷了聲音：「你這是詆毀太子。」

「徒兒不敢！」徐懷祖連忙道：「這怎麼算是詆毀呢？太子要是想贖人，在宮外弄個院子把人養著也不難，以前也不是沒發生過這樣的事情，徒兒只是隨口說說……」

看了殷戈止一眼，安世沖歪了歪頭。

師父雖然話不多，但是熟悉起來的話，了解他的情緒好像也不是特別難，比如現在，他感覺到了，師父有點生氣。

氣什麼呢？肯定不是氣徐懷祖詆毀太子。

「師父。」想了一會兒，安世沖開口道：「您要是喜歡風月姑娘，不如就趁早把人贖回來，」

一口飯嗆在喉嚨裡，殷戈止臉色微青，半晌才緩過氣來：「為師不會喜歡她。」

那這模樣是為什麼？安世沖想不明白了，乾脆還是低頭吃飯。

飯後豔陽高照，殷戈止抬腳要出門，身後兩個徒兒卻跟得緊緊的。

收回腳，殷戈止看著他們道：「不悔劍和長恨刀有劍譜和刀鋪，就在書房中間架子的第三格，今日你們好生研習，不必出門。」

一聽這話，兩個徒兒跑得飛快，瞬間沒了蹤影。

輕輕鬆了口氣，殷戈止順利地跨出了門，剛上馬，卻聽得身後的觀止問：「您想去哪兒？」

「……隨意走走。」

甩了兩個，卻忘記了還有一個甩不掉的，殷戈止抿唇。

他也不是非要去夢回樓，就是日子無趣，總想找點樂子。不去夢回樓也可以，旁邊美人院胭脂閣，多的是好去處。

「主子。」觀止道：「屬下忘記稟告，干將那邊，在您發了命令之後只與三個人有過接觸，其中兩個是我們線上的人，還有一個……也不知道算不算接觸，是個點心鋪的老闆娘，他去買了點心，給了人銀子，看起來也挺正常。」

點心鋪？殷戈止問：「哪裡的點心鋪？」

「就響玉街尾，賣綠豆糕的那一家。」觀止道：「屬下查過，做的是老實生意，也是開了幾年的鋪子了，應該沒什麼問題。」

是嗎？殷戈止沉默片刻，突然問了一句：「風月是不是也常吃綠豆糕？」

好像是的，觀止點頭：「風月姑娘的花架子上，也常常放著綠豆糕。」

嚴肅地點頭，殷戈止道：「我覺得這件事該好生查查，去夢回樓吧。」

嗯？觀止嚇了一跳，騎馬跟上去，心想自家主子也太敏銳了，就幾盒綠豆糕而已，也能察覺出不對勁？

壓根不是綠豆糕的問題，殷戈止也不知道自個兒為什麼就調轉馬頭往夢回樓跑了，大概是直覺吧，直覺告訴他，該去看看她怎麼樣了。

也沒別的意思，他這是寧殺錯不放過。

從早上喝到中午，風月已經是半醉半醒，葉御卿竟然神色如常，還優雅地替她添酒：「想吃東西嗎？」

「還有牛肉乾兒呢，夠吃！」哈哈笑著，風月已經沒了規矩，豪邁地坐在桌邊，一隻腳踩在旁邊的凳子上，一隻手捏著酒壺就往嘴裡灌，末了一抹嘴，大喝一聲：「爽快！」

眼睛亮亮的，整張臉神采飛揚，看起來比端著手假笑順眼多了。

葉御卿搖著扇子道：「妳看起來，倒有幾分江湖兒女的瀟灑之氣。」

江湖兒女？風月擺手，半睜著眼道：「姑奶奶是混世魔王，沒幾個人得罪得起的！」

醉了，開始說胡話了。葉御卿微笑，也不勸她，就饒有趣味地瞧著。

外袍垮下了肩，衣帶也鬆鬆落落，風月媚眼如絲，秋波橫掃：「喝完這壺酒，我們打到山那頭去，叉下敵軍將領的腦袋，回來做盤菜！」

這麼凶?葉御卿挑眉:「妳是將軍嗎?」

「是啊!」風月點頭:「我就是女將軍!」

微微一愣,葉御卿不解地看著她,就見她起身,搖搖晃晃地去旁邊的箱子裡,扯了一件白色的鎧甲出來:「看見沒?這是我的盔甲!」

待看清她手裡的是戲服之後,葉御卿鬆了口氣,笑著搖頭:「妳真是厲害。」

「那可不!橫刀怒掃千軍馬,舉酒消得萬古愁!」豪邁地吼了一聲,風月倒在軟榻上便繼續喝酒,髮髻硌得慌,乾脆就把簪子全扯了,舒舒服服地往枕上一躺,朝空中模糊飄著的影子敬上一杯。

「等著我,等我送他們下去,就去找你們嘿!」

心裡微微一慟,葉御卿伸手去拿了她的酒壺:「別醉太過了,晚上好歹還有良宵。」

良宵?風月一愣,呆呆地眨著眼睛看著他,眼裡一點焦距都沒有:「我們不是有好多好多良宵了嗎?」

伸手撈起她,葉御卿往床的方向走,低聲道:「以後會有好多好多良宵的,以前的都不算。」

以前的……都不算嗎?風月扁嘴,委屈得眼淚直冒:「不算……不算就不算,誰稀罕!」

「別哭。」

「你管姑奶奶哭不哭!我沒哭!」凶巴巴地吼上來,聲音裡還帶著哭腔。

葉御卿不笑了,將她放在床上,身子壓了上去:「妳好像有很多故事啊?」

「沒有。」像小孩子似的伸手給他看,兩個手掌心湊到他眼前:「你看,我什麼都沒有。」

低頭在她掌心輕輕一吻，葉御卿眼裡泛上點複雜的神色，低聲道：「妳想要什麼，本宮可以給。」

要什麼呢？風月呆呆地想了許久，醉醺醺地又笑了：「奴家沒什麼想要的了，唯一想要的，大概就是易國如的命。」

身子猛地一僵，葉御卿震驚地看著她。

身下的人雙頰緋紅，眸光氤氳，已經是大醉，大醉中的人，說的話到底是真話，還是假話？

易國如的命……她到底是什麼人？

腦子裡混沌一片，還沒能他理出個頭緒，「呯」地一聲響，房門就又被人踢開了。

第33章　真真假假的戲

為什麼說「又」呢？因為葉御卿清楚地記得，同樣的場景，上一次殷戈止也是這樣踹開的門。

三月的天氣，風從外頭吹進來，莫名地有點刺骨。風月打了個寒顫，咀嚼了一下嘴，閉上眼就睡了。

葉御卿起身，合了她的衣襟，似笑非笑地看著門口：「今日，好像不是殿下的日子了。」

面無表情地跨進門，殷戈止看也沒看床榻，直接走到花架前頭，冷聲道：「在下無意間查到風月姑娘有些不可告人之事，故來對證，沒想到光天化日的，殿下也有這等好興致。」

屋子裡酒味兒很濃，也不知道是喝了多少，床榻上的人從他進來開始就沒個聲響，想必已經是醉暈了。大白天的就這麼勾引人，真是厲害啊。

他也沒想來做什麼，就是看看她架子上的綠豆糕是哪家的，不是來壞人好事，也沒壞人好事的興趣。到底是輕佻的妓子，做的都是該做的事情，沒什麼不對。

說是這樣說，可盯著花架上的盒子好一會兒，他也沒仔細看那盒子上印的到底是誰家的標誌。

「主子。」觀止低呼了一聲，伸手把那綠豆糕的盒子拿下來，低聲道：「這就是響玉街那一家的。」

神色一凜，殷戈止轉頭，眼神如電一般劈向床上的人。

風月捏了捏拳頭，努力裝死。

鬼知道殷戈止為什麼會來，她正辦要事呢，眼瞧著要進入關鍵部分了，他來搗什麼亂吶！

綠豆糕？綠豆糕怎麼了？她還不信他們能在那鋪子裡翻出什麼不對勁的東西來！她的消息網布置了整整兩年，任何會惹人懷疑的地方都被掩蓋得好好的，現在指著個綠豆糕盒子來嚇唬她？不可能！

心裡罵著，卻感覺到身邊的太子下了床，走到殷戈止面前瞧了那盒子一眼，笑道：「我當是什麼，原來是說這綠豆糕？這盒東西是先前我讓人買來給風月姑娘的，有何不妥嗎？」

殷戈止皺眉：「殿下買的？」

「是，原先過來看姑娘的時候，順路帶過來的。」葉御卿優雅地頷首：「整個夢回樓最容易討好的怕就是風月姑娘了，隨意給她買些糕點零嘴，她都會高興，真是個小饞貓。」

觀止微微頷首，低聲道：「平日裡姑娘倒也當真喜歡買這些個果脯點心，她身邊的丫鬟也嘴饞愛吃。」

「如此，倒是在下多想。」面無表情地將那綠豆糕的盒子放回去，殷戈止轉身就走，卻被葉御卿攔了路。

「殿下突然過來，當真是為別的嗎？」一雙鳳眼微微瞇起，露出點揶揄的神色來，葉御卿捏了扇子來展開，擋住半張臉，似笑非笑地道：「風月姑娘不是一向得殿下歡心？如今要伺候本宮，殿下也無甚動作？」

側頭看了他一眼，殷戈止淡淡地道：「區區妓子，何足掛齒？」

好一個何足掛齒！葉御卿失笑，側身便道：「那殿下就先請了。」

抬腳繼續往外走，走到門口的時候，殷戈止突然停了下來，側頭，神色很是溫和地說了一句：「殿下是吳國的將來，可得好生保重才是。」

葉御卿喜歡看殷戈止鐵青一張臉，看著讓他心裡特別舒坦，但是相應的，他最不想看的，就是殷戈止這種神情自若，態度溫和的模樣。

不是他變態，而是這個人一旦溫和起來，會讓人很不愉快。

殷戈止踏出去關上了門，屋子裡恢復了寂靜，風月裝作睡得純熟的樣子，微微翻了個身。

時候還早，天也沒黑，葉御卿其實還有很多事要去安排，雖然他從來不忙碌，但也不是可以一整天遊手好閒的。

但是，風月說，她想要易國如的命。

這句話足以讓他安安靜靜地坐在她床榻邊等人醒過來，絕對不離開房門半步。

裝醉被打斷是件很尷尬的事情，繼續裝的話肯定會不自然，風月索性當真睡一覺，雖然她酒量好，但喝酒實在有助睡眠。

於是，兩個時辰之後，黃昏將至，風月才伸了個懶腰，吧砸著嘴醒了。

葉御卿依舊坐在旁邊，神色晦暗不明地看著她。

「公子，怎麼了？」一雙眼裡滿是無辜，風月撐著身子坐起來，捂了捂腦袋：「頭怎麼昏昏沉沉的……」

「姑娘酒量了得，喝了兩斤白酒方醉。」伸手遞了杯茶過來，葉御卿勾了勾唇：「醉了倒是可愛至極，胡言亂語的，差點嚇著我。」

神色一緊，風月頓時慌張起來，眼珠子亂轉，抓著人家的衣袖就道：「奴家喝醉了向來喜歡亂說話的，很多都不是真的，公子切莫往心裡去！」

「我知道，妳定然是在胡說。」溫和地看著她，葉御卿輕輕握住她的手：「只是有一件事，想到現在我也沒想明白，姑娘可能為在下解惑？」

「什……什麼事？」風月哆嗦著問。

「別緊張，不是什麼大事。」看著她的眼睛，葉御卿笑道：「也就是想問問，姑娘怎麼會知道易大將軍的名諱。」

按理說，民間都會為尊者諱，易大將軍乃吳國一人之下萬人之上的大人物，民間自然不會有人傳他的名字，至多稱一聲「易將軍」，就算是魏國的百姓，也同樣不該知道。

然而眼前這女子，喝醉了直接說了易國如的全名。

這種時候，就很考驗演技了。吳國太子本人就是披著溫柔皮囊演戲的高手，在他面前，風月自然是打起了十二分的精神，眼神細節把握得絲毫不差。

「這……」身子害怕地瑟縮了一下，想抽回自己的手，風月眼淚兒直冒，喃喃道：「奴家也是無意間得知的，奴家……奴家該死，不該冒犯易大將軍，還請殿下寬恕！」

叫殿下，不叫公子了。

葉御卿正了神色，捏著她的手沒放，目光陡然凌厲：「妳豈止是冒犯易將軍？就憑妳那句話，算是有行刺之心，要論罪的。」

嚇唬誰啊？要是真想論她罪，他吳國太子吃飽了撐的在這青樓等這麼久？

心裡翻了個白眼，面上愈加恐慌，風月咬唇，眼淚簌簌地往下掉：「殿下饒命，奴家不過一時醉語，當不得真的！」

「有句話，叫酒後吐真言。」葉御卿睨著她，眼神陡然冰冷：「事出必有因，姑娘今日要麼說說與易將軍有何淵源，要麼就跟本宮去一趟衙門吧。」

風月被嚇得如同風中凋零的花，抖啊抖的話都說不出來。

緩和了神色，葉御卿又伸手在她背上輕輕拍了拍：「也不用這樣緊張，只要妳實話實說，不會有人把妳怎麼樣。」

哽咽良久，風月終於長長地嘆了口氣，尾音悵惋，光這一聲嘆息彷彿就是一個故事。

葉御卿目不轉睛地看著她。

「奴家是魏國人，本來日子安樂，一家和睦，過的是平平淡淡但無比幸福的日子。」她開口，眼裡有懷念之色，嘴角含笑。

眼前浮現出關府裡的場景，幾個丫鬟在院子裡跑，關清越蒙著眼睛一抓一個準兒，歡聲笑語，開心極了。

「但是吳魏之戰，我一家人因為離戰場較近，被易大將軍抓去，與其他百姓一起當了人質，威脅關將軍退兵十里。」

東曠之戰，也是關清越成名的戰役，堂堂易大將軍，抓了百姓為質，要他們退兵。關蒼海退了，她卻帶著一個營的人，半夜突擊，想救下人質。

誰知道，殺進敵營才發現，三百無辜百姓，通通已經被坑殺，原因只是因為魏國糧草短缺，不養俘虜。

眼睛微紅，風月捏緊了手，盡量平靜地道：「奴家的家人都是樸實百姓，日出而作，日落而息，沒有做過什麼錯事，也與那場戰鬥毫無關係，但是易大將軍綁了他們，將他們通通坑殺，那巨坑裡埋了三百多百姓的屍體，我就算想找回親人，好生安葬，也是不行。」

葉御卿一震。

竟然發生過這樣的事情？戰報裡完全沒有寫……也不可能寫。

皺了皺眉，他緩和了周身的戒備，看著面前這努力壓著憤怒的姑娘，低聲問：「妳怎麼逃出來的？」

「他們抓人的時候，我恰好上山採藥了。」風月道：「等回來的時候，家裡就一個人也沒了，東西被砸得滿地都是，我還以為是來了強盜。」

「但是五天之後，有消息傳來，說戰場換了地方，該收屍的可以去收屍了，我才知道，家裡人都是被易大將軍抓去，沒一個活著。」

「後來，我跟著魏國的難民們一起來了吳國，因為戰場多在魏國之地，也算是避難。」

從回憶裡回過神來，風月看著面前的人笑，哽咽地指了指自己：「奴家不該恨嗎？易國如這個名字，是奴家千方百計找人打聽到的，就算奴家今生今世報不了這不共戴天之仇，您也不許奴家喝醉了唸叨兩句嗎？」

「只是唸叨而已啊，奴家根本殺不了他！」

眼淚嘩嘩地往下掉，風月自己都不知道自己是真哭還是假哭，只覺得心裡堵得難受，眼睛也酸得厲害。

第34章　別伺候了

她眼裡是完全偽裝不出來的、骨頭上嵌釘子的那種深入骨髓的恨意，饒是葉御卿，也被這濃烈的情緒震得垂了眸。

「兩國交戰，不傷百姓，這是約定俗成的規矩。」他低聲道：「是易將軍做得不對，但……」

但他是吳國的功臣，殺的魏國人，都是他身上的功勳。

風月低笑，終於將自己的手抽了回來，深吸一口氣，恢復了常色，只眼睛還紅著：「奴家知道，殿下是吳國之人，又是太子，定然不會覺得易將軍罪大惡極。」

「奴家也沒想過能報仇，過好自己的日子也就罷了，區區女子，能做什麼呢？」

葉御卿嘆息，想說什麼，又止住了，只轉了話頭道：「時候不早了，我讓人準備些晚膳，妳先好生休息一番。」

「多謝公子。」風月低頭，面容疲憊，繼續側躺在了床上。

屋子裡這人在門口吩咐了外頭兩句，便站在原地，神色若有所思。風月半睜著眼瞧著他，微微一笑。

如今的吳國，群雄之中已經難尋對手，齊魏征戰，楚趙對峙，獨獨吳國置身事外，安民蓄銳。

一個國家沒有外患就會有內憂，易大將軍權傾朝野，敢拒皇子的求親，敢在將軍府布天羅地網，那樣野心勃勃的人，她不信葉御卿會沒有防範的心思。

葉御卿最擅用人，凡是信任之人，分權做事，他概不懷疑。

但易國如從來沒有替他做過事，換個角度來說，易國如從來沒有得到過葉御卿的信任。甚至在查將軍府失竊之事的時候，葉御卿半點不走心，還放水，導致她的人逍遙至今。

吳國太子殿下對易大將軍的態度，還真是耐人尋味。

葉御卿轉身，便看見床榻上的人又閉眼在休息了。

心裡藏著這麼多事，還能每天笑面迎人，這姑娘也是不簡單，若能收為己用……

眉梢微動，葉御卿抬腳便慢慢朝她走過去。

女人比男人好拿捏多了，他宮裡的姑娘們就老實得很，一心一意追隨他，他說什麼她們都會聽，然後去做。

風月身分特殊，這夢回樓裡多是達官貴人來往，消息極多，但慣常姑娘們是不會說給客人聽的，若是收了她，其實有利無害，並且說不定她還能幫著做點別的姑娘做不到的事情。

只是，前提是，她說的都是真的。

「殿下！」門外突然響起馮闖的聲音，葉御卿回神，停住步伐，轉身就去開門。

馮闖臉色不太好看，湊在他耳邊低聲道：「司馬宗正不知從何處得知您現在在此處的消息，正帶人往這邊趕來。」

嘴角抽了抽，葉御卿頗為頭痛：「那老傢伙怎麼會知道本宮在這裡？」

他來去都十分隱蔽，連其他恩客都沒多碰面，怎麼會讓司馬如知道了？

要說整個吳國葉御卿最怕誰，不是當朝皇帝，而是這位三朝老臣司馬如，掌宗正之職，管皇族宗室之事，一向矯枉過正，不許皇室子弟沾染半點惡習。

他堂堂太子來青樓，那已經不能用「惡習」來形容了，估摸著真被他逮住，老東西一定在他東宮門口不吃不喝跪上三天三夜，到時候死了，舉朝上下都得在他耳邊唸叨。

想想就頭皮發麻。

馮闖嘆息：「殿下，您先從後門走吧。」

回頭頗為不捨地看了床上一眼，葉御卿皺眉呢喃：「這難道就是傳說中的，有緣無分？」

床上的人睡得安詳，動也不動。

「罷了。」拂袖離開，葉御卿想，躲開那老東西，晚些時候再來也不遲。

結果誰知道，剛溜回宮，就被一堆老臣圍上來煩了個半死，等他回過神來再想出宮，宮門都落鑰了。

風月還在夢回樓裡等，左等右等的不見人來，靈殊便道：「許是不來了。」

看看時辰，那位怕是想來也出不了宮了，風月鬆了口氣，乾脆洗臉上床準備睡覺。

「很失望？」有人問了她一句。

背後一寒，風月嚇得往旁邊小跳了一步，扭頭往窗邊看。

殷戈止坐在她的窗臺上，月光給他加了很好的一層光華，看起來人模狗樣的。

乾笑兩聲，風月湊上去問：「您怎麼來了啊？」

「想來。」簡單粗暴的理由，殷大皇子直接就跳進了屋子，抬眼看她：「妳……」

他本來想說，妳真是白費心思了，太子要留宿青樓，可沒那麼簡單。

但是，外頭的月光流淌進來，映在這人臉上，殷戈止竟然怔了怔，半晌沒回過神。

風月眨眼，再眨眼，突然想起點什麼，臉色一變。

完蛋了，她已經卸妝了！

扭頭就往床邊走，風月嗷嗷叫喚：「靈殊，有客人來，快倒茶！」

伸著小腦袋看了殷戈止一眼，靈殊小聲道：「主子，夜深了，就不必泡茶了吧？桌上壺裡還有水，奴婢先告退了！」

沒出息！竟然這麼慫！風月咬牙，然後自己縮上床，慫成了一個球。

不上妝的時候，風月的一張臉頗為英氣，雖然眉毛是修了，但鼻梁細挺，沒有別的女兒家那般嬌媚，長得也不算傾國傾城，所以她很心虛。

殷戈止是沒見過這張臉的，畢竟以前潛伏進他的地盤，她都喬裝得挺好，而且也不抬頭，所以不擔心他識破什麼。

但……為什麼一直這麼盯著她啊？覺得她不化妝太難看了，欺騙恩客？

月光籠罩著的人沉默了許久才回神，走到床邊睨著她，難得地說了一句好話：「有這樣一張臉，還上妝做什麼？」

嗯？風月眨眼，伸出腦袋來看著他：「您覺得奴家不上妝好看？」

「比戴個面具好看得多。」殷大皇子一本正經地給了評價：「眉目動人。」

風月：「……」

你說這大皇子是不是審美畸形？雖然她不上妝的確看得過去，但絕對沒有到動人的地步啊！男人不都喜歡嬌媚的女人嗎？他喜歡力能扛鼎英姿勃發的？

目光落在她身上，卻又像穿透她到了別的地方，殷戈止輕輕捻著指頭，眼珠子卻一動不動，像是又走神了。

難不成她當真有這般姿色，能讓這天神般的殷戈止，望而著迷？

風月不信，努力將一張臉笑成個白痴，低聲問他：「公子是看上奴家了？」

伸手輕輕抵著她的眉心，又從眉心一路劃下來到鼻梁，殷戈止神色微黯，淡淡地道：「沒看上妳，只是偶爾覺得妳像個人。」

他沒見過那人長什麼樣子，但她應該也有這樣高挺的鼻梁，瞧著就英氣。

只是，面前這張臉實在太噁心人，衝他笑得褶子都出來了，半分傲骨都沒有。

上天怎麼會把這種容貌給這麼一個人？

嫌惡地收回手，殷戈止道：「妳伺候不成太子，還是專心伺候我吧。」

「哦？」撐起身子，風月興奮萬分地問：「公子是覺得奴家很好以至於要一直包奴家的場子只讓奴家伺候您一個人嗎那不如把奴家贖出去啊奴家還能給您做飯呢！」

被她這氣也不喘的一串話說得怔愣，殷戈止皺眉，做飯？

「做妳的春秋大夢！」

風月扁嘴：「公子難道不是這麼想的嗎？」

「不是。」搖頭否認，殷戈止自己也有點迷惑，想了半晌才道：「大概就是妳伺候得好，所以多讓妳伺候一陣子，等哪天膩了，便再換人。」

這樣啊……風月垂眸，頗為受傷：「奴家還以為，公子會喜歡奴家呢。」

喜歡？

殷戈止用看智障的眼神看了她許久，拂袖就走：「別想太多。」

「那公子今晚特意來這一趟是？」

踏上窗臺的腳一頓，殷戈止抬頭看了看月亮：「出來賞月，路過而已。」

哇哦，能從使臣府路過到夢回樓，真是太會路過了！

風月笑盈盈的，也沒多說，看著他從窗口跳出去，斂了神色皺眉。

伺候不了太子是什麼意思？太子不是包了她嗎？難不成會突然不要她了？她好端端的計畫，難不成又被這殺千刀的玩意兒給破壞了？

風月很擔心，擔心得一晚上都沒睡好覺。

結果第二天上午，睜開眼，葉御卿就已經坐在房間裡衝她笑：「怠慢了佳人，還望姑娘莫往心裡去。」

眨眨眼，風月起身看著他，掐一把大腿的嫩肉，眼淚「唰」地就下來了：「奴家還以為昨兒說錯話得罪了公子，公子不要奴家了嚶嚶嚶……」

心疼地遞了帕子過來，葉御卿坐在床邊看著她：「我怎麼會不要妳，只是瑣事纏身，走不開罷了。而且……出了點事情，之後大概都不能在宮外留宿。」

他也不知道是發生了什麼，母后突然就知道了他時常不歸宮的事情，把他叫去跟前好生數落，往後每日宮門落鑰，都得去一趟棲鳳宮請安。

真是倒楣催的！

風月眨眼，一邊抹眼淚兒一邊咬牙。

殷戈止說的話，原來是這個意思，沒把她怎麼樣，倒是把太子搞得不能夜宿宮外了！他是神啊？吳國皇宮也能伸爪子進去？要不要臉了！

「如此，那……」

「想想白日與姑娘一同遊玩，也是好事。」葉御卿笑道：「今日天氣就不錯，姑娘不如陪在下出去走走？」

第35章　周旋

風月呵呵地就笑了，頷首嬌羞地應下：「不勝榮幸。」

葉御卿起身，揮手就讓後頭的人進來。

風月偷偷看了一眼，兩個丫鬟捧著一套衣裳，看樣子是想把她打扮成良家婦女。也對，跟著他一起出去，總不能還一股子風塵味兒。

不過這太子殿下品味倒是不錯，胭脂色的長裙，配著乳色披帛，豔麗又高貴。一盒子首飾全是金鑲玉和珍珠，瞧著就不便宜。

真不愧是皇家產出的把妹能手，這等的大方，這等的體貼，是個女人就得愛上他啊！

風月很感動，這種被人捧著的感覺實在太好了，當即就蹦躂下來朝人行禮：「多謝公子！」

「換上吧。」葉御卿道：「我在外頭等妳。」

說罷，帶著隨從就退出去，關上了門。

瞧瞧，什麼叫正人君子，什麼叫風度翩翩！風月直嘆氣，這是青樓啊，多少客人專門點名要看人換衣裳，他倒還知道非禮勿視。這樣的人，清新脫俗，跟外頭那些個好色的賤人完全不一樣！

「啊嚏！」

莫名地打了個噴嚏，殷戈止皺眉。

「主子。」觀止從外頭進來，道：「查清楚了，另外兩條線都沒有洩密的可能，只能是那綠豆糕鋪子的問題！」

一個賣綠豆糕的，能有這通天的本事？殷戈止皺眉，伸手就拿了外袍：「去瞧瞧。」

響玉街小吃甚多，整條街上一半都是賣吃的，那鄭記糕點鋪就在街尾的地方，不起眼但也不隱蔽，進門就有老闆娘和善地問：「客官來點什麼？」

低頭掃了一眼臺子上擺放著的點心，殷戈止道：「半斤綠豆糕吧。」

「好嘞！」熟練地收了銀子，稱了糕點，正要打包呢，老闆娘卻聽得這人道：「先在這裡吃一會兒，可有位置？」

「有的有的。」老闆娘笑道：「您身後那桌還空著。」

朝她頷首，不動聲色地打量了人一圈，殷戈止坐了下來，邊吃邊看。

觀止也跟著四處張望，倒不覺得這店哪裡不對，乾脆開口問：「這點心味道這麼好，老闆娘是做了多少年的生意了？」

鄭氏笑道：「有兩年多的光景了，先前就一直喜歡做點心，在大戶人家幫工。後來出來，就自己盤了個鋪子。」

觀止點頭，又道：「聽老闆娘的口音，好像不是本地人。」

微微一頓，鄭氏垂著眼一邊擀麵一邊道：「這裡不是本地人的多了去了，有好些都是魏國的難民。唉，魏國的仗打了這麼多年了，流離失所的人太多。」

魏國人？看她一眼，殷戈止沒吭聲，慢慢嘗著點心。

老闆娘一舉一動都沒有半點不妥，半個時辰之後，殷戈止離開舖子，想去對面的茶樓上坐會兒。

「在這茶樓上歇會兒吧。」

還沒跨進去，就聽見背後葉御卿的聲音響起：「妳也該走累了。」

風月頷首，嬌羞一笑，伸手搭著葉御卿的臂彎就往茶樓裡走。

正要跨門呢，冷不防的旁邊就伸了條腿過來，絆得她差點摔個狗吃屎！

「你……」

門口的人轉過身來，一身尋常的青衣，氣質倒是不減，板著臉朝她身後的人頷首：「殿下。」

葉御卿挑眉，認真看了他一會兒，嘆息道：「沒想到這裡也能遇見，那就是天定的緣分了，一起上樓喝個茶？」

「好。」殷戈止應了，看也沒看風月一眼，直接便上了茶樓。

風月撇嘴，站直了身子，努力保持著微笑，跟著上去。

被葉御卿牽出來遛了好大一圈兒了，她才知道這位太子心思一點也不簡單，先是左右試探，知道她沒半點武功，又接著探聽她底細。好在她準備夠充分，一路上半點破綻也沒露，將「家破人亡淪為妓子一心想復仇卻無能為力」的人物形象展現得十分生動。

看得出來，葉御卿對她放了一半的戒備，於是方才在無人之處，他說了一句話。

「卿本佳人，若是可以，本宮也想替妳伸冤。」

風月聽著心裡就笑了，眼裡含著淚看著他。

她哪有什麼冤啊？有的只是仇，與其說替她伸冤，不如說可以給個途徑，讓她報仇。

沒看走眼，當朝太子殿下，果然是有心要除易大將軍的，她沒選錯人。

「風月姑娘是不是脖子扭了？」

正想著呢，旁邊突然有人砸過來這句話，像冰水似的從頭上淋下來，瞬間讓她回了神，扭頭看過去：「啊？」

殷戈止捏著一杯茶，冷漠地遞在她面前。

「哦哦哦！」連忙接過來，風月嘿嘿一笑，抿了一口。

葉御卿盯著殷戈止，道：「殿下最近教導兩家公子可謂盡心盡力，聽聞昨兒安國侯爺進宮，在父皇面前對殿下多有誇讚。」

「過獎。」

「殿下有治軍之才，可惜了身分尷尬，管不得吳國之事。」葉御卿笑了笑：「但屈才至此，怕是天都會譴責我國。」

「不敢當。」

風月低頭吃著點心，聽著這兩人這邊誇一句過去，這邊冷冰冰地踢幾個字回來，心想太子也真是好脾氣，對殷戈止這麼客氣做什麼？換了她，直接把他捆起來掛樹上，肯不肯幫忙？不肯就切了你！

葉御卿想拉攏殷戈止久矣，奈何殷大皇子似乎很享受混吃等死的日子，沒有要與他同流合汙的意思。太子也是個有毅力的人，軟硬兼施，手段用盡，從殷戈止入吳開始，折騰到了現在。

殷戈止不知道因為什麼，一直不肯向太子示好。

其實就立場來說，殷戈止肯定是想切了易國如的，但不知道是不是因為易掌珠的關係，他看起來跟易國如相處得還不錯，和和氣氣的，絲毫沒有記恨人家抓他為俘的仇。

心也真是大。

「風月。」跟殷戈止聊不下去了，葉御卿還是轉頭看向她：「吃點綠豆糕吧。」

點頭應了，風月拿起盤子裡的綠豆糕咬了一口，驚訝地挑眉：「這茶樓的糕點，買的是對面糕點鋪現成的啊。」

「這妳都嘗得出來？」葉御卿笑道：「看來真是喜歡吃東西。」

不好意思地笑了笑，風月道：「窮日子過多了，現在好不容易有機會吃飽，自然要多吃點。」

是嗎？

看著這張笑得假兮兮的臉，殷戈止突然問：「妳平時，都讓妳丫鬟去買東西的？」

「是啊。」風月頷首，瞧了一眼身後的靈殊，笑道：「這丫頭單純，從來不騙人，也不撒謊，很會交朋友的。讓她出來買吃的，人家都不會少秤。」

看了靈殊一眼，葉御卿微微頷首。他願意相信風月，有靈殊一部分的原因，這丫鬟是她最貼心的人，又當真沒什麼心思，想問什麼一套話就問出來了。若風月當真有鬼，那靈殊定然會暴露。

可是靈殊沒有。

殷戈止看著靈殊，想了想，拿了一兩銀子給她：「妳去替我到對面，買點綠豆糕吧。」

風月臉色微變，壓了壓慌張，勉強笑道：「公子？您的隨從還在這裡呢，做什麼指使奴家的丫鬟？」

「她買，不是不會少秤嗎？」雙目直視她，殷戈止道：「我的隨從可沒這麼好的運氣。」

堂堂殷大皇子，會是省這點秤的人？風月有點慌，但根本不知道他在懷疑什麼，只能按捺住性子等。

靈殊接了銀子就下去了，葉御卿正想說話，旁邊的馮闖卻喊了他一聲，低頭小聲說了點什麼。眉宇間有點不耐煩，又有點無奈，葉御卿起身道：「在下還有事，不能送姑娘回去了，可否請殿下代勞，稍後將風月姑娘送去夢回樓？」

「好說。」殷戈止頷首。

葉御卿急急忙忙地就走了，風月抿唇，渾身莫名地緊張了起來。

「怎麼？」掃她一眼，殷戈止道：「太子走了，妳就是這副表情？」

「哪裡的話……奴家去看看靈殊買好了沒有哈！」勉強笑了笑，風月起身就跑去了窗邊。

靈殊跑到對面，正在買綠豆糕，隔得不遠，對話都隱隱能聽見。

「老闆娘，一兩銀子的綠豆糕……哎不對，這是一兩銀子嗎？」

老闆娘看見是她，笑著道：「怎麼就不是一兩銀子了？」

「好像……比主子給的銀子重了不少？」奇怪地掂量著那銀子，靈殊道：「老闆娘，妳幫我稱一稱，這是一兩銀子嗎？」

「……」老闆娘愣了一會兒，收了她的銀子，笑道：「就是一兩銀子沒錯，人的感覺會錯，秤卻不會。姑娘拿好了啊。」

算是順利買了糕點，風月正要鬆口氣，卻聽得耳邊有人道：「妳家丫鬟跟那老闆娘還挺熟。」寒毛都立起來了，風月繃緊身子道：「買的次數多了，自然就熟了。」

「是嗎？」伸手搭上她的肩膀，殷戈止淡淡地道：「走吧，回去。」

「……好。」

像被狼舔了一口似的，風月渾身冒冷汗，低頭跟在殷戈止的後頭，大氣都不敢出。

「他今天都同妳說什麼了？」前頭的人問了一句。

風月賠笑：「您說那位公子嗎？也沒說什麼，就是隨便聊天。」

第36章　了不得的女人

隨便聊天能把葉御卿聊得同她在街上亂晃？殷戈止不信，葉御卿那種人，絕對不會在對他沒用的人身上浪費時間，肯這麼帶著徘徊，那定然就是想利用她。

是這丫頭太蠢沒發覺，還是當他傻的好糊弄？

「不過奴家想起一件事兒，倒是挺新鮮。」感覺到前頭的人氣場不對勁，風月立刻換了話頭，神祕兮兮地道：「是有關公子的事兒，想不想聽？」

殷戈止側頭，眼裡略微不耐煩，明明白白寫著四個大字：有話直說！

清了清嗓子，風月八卦兮兮地道：「前些日子有個恩客找到奴家，說他的妹妹看上您了，要送您一盤點心吃，那點心別處心裁，竟然是桃片。」

停了步伐，殷戈止眼裡的顏色濃了濃，深深地看向她。

像是看不懂他的眼神，風月笑咪咪地道：「客人大方，給我奴家一百兩銀子要奴家幫忙，把點心給您吃了，奴家念他妹妹一片深情，至今還將那桃片放在花架上呢，要不您回去吃了，奴家還能拿剩下的幾百兩銀子，到時候我們對半分？」

幾百兩銀子，就為了讓他吃一口點心，這家小姐可真是痴情啊。

眼裡嘲弄之色更濃，殷戈止伸手拉了她就走。

「哎哎哎！」被扯得飛奔，風月嬌滴滴地道：「公子您慢點啊，奴家跑不快啊！」說是這麼說，裙下的腳卻是跟飛起來了一樣，沒讓殷戈止拖得太厲害。

一到夢回樓，直接回了房間，殷戈止關門就問：「點心呢？」

風月轉身就將那一盒子桃片拿出來，遞給他：「喏。」

捻了一片仔細聞了聞，又用指尖抹了一點嘗了嘗味道，殷戈止「呸」了一口，臉色難看得很。

他的命就值幾百兩銀子？

「怎麼啦怎麼啦？」旁邊火雞一樣的人咋咗喝呼地問：「有問題嗎？不好吃嗎？」

「誰吃誰沒命。」殷戈止冷聲道：「摻了劇毒。」

倒吸一口涼氣，風月眼睛瞪得極大，捏著帕子就往回跳了半步：「這可不關奴家的事啊，東西送來，奴家都沒仔細看過。」

幸好她沒貪嘴，殷戈止抿唇，合了蓋子想了想：「記得那人的模樣嗎？」

「記得！」風月道：「是個胖子，很有錢，應該是個慣常用筆之人。」

連人家慣常用什麼都知道？眸色微動，殷戈止突然就溫和了神色，放了盒子走近她，低頭盯著她的眼睛。

心裡一驚，風月往牆上一靠：「公子？」

「幫我個忙吧。」殷戈止道。

他這語氣很溫柔，雖然跟葉御卿那種實打實的溫柔相比算不得什麼，但對於冰山來說，融化一個小角落，都足夠令人驚嘆。

眨眨眼，風月乾笑。

她有種不好的預感，露出這種表情的殷戈止，能讓她幫什麼輕鬆的忙？

半個時辰之後。

「啊——」尖叫聲劃破了夢回樓的寧靜，金媽媽甩著帕子就衝了上來：「怎麼了！」

聲音是從風月的房間裡傳出來的，一眾姑娘自然喜得看熱鬧，紛紛湊了過來。

打開門，風月跌坐在地上，一手撐地，一手掩唇，眼裡泫然有淚，哆囉哆嗦地看向床榻的方向。

眾人抬頭看過去，就見有俊朗無雙的公子哥靠在床頭，臉色發青，嘴角不斷有血流出來。

倒吸一口涼氣，金媽媽連忙過去扶著人，不可置信地看了風月一眼：「這是怎麼的了？」

殷大皇子怎麼能在她夢回樓吐血?!

風月張嘴欲言，卻像是嚇得說不出話了，只能指向桌上的那盒桃片。

「快……快報官啊！有人投毒！」外頭的姑娘尖叫了一聲。

人死了才該報官呢！翻了個白眼，風月覺得自己再不說話，這群女人的尖叫聲都能把殷戈止給吵死。

「去請大夫。」哽咽地說了一句，她捂臉繼續哭：「快去請大夫啊！」

被她這一提醒，金媽媽才緩過神來，推著一群姑娘就出門。

夢回樓裡登時熱鬧了起來，風月屋子裡的客人中毒的消息一傳十十傳百，很快就傳遍了半個不陰城。

傳言這種東西，是會變樣的，比如真實情況分明是殷戈止中毒吐血了，人沒死，但是傳出去之後，就變成了夢回樓裡毒死了個客人，七竅流血，死狀極慘。

於是第二天一早，葉御卿就到夢回樓問罪了，難得地沉著一張臉。

「怎麼回事？」

夢回樓已經歇業整頓，金媽媽無奈地跪在大堂裡，道：「人已經沒事，大夫看了，說是誤食毒物，已經清了毒送回府上休養了。至於那毒是怎麼來的……奴家實在不知，風月也不可能對恩客下毒。」

「風月呢？」掃了一眼沒看見人，葉御卿皺眉。

「昨兒晚上就被人扭送進了大牢。」說起這個，金媽媽眼裡才當真露出擔憂的神色，抬頭看著葉御卿道：「那丫頭當真是無辜的，公子若是能幫忙，還請將她救出來。到底是姑娘家，哪裡吃得牢裡的苦？」

殷戈止中毒，那風月就不是輕易可以被撈出來的了，葉御卿搖頭，頗為頭痛地走來走去。

使臣府。

「觀止。」躺在床上的殷戈止問了一聲：「牢裡如何？」

「都打點好了，不會傷著姑娘。」觀止道：「並且，如您所料，靈殊今日一早就捏了銀子去買綠豆糕。」

神色微緊，殷戈止問：「攔下來了嗎？」

伸手遞給他一錠銀子，觀止抿唇：「攔下來了，裝作強盜，搶了人家的銀子，東西在這裡，主子請過目。」

瞧上去沒什麼不對，可一捏在手裡，殷戈止就瞇了瞇眼，直接用力一捏，那銀子便碎裂開，露出一個小紙團來。

還當真是有問題，昨日聽那丫鬟跟老闆娘的對話他就覺得有蹊蹺，風月還妄圖轉移他的注意力，讓他關注下毒的事情。

他又不傻，下毒的人要查，她瞞著的事情，他也要查。

多聰明的姑娘啊，知道用這種法子跟人消息往來，要不是遇上他，可能一輩子也不會有人拆穿她的把戲。

可惜了偏偏遇上他。

輕哼一聲，他展開紙團，垂眼看了看。

「不必救，查三司使山穩河。」

心裡某個地方好像被人捏緊，接著四肢百骸都緊了起來，殷戈止死死地盯著這一行字，臉色難看極了。

「主子？」湊過來看了看，觀止皺眉：「這風月姑娘不簡單啊，竟然連三司使的名字都知道，還要查他。」

「她跟我說，想讓我吃下糕點的人是個胖子，很有錢，慣常用筆。」良久才開口，殷戈止聲音冷得透人骨：「據我所知，符合條件又喜歡在青樓裡晃盪的，山穩河府上就有一個，是他的帳房，朱來財。」

「主子連這種人物都記得？」觀止驚嘆。

殷戈止冷笑。

他記得是正常，畢竟他有事要做，可她呢？一個妓子，有這種情報網不說，還在其中充當發號施令的角色，知人底細，還敢查當朝三司使。

她的本事還真是不小，能讓干將背叛自己，能拿到將軍府的機關圖，還能拿到王漢的腰牌。他一說要查誰，她立刻能送上相關的東西給他，比他手下任何人的辦事動作都俐落。

接近吳國太子，勾搭他這個魏國皇子，不知目的，但眼下已經有不少的人被她玩弄於鼓掌。

這樣的人……

這樣的人，絕對不能他的眼皮子底下安然地活著！

「觀止。」捏了紙條，殷戈止沉聲道：「準備一下，晚上去一趟大牢。」

「主子。」觀止一愣：「您不是說，晚上就能把人放出來了嗎？」

本來的安排，是說假裝主子當真中毒，這樣抓著人了就可以直接定罪。按照約定，風月姑娘在牢裡委屈一晚上，招供出幕後主使就行了。但看現在樣子，自家主子怎麼有不放人的意思？

「放出來了是個禍害。」殷戈止閉眼道：「今日訪客一概不見，就說我還在養傷。兩個徒兒也送回他們各自府上，等我痊癒再繼續上課。」

「……是。」

牢房裡的氣味兒不太好聞，風月蹲在地上，看著小小的窗口透進來的陽光，突然覺得這裡倒是挺安逸的，什麼也不用管。

有人打開鎖鏈，喊了一聲：「犯人速來行禮。」

回頭一看，葉御卿沉著臉跨了進來，盯著她，目光複雜。

「公子。」一夜未眠，怎麼也有點憔悴，風月朝他笑了笑：「這副模樣，讓您瞧見了，奴家真是羞愧。」

「他怎麼會在妳的房間裡中毒？」葉御卿皺眉：「就算毒不是妳下的，往後妳的日子也定然難過。」

嘆息一聲，風月心想，她也不願意啊，誰知道那變態說幫他這個忙，以後就沒別的人敢來點她的臺了，太子還會對她格外感興趣，想想也不是個虧本生意，於是在人的威脅之下，她也就答應了。

「奴家是清白的，相信不久就會出去。」低笑一聲，風月道：「倒是那位公子，想害他的人還真是不少。上次遇見刺客，這次又遇見人下毒。」

第37章　互助互利

眉頭一皺，葉御卿閉了閉眼。

他是千方百計要保殷戈止的性命的，奈何心懷不軌之人太多，敵在暗他在明，實在難護個周全。幸好殷戈止自個兒就有本事，安安穩穩地活了一年了，有時候用的手段，連他也自嘆弗如。現在殷戈止人沒事，風月又這般鎮定，想來也是有把握保住自己的，既然如此，那他也不必插手來管。

平緩了語氣，葉御卿嘆息：「有什麼需要幫忙的，讓外頭的人傳話給我便是。」

「好。」笑著點頭，風月一臉感動地看著他：「公子對奴家真好。」

靠近她兩步，葉御卿低頭，臉的輪廓沐浴在窗口透進來的光裡，眼中溫柔如水：「不對妳好，還對誰好？」

那可就多了去了，對易掌珠啊、他宮裡的側妃啊、夢回樓的誰誰誰啊！這位殿下光芒普照之處，全是受其恩惠，溺其情意之人，還少了？

心裡拆著人家臺，面兒上風月的表情這叫一個感動啊，眉頭輕蹙，眼裡含情又含愁，朱唇微微哆嗦，像是看救世活佛一般看著面前的人：「公子……」

葉御卿一頓，替她挽了一縷鬢髮在耳後：「委屈妳了。」

哇塞，其實要是坐牢能被長得好看的人這麼憐惜，她真的不介意多坐一會兒的！

然而葉御卿停留了三柱香的時間就走了，畢竟是一國太子，還有很多事要做。他走之後，獄卒給風月來了一頓不錯的午膳，風月笑咪咪地吃了，然後就蹲在角落裡繼續數稻草。

不知道為什麼她總覺得有點不安，雖然目前的一切情況尚在掌控之中，但一想起殷戈止那雙眼睛，她就覺得瘆得慌。

以前在魏國從軍之時，有人說當朝大皇子到底是最合適的皇位繼承人，整天在外征戰也不像話啊，畢竟治國要有謀之人，不能是一介武夫。

年長一些的士兵聽見這話就笑了，說大皇子初出茅廬之時，許將軍看不慣他，結果練兵的時候被他打得在城裡出不去。面子上抹不開，就跟他比兵法，論文采，談治國之道。

那結果呢？小兵問。

年長的士兵笑道，結果不知道是怎麼的，之後再有切磋的機會，許將軍想也不想就選擇繼續被大皇子堵在城裡出不去，再也沒跟他論過文道。

眾人一片唏噓。

當時作為聽眾之一的關清越，覺得這個人真是厲害，年紀輕輕的就成了人嘴裡的神話了，還是那麼可怕的神話。所以打小起，她心裡對殷戈止，是存著一種敬畏的，凡人對天神的那種敬畏。

現在這種心虛，大概就來源於這種敬畏吧，畢竟在他面前耍花樣，風險實在太大。

不過想想，自個兒也不是沒有成功耍了花樣的時候啊！大家都是人，都一樣的，他不是神！給自己吃了顆定心丸，風月哼著小曲兒拿稻草編著玩兒，繼續等待著。

外頭的天色漸漸暗了，最後一縷光從窗口消失的時候，殷戈止踏進了牢房。

風月抬頭，一張臉立刻綻放出無比開心的笑容：「公子，您終於來了！」

牢房門口的人站著沒動，一股無形的壓力自他眼中而來，瞬間束縛了她的全身。小小的牢房像是被巨大的黑影籠罩，空氣都稀薄了起來。而門口那人的身影，就如同鬼神降臨。

心裡一跳，風月眨眼，努力動了動身子，忽略這一股威壓，不要命地朝人家貼了上去，嫵媚地笑著道：「公子是親自來接奴家出去嗎？」

「有話想問妳。」殷戈止面無表情地開口，眼眸微垂，平靜地看著她。

雙目對視，風月臉色微白。

她怎麼覺得，在他眼裡，彷彿看見個死人一樣？

「……公子但問無妨。」縮回了手腳，風月下意識地後退了兩步，靠著牆，心裡咚咚直跳。

跨進牢房一步，殷戈止聲音低沉，一字一句卻是清晰無比：「黃梨木的盒子，知道嗎？」

渾身一緊，風月瞳孔微縮，貼緊了牆，低著頭不敢再看他，嘴裡卻是立刻反駁：「不知道。」

「我給妳個機會。」彷彿沒有聽見她的回答，殷戈止伸手，抵在她耳側的牆上，另一隻手輕輕捏了她的下巴，將她的頭抬起來與他對視：「要麼，妳來說清楚來龍去脈，背後原因。要麼，我告訴妳來龍去脈，送妳下黃泉。」

冰冷無情的語氣，連個起伏都沒有，風月牙齒都忍不住打顫，被他的氣息壓在牆上，感覺自己就像屠刀下的小羊羔，眨眼的一瞬間就能血濺當場！

「好歹是睡過好幾回的，公子當真忍心？」心緒不寧，風月壓根不知道這人為什麼會來問她黃梨木盒子的事情，只能硬著頭皮繼續撒嬌：「奴家不懂您在說什麼啊！」

眼神幽暗，裡頭全是千年的雪萬年的冰，任憑風月怎麼拋媚眼，怎麼扭身子，怎麼扯人家腰帶，都半點沒有變化。

於是風月知道了，當真是大事不好了。

身前這人沒有嚇唬她，當真是會弄死她的，就算她再怎麼給他做好吃的，再怎麼勾引他調戲他，當他覺得她該死的時候，她都一定會死。

真是絕情的男人啊……

低笑一聲，風月收回了自己的爪子，挽了挽鬢髮，抬眼正經地看著他：「既然瞞不下去了，那麼殷大皇子，坐下來談談吧？」

被狼追著的獵物，應該都是拔腿就跑、慌裡慌張、瑟瑟發抖的。但是，當他撕了這層羊皮，面前這人竟然冷靜地停下來對他說，坐下談談。

「我有和妳談的必要嗎？」他問，不知道是問她，還是問自己。

然而面前的人給了他一個很有說服力的回答：「黃梨木盒子裡的東西能幫上您的忙，就有談的必要。」

牢裡待了一夜了，風月臉上的妝有些花，整個人亂七八糟的，然而說這句話的時候，眼裡迸出光來，讓他覺得四周都亮了亮。

嫌棄地收回自己的手，殷戈止拿了手帕出來擦拭在牆上沾著的灰。

四周令人窒息的感覺頓消，風月又笑得跟個狐狸精似的了，勾手搶了他的手帕就擦自己的臉，順便以他的眼眸為鏡，梳理了一番散亂的頭髮。

「妳是覺得我脾氣很好？」瞧她這搔首弄姿的樣子，殷大皇子臉色不太好看。

風月一笑，規規矩矩地跪坐在稻草堆裡，抬眼看他：「奴家知道您脾氣一向不好，所以長話短說。」

「公子若是有奴家相助，要動手查誰、找誰的弱點、去誰的府邸、交誰的信物，都會十分簡單。黃梨木的盒子是奴家命人給公子的，因為公子要除的，也是奴家欲除之人。」

眼裡深如長淵，殷戈止低下身子，聲音極輕地問她：「妳是想助我，還是想利用我？」

背後皮子一緊，風月笑得花枝亂顫：「人與人互助，也是互利，對大家都好的話，說什麼利用不利用？這些東西奴家要拿到，很簡單，而您要得到，卻得費很大的功夫，還不一定能成。殿下選捷徑呢，還是繞遠路？」

殷戈止不為所動地看著她，眼裡的殺意半點沒少。

他有想要的東西，但不代表會為那些東西而被人拿捏。

深吸一口氣，風月軟了神色，乾乾淨淨的臉在月光下看起來分外真誠：「奴家不是威脅殿下，只是想求殿下庇佑，很多東西落在奴家這裡，奴家也翻不出什麼花兒來，畢竟身分低賤。但在您手中就不一樣了，殿下。」

她有刀，但他才能殺人。

牢房裡安靜了許久，久到外頭的觀止幾乎要覺得沒人了，才又聽見自家主子的聲音。

他說：「妳想做什麼？」

風月眼裡光芒流轉，舔了舔嘴唇，分外興奮地看著他：「奴家想殺人！」

「為何？」殷戈止冷笑：「妳不是個普通百姓嗎？」

「普通百姓就沒有報國之心？」歪了歪腦袋，風月搖曳著小蠻腰就笑：「吳國士兵踏我大魏山河，害我家破人亡，父母皆沒，兄妹全逝，您說，奴家不該殺人嗎？」

眸色微動，殷戈止抬了抬下巴，眼睛卻還盯著她：「妳想屠盡吳國之人不成？」

「奴家沒那個本事。」深深地看進他眼裡，風月勾唇：「但只要是殿下想除的人，奴家必定相助。」

「哦？」殷戈止冷漠地看著他：「就因為我是魏國的大皇子？」

「還有一個原因。」風月掩唇，眼裡瞬間湧上無邊情意：「因為奴家愛慕殿下，能為殿下所用，奴家心甘情願！」

本還是緊繃的氣氛，被她這一句妖裡妖氣的話給說得崩了盤。殷戈止哂了一聲，伸手就掐著她的脖子把人拉到自己面前：「說真話！」

「這……就是真話啊！」委委屈屈地眨眼，風月道：「殿下這般英明神武，奴家愛慕您，有什麼不對嗎？」

好像也是，挺順理成章的。

手上一鬆，手裡的人「呱唧」一聲掉回了稻草堆，殷戈止轉身，看著窗口外頭的月亮，開始沉思。

第38章　不忠便殺

上天掉餡餅這種事，你說殷戈止這種人，會不會信？

不會，他只會信天上掉陷阱。

所以就算風月的話挺有說服力的，他也沒聽進去，只對她背後的情報網分外感興趣。

到底是怎樣的情報網，才能提供這麼多不得了的東西？

說不如做，半晌之後，殷大皇子回頭，看著稻草堆裡打著滾兒的人，說了一句：「既然如此，妳不如送我個問安禮。」

問安禮這種東西，都是下級主動給上級送的，頭一次見上級這麼不要臉開口要的。

然而，現在命懸一線的小羊羔風月並沒有心情吐槽，一聽就點頭如搗蒜：「送啊送啊送啊，您想要點啥？」

「三司使府上的帳房不懂事，想給他換一個。護城軍都尉也年紀大了，該讓他回家養老。」殷戈止一本正經地道：「該準備的我都準備了，就差點東西。」

考驗她啊？風月臉上露出點為難：「這兩個差事一起……」

殷戈止睨著她，眼神凌厲，大有妳說不行我就繼續掐死妳的意思。

一點骨氣也沒有地就慫了，風月語氣立刻轉變，拍著胸脯道：「別說兩個差事了，您交代的，五個差事也行啊，只要一出去，奴家馬上想辦法。」

「想出去嗎？」殷戈止問。

廢話！不然還繼續在牢裡過夜？風月小白眼直翻，抬頭又抱著人家大腿不要臉地搖尾巴：「想啊想啊，公子帶奴家出去啊。」

「口供錄了，我在外頭等妳。」

抬腿就往外走，腿上這個巨型掛飾完全沒有影響人家的走路姿勢，殷戈止走得這叫一個氣勢磅礡鎮定自若。

掛在人家腿上的風月被晃來晃去，一邊晃一邊想，真不愧是高手啊，下盤就是穩。

到了牢房外頭有人看守的過道，殷戈止一把就將她掀了下去，旁邊的獄卒見狀，上來就朝他拱手，然後拖著風月就往審訊室走。

風月想，真不愧是大皇子啊，走後門都這麼乾淨俐落，一句話也不多說。

招供了那個給她銀票的人的外貌特徵，風月就被放出去了，月黑風高的，大牢門口站著個一身玄衣眉目含霜的人，聽見動靜，冰冷的眼神就朝她射了過來。

風月想，他奶奶的還不如回牢房待著呢！

「上車。」

還沒來得及轉身，整個人就被抱了起來，往馬車上一扔。

「咚！」

風月老實了，討好地看著對面的人笑：「公子，回您府上嗎？」

想得倒是挺好，殷戈止閉目養神，沒理她。

撇撇嘴，風月自己掀開簾子看外頭的路，不陰城的地圖她都記熟了，這條路通向的是……

夢回樓。

「公子，夢回樓歇業整頓呢，您帶奴家回去，未免太引人注目了些。」風月扁嘴。

「妳總有能不引人注目就回去的法子。」殷戈止眼睛都不睜，意味深長地道：「我想見識見識。」

風月乾笑：「還是不見識為好。」

「別廢話。」

「……」

半個時辰之後，一男一女站在了夢回樓後院的狗洞面前。

那男的問那女的：「妳是認真的？」

那女的委屈地回答：「是您非得見識的，那您現在見識吧，就這一條路，動靜最小。」

「妳試試，我看著。」殷戈止瞇眼，抱著手臂站在了旁邊。

風月扁嘴，撈起裙襬揣在腰帶裡就低身往裡頭爬。一邊爬一邊碎碎念，要來看的是他，看不起這狗洞的也是他，夢回樓的牆那麼高，要是不爬狗洞，難道飛進來嘛？

「快點。」有人催她。

風月咬牙，小聲道：「奴家已經很快……」

話沒說完，猛地抬頭。

一雙銀底黑靴橫在她面前，玄色的袍子邊角上繡了銀色的暗紋，再往上看，袍子的主人正著頭，很是嫌棄地看著她。

我靠？一蹦就起身，風月上下看了看面前的殷戈止，又回頭看了看夢回樓高高的圍牆，想也不想張口就道：「你妖怪啊？」

這麼高的牆也能飛？

夢回樓的牆，為了防止人攀爬，高得讓人絕望，就算是有輕功的人，要越過來，也得費很大的勁兒。

用看傻子的眼神看了風月良久，殷戈止伸手指了指旁邊。

後院的門開著一條縫，像一張橫著咧笑的嘴，嘲諷著她弱智般的鑽狗洞行為。

風月傻眼了，瞪了那門半晌，心虛地笑了笑。

不過下一瞬，她就反應了過來。不對啊！這門平時都是鎖死的，怎麼可能半夜開著？

「您方才進來的時候，撞見別的人了嗎？」緊張兮兮地拉著殷戈止的袖子，風月問了一句。

殷戈止搖頭：「沒人撞見我。」

「那……」風月正想說，那門怎麼會開著？但旁邊這人大喘氣似的接了一句：「但是有人在出門右側十步外的巷子口，正在纏綿。」

啥？風月瞪大了眼，跟看妖怪似的看著他：「你怎麼知道？」

尊稱都不用了？殷戈止挑眉，沒跟她計較，只捂了她的嘴，一把就將人往外拖。

一出後院的門，那纏纏綿綿的聲音就有些明顯了，怨不得會被這位爺聽見。風月眨眼，伸長腦袋去看，隱隱約約能看見那邊巷子口的陰影處，有兩個人影交疊。

「公子……啊……您輕些。」

這聲音有點耳熟，風月眨巴著眼回憶是誰，還沒想起來呢，就聽見個年輕的聲音：「小美人兒，跟爺回家如何？妳們這地方，怕是要開不下去了。」

誒嘿？竟然還有人這麼痴情，當真要給夢回樓的姑娘贖身啊？風月聽得感動，旁邊的人卻是板了臉，鬆開了捂著她嘴的手，往那對影子的方向靠近了一點。

「公子說笑，您瞧著也不是尋常人家，家裡哪能容得下奴家。」

這句話說得長，風月聽出來了，是新晉花魁何愁的聲音，那她身上的人……

「我爹最心疼我了，只要是我要的，他哪有不許的？」笑嘻嘻地在她臉頰上親了一口，趙悉抱起何愁就道：「明兒爺就來贖妳。」

哇塞！要不是偷聽的緣故，風月都想鼓個掌，這位趙家少爺還真是風流倜儻，不長腦子啊，才跟何愁好幾天，就敢把人贖出去？

何愁不說話了，勾著趙悉的脖子咿咿啞啞地叫喚，趙悉玩得高興，直往人家臉上親。

風月還想再看呢，冷不防就被旁邊的人捂了眼睛，連拖帶拽地弄回了她的房間。

「為什麼不多看會兒？」風月扁嘴：「那位可是趙麟的獨子，您不是也看趙麟不順眼嗎？」

本來是打算問這件事的，但是一聽她這話，殷戈止就挑眉：

「妳們夢回樓是不是有個規矩，但凡上門恩客，皆不問身分，不稟來去，但求自如？」

風月一驚，心虛地點頭：「表面上的確是這麼說的。」

「表面上？那實則？」

「實則只要透露過身分，暴露過信物，或者在言談之中洩漏過身分的人，夢回樓都有人記著。」也不跟他耍什麼心眼，風月小聲吩咐靈殊去打水給她盥洗之後，就跪坐在地毯上，看著他道：「這裡的恩客都自認為很安全，很隱祕，所以很放心。」

夢回樓的布置奇特，樓梯甚多，饒是常客，客人與客人之間，只要不點著一個姑娘，碰面的機會都很少，除非有人特別留意，否則誰來了夢回樓，外頭裡頭的人都該是不清楚的。

深深地看她一眼，殷戈止道：「這哪裡是青樓，分明是賊窩。」

怎麼就賊窩了？風月不高興地道：「您們這些個貴人，都注重隱蔽，奴家給了您們足夠多的遮掩和守口如瓶的保證，也不是沒做到啊，外頭那位是趙麟之子趙悉，這件事也就何愁、金媽媽，以及奴家知道。」

也就是說，整個夢回樓，所有姑娘從恩客身上得到的消息，全部會流到面前這個女人的手裡，不聲不響，不為人知。

伸手捏了她的下巴，拇指輕輕摩挲，殷戈止半垂著眼看著她道：「妳這麼厲害，還用親自入這風塵地，勾引太子？」

風月抿唇，不避不閃地道：「太子與其他恩客不同，其他姑娘沒人能應付，只能奴家親自來。」她來魏國三年，從站穩腳跟到興建夢回樓，一步步建立關係網，其中苦痛掙扎自是不必言說。本也是打算在幕後蹲著，出謀劃策就好，誰知道有一天吳國太子也會來夢回樓。

有捷徑不走，她又不是腦子抽抽，當即就掛牌上去了。

「妳想讓吳國的太子，幫妳對付那些為吳國立功之人？」眼裡滿是不屑，殷戈止嗤了一聲。

「未嘗不可。」斂了神色，風月認真地道：「吳國太子心思深沉，最忌諱人手握重兵，功高震主。且奴家查探過，吳國律法嚴明，若奴家想殺之人，恰好觸及吳國律法，那太子也必定不姑息。」

還真做了不少準備。

伸手順著這人臉的輪廓輕輕摩挲，殷戈止眼裡嘲弄之色不減：「婦道人家，想法就是單純。」

渾身一緊，風月皺了眉，不解地看著他。

然而，殷戈止沒有要解說的意思，手指劃過她長長的睫毛道：「妳若忠，那我便用。」

「但妳若不忠，那我便殺！」

第39章　全部的真相

沒有半點情面的話，就像挑選盤裡做好的菜，好吃的就塞嘴裡，不好吃的就扔地上。

要是個要臉的人，聽著這話多多少少心裡都會有點膈應，誰還不是人了咋地？明明是合作互利，憑啥就要搞得性命垂危啊？

但是恰好，風月不要臉，任憑他再怎麼凶，再怎麼狠，都能笑盈盈地一張臉貼上去，諂媚地道：「奴家不忠您，還能忠誰啊？」

再冷的冰也凍不住她這團火，笑得沒臉沒皮，動作也沒臉沒皮，還敢伸腿來勾他的腰帶。

「妳為什麼不怕我？」忍了很久，殷戈止終於忍不住問了出來。

親近如觀止，也常常被他嚇著，她倒是好，睡過幾回而已，竟然就一點不把他當外人，不管他臉色多難看，渾身氣息多凶，她都能扛得住，並且朝他笑得沒臉沒皮的。

「怕？」

風月很想說實話，那就是怕肯定是怕的啊！只是她不敢表現得太明顯，怕應付不到位，讓他給掀了老底兒，那就當真只有下黃泉去害怕了。

但是呵呵一笑，她扭臉就道：「怎麼會怕呢？公子人中龍鳳，瞧這眉眼，這氣質，打街上過也是惹姑娘紅臉的。奴家有幸留在您身邊，還怕什麼？」

千穿萬穿，馬屁不穿！是個人就喜歡聽好話，聽了好話心情就會平和，心情平和的人一般是不殺生的！

既然如此，她願意天天說好話給殷戈止，順著這位爺的毛捋，絕對不得罪他！

殷戈止沉默，先前還拿目光打量她，現在已經連給她個餘光的興趣都沒有了，站起來就給自己倒了杯冷水，垂著眼眸抿著。

看這位大爺已經沒有要理自己的興趣了，風月識趣地收回蹄子，骨碌碌地就滾到了屏風後頭。

「主子，水。」靈殊提著水桶進來，艱難地往屏風的方向走。

外頭的觀止瞧著，有點不忍心，伸手道：「給我吧，我來。」

有人幫忙省力氣，靈殊自然沒拒絕，鬆手就交給他，然後道：「還有呢，我再去搬。」

觀止點頭，提著水往屏風後頭走，心想要這麼多水是做什麼？沐浴？

腦海裡剛冒出這兩個字，眼前就已經映入了屏風後頭美人脫衫的風景。

倒吸一口涼氣，觀止臉都綠了，一桶水「哐噹」一聲，差點全灑。

站在屏風後頭的風月和坐在桌邊的殷戈止雙雙回神，一個飛快地蹲在了浴桶後頭，一個二話沒說，拎起自家隨從的衣領，一把就將人扔下了樓。

「呯」地一聲響，聽得人肉疼。

窗戶被關上，門也被關上，殷戈止臉色陰沉地站在屏風旁邊，伸手把那桶水給倒了進去：「妳可真是不拘小節。」

伸出個腦袋掛在浴桶邊兒，風月委屈地道：「奴家知道靈殊沒什麼心眼，但不知道她缺心眼啊！」

她擺明是要洗澡的，那小丫頭片子竟然還讓觀止倒水！

瞇著眼睛盯著她，殷戈止突然說了一句：「妳先前撒謊了。」

「嗯？」站起來繼續脫衣衫，風月隨意地應了一聲。

「妳說妳淪落風塵，伺候人許久，方能在夢回樓掛牌。」眼皮子翻了翻，殷戈止看著她：「是撒謊的。」

廢話，要是不撒謊，那她這個憑空冒出來的人，憑什麼在夢回樓掛牌啊？不是更顯得蹊蹺嗎？

脫得只剩了肚兜，風月轉頭就給了他個媚眼：「這些東西，似乎不是很要緊，公子就不必在意了吧。」

不是很要緊？

眉心微皺，殷戈止張口還要說什麼，卻想起頭一次與她相處的時候，面前這人也已經不是清白之身了。

是不是妓子有什麼要緊，做的都是一樣的事情，還非得在意個名頭麼？

嗤了一聲，也不知道是嫌棄自個兒還是嫌棄她，殷大皇子也沒興趣看美人入浴，回去軟榻上斜躺著繼續想事情。

浴桶裡的水填滿了，靈殊頂著腦袋上的一串兒包，委委屈屈地關門退了出去。

風月左看看右看看，裹著件兒薄紗就去給門窗都上了栓，然後披著長髮，邁著碎步就在軟榻前頭晃。

美人肌膚如雪，黑髮如瀑，紅紗裹著的身子若隱若現，怎麼想也該是個讓人血脈膨脹的香豔畫面。

結果殷戈止面無表情地看了她很久，嘴皮一翻，很是不屑地道：「妳還有跳大神的嗜好？」

一張笑盈盈的臉瞬間就垮了，低頭看了看自個兒，她覺得很委屈：「奴家覺得自個兒跳的是天仙舞。」

用不可置信的眼神看了她許久，殷戈止指了指屏風：「妳給我進去。」

不甘不願地轉身，風月進了屏風後頭，想了想，一把就將摺疊的屏風給推到了一邊，然後抓著浴桶邊兒就朝軟榻的方向拋了個銷魂的眼神。

殷戈止：「……」

小妖精可能是覺得自己死太慢了沒什麼意思，於是現在洗個澡都敢這麼囂張了，腿伸啊伸，手臂擺啊擺，衣衫半落，風光無限。

殷戈止看得一臉冷笑，就這麼抱著手臂靠在軟墊上，看她能翻出個什麼花來。

風月是很努力想翻朵花出來的啊，畢竟屋子裡坐著的這個人周身戒備的氣息一點沒退，好歹即將是合作夥伴，這樣的態度讓人很沒安全感的好不好？

既然正經八百的說話不行，那她就只能用勾引了，男人和女人之間，還是適合在床上說話。

於是現在的風月同學，就充分利用了洗澡的空餘時間，努力用自己的美色令那頭的人神魂顛倒。

但是，努力是努力了，好像沒什麼效果，她手都快甩成大風車了，也沒見那位爺笑一下。

真他奶奶的難伺候！

踩著浴桶邊兒準備進去，風月眼睛還盯著殷戈止呢，一個沒注意，腳下打滑，整個人「嘭」地一聲就掉進了浴桶，濺起一朵巨大的水花。

冷眼旁觀的殷大皇子，就看見一隻鴨子一樣的生物，以一種詭異的姿勢一頭栽了下去！方才還風情萬種的人，眼下就剩了一雙雪白的腳丫子，在外頭驚慌地徘徊著。

一個沒忍住，他失笑出聲。眼裡的冰雪都融了光，光芒流轉，美色無邊。

掙扎了半晌，風月才把自己的腦袋跟屁股換了個位置，一浮上來就吐了口水，眨巴眨巴著眼想看清眼前的東西。

噴出來的水霧緩緩落下，眼裡有水，她使勁兒眨，朦朧之間，好像看見軟榻上有個神仙一樣的人，眉目溫和，笑得賊他奶奶的好看。

然而，等她抹了把臉，認真看過去的時候，神仙沒了，剩了個大爺，滿臉嫌棄地看著她。

眼花了？

茫然地看了他一會兒，在看見人家眼裡的嘲諷之色的時候，風月終於有了點羞恥心，沒再折騰了，轉身老老實實地就將自己上上下下洗了個乾淨。

「做什麼？」看她更衣出來，又坐在妝臺前，殷戈止皺了皺眉。

「上妝啊。」風月捏著眉黛盯著鏡子道：「金媽媽說過，臉是女人最大的武器，要上戰場，必須要先準備好武器。」

起身捏了她手裡的東西，一把扔出窗臺，殷戈止將人抱起來，淡淡地道：「臉是武器，妝不是，至少對妳來說不是。」

風月愕然，想了半天才想起來，對了，這位爺品味獨特啊，不喜歡美豔的，倒喜歡粗裡粗氣的姑娘。

那她這臉還挺適合。

床帳落下來，殷戈止扯著她鬆鬆垮垮的衣帶，突然問了一句：「若是我想找個人，妳也能找嗎？」

找人？

想起先前觀止說的，他家主子好像在找個男人。

「只要是吳國的人，進過我夢回樓，那都好找。」風月笑道：「但若是其他地方的，就恕奴家鞭長莫及。」

這麼說，也就是找不到他想找的人了。

微微黯了目光，殷戈止垂眸含了她的唇。

嗯哼？還願意在她這裡住，那是不是說明，她今晚上表現還不錯，暫時能保住小命啊？

心口吊著的石頭總算落了下來，風月一笑，扭著身子回應他，給他最多的熱情，像吸食陽氣的妖精，貼著人家肆意糾纏。

殷戈止沒拒絕，依舊跟什麼都沒發生一樣，被她伺候得舒舒服服的，末了還往她肚兜裡塞銀票，像吃飽了付帳的食客，滿意地道：「不錯。」

風月磨牙，裹著銀票就滾進床裡睡覺。

月色皎皎，藉著月光，殷戈止第一次認真打量了這人的身子。光是背上，就有不少深深淺淺的疤痕，若說是做農工作的老實人，他不信。可反覆確認她的經脈，虛而難盈，周身多處穴位堵塞，按著她會微疼。

這樣的人，絕對是沒有武功的。

沒有武功，卻帶一身的傷。掌握整個夢回樓，卻像是極好拿捏的普通妓子。利用女人獲取情報，不是好人，可對他一向忠心的干將竟然會為她背叛自個兒。

她今天說的大多都是實話，他知道，但是，不是全部的實話。

剩下的，她不會再說，要他自己去找。

第二天天明，金媽媽就在大堂裡召開了夢回樓緊急自救會議，邀請了除殷戈止以外所有在夢回樓的人參加。

第40章　踏實的感覺

殷戈止是那種你不邀請他他反而會去的人嗎？

他是。

一樓的樓道處，殷大皇子一身黑衣姿態瀟灑地靠牆聽著，就聽得金媽媽痛心疾首地道：「樓裡出了案子，要歇業整頓，風月已經回來了，我們是清白的，但礙於名聲問題，這段時間還得大家一起咬牙挺過去。」

斷絃聽著就朝風月翻了個白眼：「這下倒好，一人惹禍，所有人跟著倒楣，我們吃的可是年歲飯，本來賺錢的日子就不多，還得被人白白耽誤。」

「就是啊，風月屋子裡的客人出了事，關我們其他人什麼事啊？要不接客，她一個人不接不就好了，我們整頓有什麼用？」微雲惱怒地道：「媽媽還指望著過段時間就能有人把這事兒給忘了？拜託，中毒的又不是什麼無名小卒，以後人家提起這事兒，就會想起我們夢回樓出過下毒的案子，風月繼續留在這裡，誰還敢上門啊？」

「微雲姑娘說得在理。」此話一出，眾人紛紛附和：「要說怎麼挺過去，那除非是風月離開夢回樓。」

殷戈止微頓，往外看了一眼。

坐在大堂中央的風月依舊是笑咪咪的，彷彿不管別人說什麼，都影響不了她愉快的心情。

瞧著她這態度，旁邊的人說話就更加不客氣了：「沒臉沒皮的，害了大家很得意是吧？」

「還指望著金主救妳呢？人家在妳房裡吃東西中毒了，妳還指望人家回頭要妳不成？」斷絃冷笑：「我都不知道妳憑什麼這麼自在！」

「就憑我不要臉啊。」風月理所應當地看著她。

眾人：「……」

暗處的人抿唇，揉了揉眉心。

本還覺得她是要被欺負了，誰曾想，竟然吐這麼一句話出來。掃一眼那邊一群姑娘臉上毫不作假的憤怒神色，殷戈止覺得，她們大概都不知道風月是誰，在夢回樓裡扮演的什麼角色，唯一知情的，可能只有一個金媽媽。

「都別吵了。」金媽媽開口，身子往風月面前一擋，瞪著這群小蹄子就道：「誰不願意待了就讓人來媽媽這裡贖身，既然還在夢回樓，那就聽我的話！妳們少說，多做，明白嗎！」

一眾姑娘都有點不服氣，可金媽媽的話，也沒人敢頂撞，只能哼哼唧唧地應了。

「媽媽。」一直沒吭聲的何愁開口，朝她遞了一疊銀票來：「這是定金，趙公子說，待會兒就來贖奴家走。」

大堂裡安靜了一瞬，除了風月，其他人的眼珠子都瞪得要掉出來了。

還真有個被人贖了身的?!

風月平靜地看著何愁，這姑娘穩重，辦事比誰都讓她放心，她被贖走，總也會回來的。

「恭喜了。」

聽見風月開口說這一句，眾人也才紛紛回神，七嘴八舌地問著情況，有羨慕的，有嫉妒的，一時也沒人將注意力放在風月身上。

她不動聲色地就退回了殷戈止身邊，臉一抹，跟換了臉譜似的，慘兮兮地就朝他嚶嚶起來：「奴家被罵得好慘啊，都是您害的！」

嘴角抽了抽，殷戈止拎著她就上樓，關上門道：「何愁恰好被趙悉贖身。」

「嗯。」手搭在人家胸口，風月打了個呵欠：「趙悉沒少往我們這裡跑，何愁性子安靜不爭，相貌也上乘，他看上她很正常。」

「妳想怎麼做？」他低頭看她。

有點睏倦，風月的小腦袋很自然地就靠在了他胸口，喃喃道：「不想怎麼做啊，完成公子交代的差事而已。朱來財下毒的事情，奴家覺得公子能扣死他，就怕三司使大人撈人，他要撈的話，您給他看這個就成了。」

伸手塞給他個黃梨木的盒子，風月繼續道：「這事兒算簡單的，但趙麟是護城軍都尉，職位高權力重，府邸可森嚴了，壓根打聽不到消息，所以讓何愁去試試吧。」

打開盒子看了看，是一本帳，朱來財身為三司使的帳房，在大額的走帳過程裡，沒少往自己腰包塞錢。三司使若是想撈他，這本帳也足夠燒得他鬆手。

朱來財貪，就能扯出他的貪，明哲保身這種事，不用人教他們都會。

「妳從哪兒弄到這個的？」隨意翻了翻，殷戈止皺眉。

「做出來的。」風月道：「他經常在夢回樓留宿，身邊帶著的印信章子之類的全被奴家復刻了一個遍兒。」

竟然是假的？殷戈止瞇眼，忍不住道：「妳這狐狸精。」

「公子這是誇奴家聰明啊，還是誇奴家長得媚人？」抬頭一笑，風月勾著他的腰帶就把人往床邊引，伸手拿了他手裡的帳本扔在一邊，然後躺上床，將殷戈止抱了個踏實。

「就算是假的也能用，山穩河堂堂三司使，這麼多年屹立不倒，心自然是狠的。得到這樣的帳本，他只會看印鑑辨真偽，根本不會與身纏官司的朱來財對峙，說不定還提前送他一程。」

說得沒錯，殷戈止頷首，然後側眼看向旁邊的人：「妳要睡便睡，抱我做什麼？」

不抱著，萬一她睡著的時候就被他給捨棄了，醒來就置身囹圄，那怎麼辦？肯定是抱著有安全感一點啊！

閉著眼睛，風月感嘆著開口：「奴家沒有見過全天下還有誰比公子的身軀還偉岸的了！抱著您，奴家感覺格外地踏實，就算天塌下來，也一定有您在旁邊替奴家撐著！所以，奴家捨不得鬆開您！」

黑了半邊臉，殷戈止難得地打了個顫慄，渾身寒毛倒豎，嫌棄之情溢於言表。

然而，嫌棄歸嫌棄，還是任由她抱著，沒挪窩。

「樓裡的姑娘都是妳騙來的？」他問：「不然為什麼心甘情願替妳收集消息？」

聽見這話，風月半睜開了眼。

樓裡的姑娘十有八九都是知道自己在做什麼的，沉默如何愁，尖酸如斷絃，每個人都在深夜替她傳遞消息。她們可以過舒坦的日子，比如從良了安安穩穩地相夫教子，但是她們一個都沒走。

沒人騙她們，只是她們也經歷過親人和家園在一場大戰之中什麼也不剩下的痛苦，經歷過摯愛和骨肉生生被人剝離的絕望。

心裡有執念和恨意的人，是沒辦法好生過日子的，比如她，比如她們。

樓裡的人是三年前零零散散自己來的，最先只有幾個姑娘，後來越來越多，金媽媽把關，只收戰火之中的難民，其餘的，一概沒讓進樓。進來的姑娘們待上一個月就會知道自己的任務，也會知道有一個領頭人的存在。

但她們不知道是她。

「你就當是被奴家騙來的吧。」風月答他。

殷戈止不悅地側身，面對著她躺著，伸手掐了掐她的臉蛋：「那為什麼她們都不認識妳？妳連在自己人面前都要偽裝，是何目的？」

「目的嗎？」風月咧嘴：「這群姑娘們都挺絕望的，連自己的貞潔都不在乎了，活著都是為了報仇。我是帶著她們報仇的人，要是在她們面前，展現那一副任人欺凌的妓子模樣，您說，她們會不會更絕望？」

心裡莫名地一抽，殷戈止幾乎脫口而出：那妳呢？

妳就不絕望嗎？

然而他沒問出來，面前這人打了個呵欠，跟隻小貓咪一樣，吧砸吧砸嘴，靠在他懷裡就睡了。

不知道為什麼，這女人總是喜歡貼著他，貼著他的背，或者縮在他懷裡，要麼就是伸了指頭死死扣著他的手。

更糟糕的是，她這麼做，他會覺得很安心，背後貼著人，莫名的覺得安全。懷裡鑽著人，莫名地覺得滿足。

她身上有好多好多祕密啊，誰知道那一團團的東西裡頭包著的是刀還是什麼，就這麼抱著，會扎著他吧。

然而，想是這麼想，他還是抱著她，閉著眼睛安心地睡了個回籠覺。

葉御卿站在門口的時候，就看見兩個跟連體嬰兒一樣的人，衣裳都穿得整齊，卻抱在一起睡著。

倒吸一口涼氣，他有些不解，正想靠近點看看，面對他躺著的人就安靜地睜開了眼睛。

漆黑的眸子一對上，葉御卿停住了步伐，心裡一跳，僵硬了一番，才笑著朝他拱了拱手。

看一眼旁邊還睡著的人，殷戈止起身，無聲地越過她，下床出去。

夢回樓隔壁的茶樓。

葉御卿伸手給對面的人斟了茶，笑道：「還以為要養上幾日了，想不到殿下恢復得很快。」

豈止是快，簡直是變態，還趁他不在去風月屋子裡！

「多謝殿下關心。」接過茶看也沒看就喝了，殷戈止道：「殿下有事？」

有毛的事啊，風月現在是被他包著的，他來看看是正常的好不好？

壓著心裡的不悅，太子殿下搖著扇子風度翩翩地道：「瞧殿下似乎很喜歡風月，果真跟御卿是一路人，連看上的姑娘都是同一個。」

看著他，殷戈止很想說你眼光真的不怎麼樣，但是想想好像把自己也罵進去了，於是沉默沒應。

茶樓二樓空無一人，葉御卿覺得再跟這人打太極也沒什麼意思了，乾脆開門見山：「御卿最近遇見些麻煩事，不知殿下可否相助？」

第41章　干將

每次來找他，葉御卿都是遇見了麻煩的，但殷戈止明哲保身，一向是毫不留情地回絕，不與他同一戰線。葉御卿也習慣了，畢竟殷戈止喜歡易掌珠，而易大將軍與自個兒的立場，可不算太一致。

但是今日，面前的人捏著茶盞，眼裡竟然流露出了猶豫的神色！

他猶豫了！

如同看見天上掉金子了似的，葉御卿笑得整個人都燦爛了，放了扇子，十分真誠地就接著道：「也不是什麼大麻煩，只是武官要做的事情，御卿實在不擅長，只能求助於殿下，還望殿下能援手一二。」

眼裡猶豫之色更濃，殷戈止像是在經歷什麼掙扎，半晌之後，嘆了口氣問：「何事？」

太陽打西邊出來了？嚥了口唾沫，葉御卿忍不住往窗外看了一眼，然後轉回頭來，笑道：「父皇授意御卿查訪護城軍，說近來由於難民又增，不陰城頻頻出事，護城軍有失職之處。但……御卿向來從文，在軍中說話，恐難令人信服，所以……」

所以這得罪人的事兒要不然你來？

殷戈止沒吭聲，安靜地喝了一口茶，眉目間滿是為難，還帶了點不耐煩。

「當然，御卿知道，此事本也與殿下無關，沒道理把殿下牽扯進來。」瞧著他有要拒絕的意思，葉御卿連忙道：「但御卿覺得，殿下兵法武學方面的造詣，無人不信服。只要殿下肯援手，那一切後果，由御卿承擔，斷然不會令殿下為難。」

也就是說你放心去吧，出事兒了我幫你頂著！

殷戈止垂眸，食指輕輕摩挲著手裡小巧的茶杯，終於開口：「最近幾日，在下身子不好。」

不想奔波。

葉御卿笑得咬牙切齒的。

身子不好？身子不好你還往夢回樓跑啊？不是差點就在風月的房間裡被毒死了嗎？結果才恢復一點，就又跑過來了？還想再被毒徹底點？

人做事都是要回報的，葉御卿明白，殷戈止要的回報也簡單，都這麼說了，那他沒有不應的道理。

「殿下被下毒之事，御卿一定會嚴查，絕對不會饒了凶手。」義正言辭地開口，葉御卿道：「殺人償命，敢對您動手的，不管得逞沒得逞，一樣要償命。殿下只管拿著此物去護城軍查訪，剩下的事情，御卿一定會給殿下一個交代！」

東宮的印信，紅瑪瑙的章子，安靜地躺在葉御卿的手心。

殷戈止像是不曾察覺，也沒想過接過這東西代表了什麼一樣，順手就拿了去，頷首道：「好。」

眼眸微亮，葉御卿起身拱手：「如此，就多謝殿下了。」

「哪裡。」

興高采烈地下樓，葉御卿覺得今兒不陰城的天氣都格外的好！他想拉殷戈止入夥真的想得輾轉難眠啊！這樣一把絕世好劍，一旦助他，就可以幫他在兵權方面劈開一條口子，打破易國如一手遮天的情況，為葉氏皇族後代的江山添幾分穩固！

殷戈止入吳一年，深居簡出，不與人打交道，但吳國會武之人都知道他的厲害，崇敬之人不在少數。他身分尷尬，無法掌權也無法為官，這更是自個兒最看重的優點，一直想加以利用……啊不是，加以器重。

感謝蠢到家的對殷戈止下手的人們，這回一中毒，終於是把無慾無求的殷戈止給逼急了，願意出山了。

朝天拜了拜，葉御卿搖著扇子正想繼續往夢回樓走，但腦子裡閃過方才進去看見的畫面，腳步就是一頓。

哎呀呀，不巧不巧，他看上的姑娘，他也看上了，現在正是拉攏人心的時候，他為主，自然當讓。遺憾地看了夢回樓的方向一眼，葉御卿想，無妨，那姑娘說不定還能成為他與殷戈止之間，最重要的紐帶呢。

茶樓上空了，殷戈止一掃多餘的表情，輕哼了一聲，捏著茶杯抿了一口便起身。

風月醒了，正坐在屋子裡把玩個東西呢，就見殷戈止開門進來。

「公子哪裡去了？」嬌嗔一聲，風月道：「奴家還以為您今兒不來了。」

「喝了個早茶而已。」殷戈止問：「何愁已經在搬東西了？」

樓下後院門口停了好些馬車。

「是啊。」風月頷首：「趙家公子也是大方，想來不會委屈何愁。」

不會委屈？殷戈止嗤了一聲，那趙悉風流成性，後院的小妾都不知道有多少，何愁這樣的青樓姑娘，進去當真不會委屈？

不過想想這些姑娘是做什麼的，他也就不多操心了。

「昨兒公子問了奴家好些事情，奴家現在也想問公子一件事兒。」起身去抱著人家手臂，風月抬頭眨巴著眼睛道：「您到底是怎麼察覺奴家有異的？」

知道死在哪兒，她也好改進啊，被他發現還有生路，被別人發現那才是真的死定了。

輕哼一聲，殷戈止道：「銀子。」

微微一愣，想起靈殊丫頭跟自己哭訴的銀子被劫匪搶了的事情，風月咬牙：「還當真是你做的！」

又不用尊稱？睨她一眼，殷戈止道：「用銀子包紙條，妳很聰明。」

背後冷汗又開始滲了，風月嚥了口唾沫。

也不知道他這話是誇她還是誇他自己，這法子最早算是殷大皇子發明的，為了保證戰報在傳遞過程中不出現意外，就將戰報塞在刀柄和劍鞘裡，讓傳令兵帶著上路，饒是傳令兵被殺了，敵軍也找不到戰報。

她活學活用，這不就把紙條塞銀子裡，讓靈殊去買鄭記的綠豆糕麼，外人的確也發現不了啊，誰知道遇見了祖師爺。

不能說她失算，只能說是運氣不好。

「紙條太輕，銀子分量會不對，妳沒告訴妳的丫鬟實情，每次給她的銀子都是裹著紙條的，妳的丫鬢也就理所應當地覺得一兩銀子就該是那種分量。所以後來接到我的銀子，她覺得不對勁。」

閒散地坐在凳子上，殷戈止慢悠悠地道：「我只是試探了一下有沒有這種可能，畢竟那老闆娘與人接觸，光天化日眾目睽睽，只有銀子能傳遞東西，沒想到蒙對了。」

風月：「……」

瞧著這人臉上氣定神閒的樣子她就來氣，彷彿別人精心的設計在他看來就是老舊的套路，隨便蒙一蒙就能破解的。

好在自己有心理準備，從遇見這個人開始就沒抱太多僥倖心理，被發現了就攤夢回樓的牌，坦誠相待，投入他的麾下。

直到現在，身為魏國百姓的風月，依舊相信跟著大皇子是不會輸的。

姑且跟著他吧。

轉臉一笑，風月伸手就給他捏肩：「公子真是神機妙算，慧冠一方，奴家甘拜下風，願為公子驅遣。」

「嗯。」漫不經心地應了，殷大皇子指了指左肩：「用力。」

嘴角抽了抽，風月將自己的手伸到他面前：「公子，您忘了嗎？奴家還帶著傷呢，雖然是恢復得不錯，可要用力也難了點啊。」

依舊包得嚴嚴實實的手，只露出手指在外頭瞎晃，殷戈止瞧著，抿唇道：「妳倒是厲害，沒好全的手，也能一直這麼折騰。」

風月嘿嘿直笑：「反正奴家除了脫衣舞，什麼都不會，不彈琴也不作畫，手廢了也不礙事，還能動就行。」

可真是心大啊，殷戈止瞇眼。

「主子。」正聊著呢，觀止進來，看了風月一眼，小聲在殷戈止耳邊道：「干將帶來了。」

說小聲也不是很小聲啊，她恰好就聽見了啊！風月咬牙，臉色有點難看，不敢回頭。

一個身形威猛的人恭恭敬敬地低頭進屋，朝著殷戈止就跪了下去：「主子。」

殷戈止沒回頭，也沒讓風月下去，直接開口：「我待你不好？」

干將咬牙，搖頭：「主子待屬下，恩重如山。」

「嗯，那你這算是恩將仇報？」

沒明說是什麼事情，但看一眼旁邊的風月，干將額頭上的汗水唰唰地就往下掉：「屬下……不敢。」

風月很想平靜，但看見干將，她還是沒忍住手抖。

這一抖，殷戈止就伸手上來覆住她的手，按在他的肩膀上，慢慢回頭看了干將一眼：「那我能知道，你背叛我的原因嗎？」

嘴唇發白，干將連連磕頭：「屬下沒有害主之心，只是……這夢回樓辦事一向很快，屬下以為，能解主之憂。」

「哦？」側頭看了風月一眼，殷戈止目光溫和：「夢回樓辦事快原來已經有名聲了？那我怎麼不知道？」

喉嚨微緊，風月咬牙，心思轉得飛快，立刻就嘆了口氣。

這氣嘆得是惆悵感慨啊，聽得殷戈止挑眉，睨著她道：「有話就說。」

「奴家想誇您的人呢。」扭身坐在他大腿上，她笑道：「夢回樓接過很多客人，也留下過客人很多的東西，唯獨這位公子，來過我夢回樓，但不知身分，也沒留下信物，若是哪天有人想害公子您，奴家一定拿不出東西來。」

干將嘴角抽了抽。

「妳的意思是，」轉頭看向地上的人，殷戈止溫柔地問：「他也喜歡來夢回樓啊？」

風月眼也不眨：「對啊！在奴家還沒掛牌的時候，就勾搭上奴家了！」

第42章　救命的恩人

干將的臉，在聽見這句話之後，瞬間從白變得通紅，又變得發青。然後低著頭，一聲也不敢吭。

殷戈止面無表情地看著她。

風月朝天嘆了口氣，努力陷入回憶：「那是幾個月前的一天了，這位公子來夢回樓玩，恰好在後院碰見奴家，當即就被奴家閉月羞花、沉魚落雁的美貌給震驚了，於是想跟奴家一夜春宵。」

殷戈止眉梢動了動，干將覺得背後一涼，忍不住就反駁：「沒有！」

「是沒有度成啊，但是公子在夢回樓留宿了啊。」風月眨眼，一本正經地瞎掰：「那晚奴家試探了公子一晚上，公子也沒洩漏自己的身分，倒是察覺了奴家這夢回樓的祕密，之後，也就偶爾在遇見棘手之事時，過來找奴家幫忙。」

殷戈止表情麻木，伸手撐著下巴，跟看唱大戲似的看著她。

嚥了口唾沫，風月挺直腰桿：「奴家可沒撒謊，這位公子只不過來找奴家幫了兩次忙。因著忌憚他將祕密洩漏，奴家也就都應承了，本還有些慌張，怕他是什麼壞人，結果是公子的人啊！奴家對公子的仰慕之情真是如滔滔江水綿綿不……」

「閉嘴！」聽夠了，殷戈止瞥她一眼，轉頭看向地上還跪著的人：「你說。」

干將一臉心如死灰的表情，抬起頭來看著他：「屬下無話可說。」

還能說什麼啊？啊！這麼離奇的故事都被關風月給編出來了，他難不成還去豐富故事情節啊？

「你是跟我出生入死的兄弟。」殷戈止淡淡地開口：「那麼多場仗都跟我一起打過來了，刀劍你都肯替我擋，我實在想不出你背叛我的理由。」

風月垂眸，老實地捏著帕子站在一邊。

干將是魏國前鋒營副將，武功高強戰功赫赫，所以殷戈止信任他，即便來了魏國，也帶著他，讓他做暗衛。

其實在魏國繼續留著，哪怕奔波些，地位也是比暗衛高的，但他自願跟他來魏國，隱入暗處，不顯人前。這樣的人，功名利祿於他都是浮雲，但美色的話……

微微側頭看一眼風月，殷戈止覺得，風月說的話也許是真的。干將來過夢回樓，無意中發現夢回樓是個情報傳遞之所，畢竟他現在做的也是這個，觀察起來比他細緻。

發現之後，與他無關的事，就沒有在意，只在接到他某些困難的任務的時候，才想起來這裡找人幫忙。畢竟這一年來，干將知道他所有的事情，真要背叛，不可能在這個時候才背叛，還做的是有益無害的事情。

基於對干將的信任，殷戈止強行說服了自己，並且覺得很有道理，就應該是這樣，不然也不會有別的可能了，干將只忠於他，沒有人能從他手裡搶人。

「罷了。」他道：「下次有這樣的事情，你也該提前告訴我。」

已經不抱什麼希望的干將在聽見這句話的時候驚呆了，但想了想，還是鎮定地朝殷戈止磕了頭，然後出門。

「公子，來嘗嘗這個啊。」劫後餘生，風月連忙笑得跟朵花似的，端了點心就湊到他面前去。殷戈止安靜地看著她，目光流轉，連她一根頭髮絲兒都沒放過。風月笑著，身子卻緊繃，恍然有種被他看穿的驚悚感。

然而，打量她一圈之後，面前這人什麼也沒說，拿了糕點就吃。

心口猛地鬆下來，風月覺得，多伺候這人幾天，自己可能都得短命幾年。

已經短命了幾年的干將從夢回樓的後門出去，無聲無息地進了鄭記糕點鋪。

看一眼他的神色，老闆娘鄭氏臉上笑容不變，讓掌櫃的來看著前頭，然後便跟著去了樓上。

「出事了?」遞了帕子給他，鄭氏皺眉問。

擦著頭上的汗水，干將眉頭皺得比她還緊，緩了半晌才道：「那丫頭怎麼會跟殿下撞上了!」

鄭氏一頓，嘆息：「大概是緣分吧。」

「說什麼緣分!要是被發現身分，她哪裡還有活路在?」眼睛都紅了，干將壓低著聲音，嗓子發緊：「關將軍一家上下，都是殿下監刑處斬的，在殿下心裡，將軍是叛國之人，他的女兒，妳說他會放過嗎?」

鄭氏也很擔心，擦了擦手坐在旁邊：「那怎麼辦呢?這遇都遇見了，我們擔心這些也沒用啊。大小姐很機靈的，應該沒事。」

那點機靈，在殿下面前，當真有用嗎？干將死死地閉眼，長嘆了一口氣：「妳小心遮掩就是，晚上知會其他人，妳們都是死人了，過去的事情，就當全忘了，別露出絲毫破綻。我不能久留，先走一步。」

「是。」滿臉愁容地應了，鄭氏跟著下樓，一到人前就換了張臉，伸手塞給干將一包點心：「客官下次再來啊～」

干將頷首，走得頭也不回。

他發過誓一生只效忠大皇子殿下，但，關將軍救過他的命。

他是前鋒營的副將，前鋒營跟著大皇子征戰過，自然也跟著關蒼海征戰過，當時他還是個小將，雙方對陣之時衝得太快，四周都是敵兵，打得狼狽不堪。精疲力盡快要成刀下亡魂之時，是那滿臉絡腮鬍子的關大將軍，策馬闖過來，一刀橫陳，救了他下來。

他還記得，那人把他拉上馬，笑得粗聲粗氣地誇他：「好小子！夠勇猛！」

在沙場上一起浴血奮戰過的人，都會有一種特殊的感情和信任，所以當所有人都覺得關將軍是當真叛了的時候，他沒有。

他在家裡偷偷供奉關將軍的靈位，每天給他上香，因為他知道，關家上下，滿門忠烈，已經一個都不剩了，他要是不供，英魂都無歸處。他想過給大皇子進言，然而戰火又起，殿下根本無暇再顧其他。再者，他也是一介莽夫，根本說不了什麼條理清晰的話。所以他覺得，關家可能是要蒙冤千古了。

然而，跟著大皇子初到吳國之時，關清越聯繫上了他。

或者說，是關風月。

那傳聞裡敢愛敢恨，瀟灑不羈的女將軍，穿著一身紅紗袍，頂著滿頭珠翠，笑咪咪地問他：「將軍，我爹的靈位，可不可以拿給我？你帶著不方便。」

現在想想，風月可能是一早就知道，總有一天會與大皇子遇見，所以找上了他。但是，她怎麼知道他在供奉關將軍的靈位？

不管怎麼說吧，從這些事兒來看，至少關風月是個很聰明、也早有打算的姑娘，他擔心沒用，她要是都會暴露在大皇子面前，那他更是沒什麼法子能遮掩。

心亂如麻，干將嘆息一聲，乾脆不想了，加快步伐，回到自己該去的地方去。

殷戈止吃飽喝足，心情不錯，拎著風月一起去了校場。

安世沖和徐懷祖早早地就來練習劍法和刀譜了，瞧著身法，真是又努力又有天賦。

「殿下的運氣一向很好。」風月忍不住道：「就連隨便收的徒弟，也是根骨奇佳。」

誰告訴她，這是他隨便收的了？殷戈止輕哂，看向安世沖。

「師父！」那邊兩個人也看見他們了，立刻收了刀劍，齊刷刷地過來行禮。

「練得不錯。」殷戈止頷首：「世沖進步很大。」

「謝師父誇獎。」安世沖笑了，開心得很，旁邊的徐懷祖不高興了，扁嘴道：「師父，徒兒也有進步啊。」

「沒人說你沒長進，只是世沖明顯比你練的時間長，所以下盤更穩。」殷戈止伸手敲在他手背上，長恨刀便脫了手，落在他掌心。

「看著。」

徐懷祖一怔，愕然地低頭看了看自己的手，喃喃道：「我還說這刀打死不脫手的！」

風月低笑：「那是你師父的空手奪白刃，不用打死，你也拿不住。」

安世沖點頭：「連風月姑娘都看得懂，瞧你這出息。」

捏捏手腕，徐懷祖撇嘴，不情不願地看向自家師父。

不看不知道，一看他又愕然了。

殷戈止在耍刀，一招一式，都是給他的刀譜上畫著的。可同樣的招式，為什麼他耍起來就跟街頭賣藝的人似的，在師父那兒，就是一套精悍的武功絕學？

大風飛揚，風月帶著欣賞的目光看著殷戈止，他的身軀其實一點也不壯碩，罩著白衫還能裝一下文弱書生。但摸過才知道，這人身上每一寸的肉都很緊實，能迸發出很可怕的力量。

比如眼下，這橫刀一掃，極為簡單的動作，他能將刀揮得四平八穩半點不晃，過處虎虎生風，揚起一片沙子，將風月撲了個灰頭土臉。

抹了把臉，風月鼓掌：「公子真是文韜武略，上天入地，無所不能！這一套刀法精妙絕倫，在公子手裡，更是所向無敵。」

安世沖和徐懷祖本來還打算恭維的，但是沒想到，所有能恭維的詞，全被風月給用了，兩張無辜的稚嫩的臉，目瞪口呆地看著她。

收了刀，殷戈止又嫌棄地掃了風月一眼，然後走回他們面前，把刀還給徐懷祖。

「師父！」回過神來，安世沖道：「明日是家父五十大壽，不知師父可否賞光，駕臨寒舍，喝一杯薄酒？」

第43章　小氣的人

安國侯府的酒可不是誰都能喝到的，風月眼睛都亮了，很想替殷戈止點個頭！安國侯可是吳國皇帝的摯友啊，那關係好得，一句話頂得上言官十本奏摺！但也正因為如此，安國侯府鮮少與人結交，上門之人也不得談政事。

跟這樣的人結交，有益無害啊，說不定什麼時候還能撈回自己一條小命。

然而，殷戈止看了安世沖一眼，搖了搖頭。

期盼的眼神頓時黯淡下來，安世沖低聲問：「師父有事要忙嗎？」

「沒有大事，只是君子言而有信，我答應了明日一整天都陪著風月。」面不改色心不跳地胡扯，殷戈止道：「既然答應了，就不能食言。」

微微一愣，安世沖瞬間釋然：「原來是這樣，這是小事啊，師父可以帶風月姑娘一同前往。」

風月嚇了一跳，連忙搖頭：「這叫小事？奴家是什麼身分？哪有資格進侯府啊，再說了，跟大皇子一起進去，定然是會被人查來處的，要是有人將奴家的身分捅到侯爺那兒去，豈不是要讓殿下背個不敬之名？」

安世沖眼神又黯淡了下去，皺眉半晌沒吭聲。

徐懷祖一巴掌拍在他背上，笑道：「這有什麼難的？且讓風月姑娘扮作師父的丫鬟，不就好了？」

若是當成並肩的女子帶進去，那定然是要暴露身分的，可若是丫鬟，那就無所謂了，誰還不帶兩個丫鬟去伺候啊？

「正好，我先前還跟家裡的人提過，說給師父選個丫鬟，好歹可以做飯，也不至於讓觀止大人那般操勞。如今帶風月姑娘去，就說是我送的，也順理成章。」徐懷祖笑嘻嘻的，說完就看著殷戈止：「師父覺得如何？」

還能如何啊？風月撇嘴，本還以為他是腦子抽抽不想去，誰知道是在這裡哄騙小孩子，逼得人家兩個單純的少年連臺階都給鋪好了，就等著這位大爺下，不下還是人嗎！

「如此，那為師也只能去了。」殷戈止勉為其難地頷首：「風月也準備一番吧，到底是侯府，規矩森嚴，妳也別給我丟人。」

「多謝殿下，奴家明白。」風情萬種地頷首應下，風月捏著帕子，心裡疑惑得很。

讓她一起去做什麼？她這種現在手無縛雞之力的人，帶著不是累贅嗎？大好的機會，他該去跟人家侯爺談談人生理想，聊聊大好河山啊！

安世沖高興了，眼裡都滿是光亮，看得風月一陣唏噓。

現在的小年輕也真是滿腔熱血，單純善良。就因為殷戈止武功厲害，有點厲害的過去，就這麼崇敬他，也不仔細看看他是個什麼人。

不過，一般人仔細看，也的確看不出他的本性，只會覺得這人沉默寡言，頗有高手風範。只有她，能穿透他這皮囊，看到殷戈止黑漆漆的心腸。

離開校場，殷戈止二話沒說就帶她往使臣府的方向走，路過成衣店啊首飾鋪之類的地方，還停下來，進去買點東西。

「公子。」風月賠笑：「奴家上不得檯面的，帶奴家去那種地方做什麼啊？」

伸手把東西都放在觀止的懷裡，殷戈止勾手示意她過去。

「嗯？」湊臉到他面前，風月眨了眨眼。

殷戈止認真地低聲道：「都是大尾巴狐狸，妳給我裝什麼兔子？在我面前都天不怕地不怕，妳還怕鎮不住場子？」

嘴角抽了抽，風月掩唇一笑，呵呵地道：「奴家哪裡不怕了，奴家這樣身世飄零無權無勢的姑娘，哪裡敢……」

「少廢話！」睨著她，殷戈止這淩厲的眼神彷彿能直接穿透她到對面的牆上打個洞出來：「妳不想去侯府？」

怎麼可能不想呢？這種高門之地，有機會能去，那肯定是不去白不去，但是瞧著面前這人，她總覺得心裡不踏實，像是被他捏在手裡的棋子，不知道自己會被放在什麼位置。

「公子要奴家去，奴家定然會去。」笑了笑，風月勾住他的手臂：「只是，奴家該說的都已經說完了，您不會還不信任奴家吧？」

一聽這話，就知道這小妖精戒心未除，殷戈止抿唇，低下身子眼眸深邃地看著她：「我信不信任妳，妳明日去了就知道。」

她的籌碼已經給出來的，他的可還沒有亮給她看呢。上位者，若是實力不夠，怎麼讓人甘願追隨？

兩人已經隔得很近，風月一瞬間啥想法都沒了，看著他這張張合合的薄唇，下意識地就含了上去。

殷戈止僵了身子，瞳孔一縮。

四周的車水馬龍、人聲鼎沸好像在這一瞬都停住了，他眼前是她含笑的眼睛，唇上溫熱，有不老實的小舌頭，直往他牙關闖。

觀止也傻眼了，反應了好一會兒，才抱著一大堆東西替他們擋著路人的目光，紅著臉道：「主子，這是大街上呢！」

他當然知道是大街上，吻過來的又不是他！殷戈止微惱，一把將人扯開，冷聲道：「妳不要臉，我還要。」

「……」

眨眨眼，風月笑咪咪地道：「公子實在秀色可餐，奴家沒忍住，造次了。」

頭一回看自家主子接不上人的話，觀止驚嘆不已，抱著盒子就湊到殷戈止旁邊去，小聲道：「主子，您別害羞啊，這種事兒是姑娘吃虧，您又不吃虧！」

「你哪隻眼睛看我害羞？」殷戈止冷著臉道：「沒有。」

雖然很不想拆自家主子的臺，可這樣的主子實在千年難得一見，他忍不住就戲謔了一句：「您耳根子紅了。」

殷戈止停了步伐。

風月正暗罵自己不要臉呢，冷不防就感覺旁邊的人不走了。

「怎麼了？」她心虛地問。

該不會是反應過來了，現在要揍她吧？

「買點東西。」指了指旁邊的鋪子，殷戈止面無表情地對觀止道：「進來搬。」

抬頭看了一眼，是個瓷器鋪子，大概是想給安國侯爺買賀禮吧？風月沒多看，繼續低頭沉思。

不到一炷香的時間，殷大皇子就瀟灑地走出來了，背後跟了一個巨大的花瓶，瞧著賊沉。

「哇。」風月眨眼：「這家店的花瓶這麼厲害，能自己走路？」

「姑娘……」虛弱的聲音從花瓶後頭傳出來，觀止顫顫巍巍地道：「花瓶怎麼可能走路，會走路的是屬下……」

這啥情況？風月沒看明白，就見殷戈止心情甚好地道：「店裡夥計忙，不送貨，觀止力氣大，就他拿著便是。」

抬頭看了一眼鋪子裡閒得看熱鬧的夥計，風月呵呵笑了兩聲：「您真是體貼。」

「過獎。」微微頷首，殷戈止大步就往前走，還甩下來一句：「別磕地上了，這個是要當賀禮的，沾不得灰。」

觀止：「……」

同情地看了他一眼，風月連忙提著裙子追上前頭的人，殷勤地問：「您晚上想吃點什麼啊？」

殷戈止道：「醬燒豬舌。」

風月：「……」

有一句話怎麼說的來著，寧得罪君子，也莫得罪殷大皇子！此人心胸極窄，報復心極強，手段陰毒，一旦惹上，不知道什麼時候就倒楣了。

心有餘悸地看一眼背後的大花瓶，風月決定晚上好好討好一下這位大爺。

葉御卿不去夢回樓了，風月就得了空閒，在使臣府提前混混，裝個丫鬟什麼的，適應適應角色。

殷戈止也當真沒客氣，府上所有的工作，瞬間就從觀止那兒轉移了一半到她頭上。

「主子。」靈殊瞪著好奇的大眼睛看著她：「這府上為什麼沒別的下人啊？」

翹著二郎腿躺著晒太陽，風月道：「主人小氣，不給發工錢，自然就沒別的下人了。」

小氣的主人站在院子門口咳嗽了一聲。

徘徊著的腳一僵，風月緊了身子，慢慢地把腿放下來，然後起身，飛撲到殷戈止面前，朝著人家就是一個狗腿十足的大禮：「公子您來啦？」

拿眼尾掃著她，殷戈止問：「打掃乾淨了？」

風月笑道：「您這客院雖然不住人，但觀止也是時常打掃，並沒有多髒。這不，清理一番就能住了。」

腦子裡彷佛有什麼東西閃過去，風月一頓。

客房？灰塵？

「既然能住了，那就好生收拾，明日我要看見個端莊的丫鬟。」殷戈止的聲音打斷了她的思緒，看她有點走神，還瞪了她一眼：「聽見了嗎？」

「聽見了聽見了！」被這一打岔，風月死活都抓不住那點一閃的靈光了，乾脆媚笑：「奴家一定不會給您丟人的。」

「是奴婢。」

「奴婢明白！」

點點頭，殷戈止領著她去飯廳，靈殊麻溜兒地就去廚房端菜，按照自家主子的吩咐，啥也不多說，老老實實做事。

「夢回樓下毒一事，已經在衙門立案，方才有人來傳話，說朱來財已經被關在了大牢。」殷戈止道：「三司使那邊還沒有動靜。」

「衙門什麼時候抓人這麼果斷了？」風月一邊刨飯一邊道：「按理說三司使府上的人，沒那麼好抓啊。」

殷戈止沒吭聲。

有葉御卿在，山穩河絕對不敢攔，並且，也絕對不敢救。

第44章　安國侯府

「其實還有個問題，奴家不是很明白。」一邊盛飯，風月一邊道：「朱來財雖是對您下了殺手，但您要殺了他的方法實在很多，做什麼要這般費事？」

看她一眼，殷戈止沒說話，眼裡卻滿是嘲諷，看得風月當即一個寒顫，撇嘴道：「奴家就是問問而已嘛！」

「妳不是在查山穩河嗎？」他道：「揣著明白，給我裝什麼糊塗？」

那錠銀子落在了他手裡，她在查山穩河的事情他自然也就知道，怎麼就把這茬給忘了，白給人嘲笑一回！

咬咬牙，風月從善如流地笑：「奴家只是對山大人很感興趣，畢竟是當朝三司使，掌管錢糧，卻不知道您是怎麼想的。」

想用朱來財，吊個山穩河？不好吊啊，山穩河一旦棄車保帥，剩下個朱來財，能有什麼用？

她盯準山穩河，是因為此人與太子的關係不太好，先前就有恩客在醉酒的時候說，太子的命令和山穩河的命令不同，下頭的人卻都得聽，實在為難。

這麼一說，太子肯定也對山穩河有點興趣，要是她能提供點什麼線索，葉御卿也該更看重她一分。

沒想到卻被眼前這人給截胡了！

眼睜睜看著風月盛了第三碗飯，殷戈止沉默了片刻，若無其事地端起茶抿了一口，然後道：「妳該做什麼就做什麼，不必知道我怎麼想的。」

那我殺了您行不行啊？——要是再借給她一百個膽子，她也許就把這句話說出口了。

然而，很遺憾，膽子不夠，風月只能乖乖巧巧地應了，然後吃飯。

飯後，風月帶著靈殊就回了客房，摸著靈殊的小腦袋道：「在這裡住，老實點，別亂跑知道嗎？」

睜著一雙無辜的眼睛，靈殊道：「這院子這麼大，又這麼空，翻觔斗都沒問題啊，為什麼不能跑？」

小孩子就是天真啊！風月拎著她到客院門口，撿起塊石頭，朝圍牆的方向一扔！

「唰」地就有個人影飛出來，怔愣了一下，又消失無蹤。

靈殊看得目瞪口呆：「好厲害啊！」

「妳以為這是什麼地方。」抱著她，風月皮笑肉不笑地道：「厲鬼之穴，焉能無牛蛇之輩。」

這種話靈殊是聽不懂的，反正就記住了自家主子說的不能亂跑，然後就乖乖地去打水，伺候自家主子休息。

「殿下。」跪在主屋裡，觀止委屈極了：「屬下的手只是很酸，但是沒有廢，還是能伺候您的。」

床邊坐著的人就著燈光看著書信，漫不經心地道：「一個人伺候就夠了。」

「那……」那憑啥是風月姑娘去，不是他去啊？

低頭想想，觀止發現了個嚴重的問題，那就是人家會做菜，長得好看，還能暖床。而他，除了打架，什麼都不會！

「主子！」眼淚兒都要出來了，觀止道：「屬下再也不敢惹您生氣了，您還是讓屬下繼續伺候吧。」

這語氣悽慘得，活像是要被拋棄了的女人。

殷戈止終於抬頭，看著他道：「只明日不帶你罷了，這麼激動做什麼？」

只明日？觀止愕然：「那之後呢？」

「之後，她回她的夢回樓，我們該做什麼做什麼。」殷戈止疑惑地看著他：「不然你以為是要如何？」

驚訝地看了自家主子一眼，觀止沉默了。

這使臣府裡頭一次住了別的人進來，他還以為主子會給風月姑娘贖身，以後就同她一起過了，結果誰知道……

要是風月姑娘知道，那該多傷心啊，都住進來了，結果自家主子還要把她送回去。給人希望又讓人失望，那比讓人絕望還殘忍啊！

唏噓了片刻，觀止還是老老實實地起身伺候自家主子歇息。主子說什麼就是什麼，他可不想再抱著那麼大的花瓶走完十條街了。

天色破曉，又是新的一個黎明，殷戈止剛睜開眼，就看見個良家婦女在衝他笑。

「公子，奴婢伺候您起身。」

杏紅色的齊胸襦裙，活潑俏皮的雙螺髻，風月薄施妝粉，一雙眼睛水靈靈的，沒了那狐媚的眼尾形狀，顯得格外乾淨。

殷戈止起身，打量她兩眼，剛睡醒的嗓音格外沙啞：「還不錯。」

「您買奴婢回來，不就是看上奴婢這還不錯的樣子了麼？」上一刻還正正經經的小丫鬟，下一瞬就又朝他拋了個媚眼，捏著帕子嚶嚶嚶地道：「可憐奴家二八年華，就被您占了身子，再尋不得好人家呀呀呀——」

唱戲似的尾音，聽得殷戈止眼皮直跳，接過她遞的茶漱了口，往旁邊「呸」了一聲：「好生說話！」

「是！」立刻正經了神色，風月雙手疊在腰側，朝他屈膝：「賀禮已經先送去了安國侯府，按照路程來算，我們這裡乘車慢悠悠地過去，也只要半個時辰，所以您還可以多歇會兒。」

這可真是天生唱戲的好料子，一會兒一個樣的。殷戈止輕哼，起身就道：「更衣。」

「是。」風月一笑，拿了一套青煙色的袍子過來放著，然後就伸手去解殷戈止身上的衣裳，手指尖兒不老實地在人家胸口劃啊劃的。

殷戈止面無表情地看著她。

要是別人的話，看這臉色，她肯定就住手了，但殷戈止這種賤人，只要沒有身體上的反抗，表情完全可以忽略，都他奶奶的是騙人的！

於是這脫件兒衣裳，她就沒少揩人家油，左捏捏右摸摸，再次感嘆人家功夫就是扎實。看筋骨，可能能同時對付三個千將那樣的人。

「摸夠了？」瞥了一眼屋子裡的沙漏，殷戈止臉色很不好看，一把掐起她的手臂，跟捏什麼似的就把她捏上了外頭的馬車。

「嗷！」委委屈屈地滾進車裡，風月道：「丫鬟不是不能在車上的嗎？」

「我說妳能，妳就能。」殷戈止緩緩放下了車簾。

在上路之前，風月還在感嘆，大魔王也有人性啊，捨不得她邁著小碎步在外頭跟著跑。

但是上路之後，她臉就青了。

「公子，這是馬車上！」

「嗯。」

「我們要去安國侯府的！」

「嗯。」

「不行……別……外頭全是人！」

駕車的車伕臉上一陣陣發熱，拉著車跑得飛快，眼瞧著要到安國侯府了，還特意多繞了點路，給後頭兩位收拾的時間。

安世沖正在侯府門口等著，其實按理說他是不必出來迎接的，但是殷戈止要來，對師父充滿尊敬之意的小徒弟，一大早就擱這裡站著了。

「使臣府的馬車。」徐懷祖眼睛尖，看見了就拍了他的肩膀一下。

安世沖回神，立刻迎上去。

「師父！」

掀開車簾，殷戈止心情好像很不錯，朝他們微微頷首之後，便往後頭道：「丫鬟先下。」

風月兩眼含淚，伸出哆嗦的手指無聲的控訴了一下面前的禽獸，然後咬牙，擠出個笑容，縮下車去旁邊站著。

「這是？」乍一看沒認出來，仔細打量之後，徐懷祖嚇得小退一步：「風月姑娘？」

「這是我的丫鬟，月兒。」殷戈止下車，一眼也沒看她，直接就隨安世沖朝侯府裡走：「先去見過侯爺吧。」

風月努力走得正常，面帶微笑地跟著，頭低垂，眼睛盯著殷戈止的腳後跟，恨不得壯著膽子上去踩一腳。

昨晚她想討好他，他非讓她睡客院，說是為了今日有更好的狀態進侯府，那剛剛是怎麼回事兒？臨時發情啊？就算她是個妓子，那也沒做過這麼刺激的事兒啊！

時辰尚早，侯府的人不算太多，安世沖很順利地就引著他們去了主院。

「父親，殷殿下前來賀壽。」

一聽聲音，安國侯爺轉過身來，瞧見殷戈止便笑了：「稀客。」

「願侯爺壽比南山。」到底是晚輩，殷戈止朝他行了禮，難得地乖巧。

風月不敢抬頭，畢竟四周人多，所以她能看見的就是一雙雙的靴子。

金黑色的靴子對這邊的茶白色錦靴道：「殿下能來，寒舍也是蓬蓽生輝，不如裡頭請？」

茶白色錦靴應了：「侯爺請。」

於是旁邊兩雙興致勃勃來炫耀師父的黑色皂靴就愣住了，還沒介紹呢，怎麼就像很熟似的，兩人就這麼進屋了？

風月也很奇怪這個問題，還沒想點什麼呢，旁邊的皂靴就踩了她一腳：「月兒，進去伺候妳家主子啊。」

「……是。」

門關上，裡頭沒別的靴子了，金黑色的靴子朝她的方向站了一會兒，疑惑地問：「這是？」

「貼身丫鬟。」茶白色的靴子答。

有「貼身」二字，侯爺也就沒多說什麼，笑著請殷戈止坐下。風月也就乖巧地站到殷戈止身後，替他倒個水啊什麼的。

「難得你會來我府上。」安國侯道：「這次就不顧忌了？」

「名正言順，又有何懼？」

「哈哈哈！」安國侯爺笑了，嘆著氣道：「我就欣賞你這股子沉穩勁兒，跟別的年輕人啊，一點也不一樣。」

這聽著，怎麼倒像是很熟的樣子？風月震驚了，盯著殷戈止的靴子說不出話。

第45章　拜師的好處

殷戈止從善如流，捏著茶杯便道：「謝侯爺厚愛，沉穩不敢當，寡言而已。」

安國侯大笑，開懷得很，一雙眼滿是讚賞地看著他：「把沖兒交給你，我很放心。只是殿下，最近城裡又起風雲，您可已經尋好避難之所？」

這種話都說得出來，那絕對就不是普通客套兩句的關係了。風月捏緊了手，盯著自己鞋尖，心裡掀起了驚濤駭浪。

太子有意趁易大將軍不在國都而斬其羽翼，鞏固己方之權，這形勢不少明白人都看出來了。有的明哲保身，有的趁機擁護皇權，投誠太子。

而安國侯爺，這禁止別人來自己府上談政事的老狐狸，竟然問殷戈止，你找好避難的地方了嗎？

有一瞬間她甚至要懷疑殷戈止是不是安國侯府的私生子了，不然，安國侯爺憑什麼這麼為一個魏國的皇子操心？

「吳國風浪，與我魏人何干？坐岸觀浪，衣襟都難溼。」殷戈止淡淡地道：「倒是侯爺，身處高地，大浪必拍之。」

這聲音分外鎮定，慢慢悠悠地吐出來，瞬間就能安定人的心神。

風月一頓，萬般雜念瞬間消失，心念微動，飛快地抬頭看了面前這兩人一眼。殷戈止坐得端正，手裡一盞茶，芳香四溢。安國侯面色微惱，眼有窘迫之色。

剛剛那幾句話的往來，風月沒太專心聽，現在看著侯爺這反應，她才恍然明白過來。這哪裡是安國侯在操心殷戈止啊，分明是安國侯府有難，跟殷戈止求救呢！

殷戈止是魏國來吳國的質子，身上無官無職，外人看來，除了身分特殊武功高強得聖上讚賞之外，也沒別的了。但安國侯不一樣，位高言重，但凡涉及爭論廝殺，必定有人扯他下水選邊站，若是不選，安國侯府難免成眾矢之的。

這就是在皇帝面前有話語權的弊端。

堂堂安國侯爺，眼角都有皺紋的老前輩了，現在竟然衝個晚輩下套，也忒沒風度了啊！

然而殷大皇子有的是風度，茶盞一放，關懷備至地道：「既然侯爺也知風浪將至，何不早做打算？」

「殿下可有好的提議？」安國侯爺盯著他，眼神瞬間充滿防備，一看就是跟殷戈止交過不少次手，很了解他不要臉的本性。

眼神柔和而真誠，殷戈止道：「侯爺早年做過不妥之事，在太子之爭時選了隊站，雖然站對了人，但已經涉了黨爭，旁人便再不會當您是個想安心頤養天年的侯爺。如今太子有意與虎相爭，侯爺若助太子，則涉爭更重，得罪易大將軍。但若不助太子，太子殿下難免就會覺得您有叛他之心，徒生對立之意。」

這就是安國侯爺最糾結的地方啊！他愁啊！頭髮最近都愁白了！幫誰都不對，誰都不幫也不對，外頭的人都覺得他這安國侯風光得很，誰知道他心裡的苦哇？

抹一把辛酸淚，安國侯爺又鬆了戒備，嘆息著問殷戈止：「殿下可有法子，再救老夫一次？」

再？

瞬間瞭然，風月算是知道殷戈止為什麼在吳國也能橫著走了，原來在暗地裡結交了不少人啊，連安國侯爺都承過他的情。而且包括安世沖，竟然好像都不知道這件事，還當他沒見過侯爺。

陰險太陰險！

「晚輩本也不欲再蹚渾水。」長嘆一口氣，殷戈止眼神憂鬱地道：「但既然收了世沖為徒，安國侯府的忙，晚輩還是得幫。」

這師拜得好啊，他真該給他補個拜師的紅包！安國侯爺滿臉笑意，期盼地看著他。

殷戈止道：「既然四處都是風浪，獨晚輩一人安穩無虞，侯爺何不考慮與晚輩同行？」

「與你同行？」微微一愣，安國侯思襯了片刻：「敢問殿下，意欲何為？」

「世沖再過不久就該弱冠，弱冠的男兒，當在朝中掛職才算本事。」殷戈止道：「晚輩所欲，不過是讓兩個徒兒建功立業，達成所願，與風雲無關，更不分黨派。侯爺年事已高，若是能安心養老，慢慢交權於世沖，晚輩可保安國侯府安然無憂。」

這倒是個不錯的主意啊，安國侯爺想，世沖是他的嫡子，他肯定是盼著那小子有所成就的。放權給他不是難事，說是權，也不過是他手裡的人脈關係，遲早是要世沖來繼承的。現在有殷戈止護航，那定然更加順暢。殷戈止不涉朝政，太子欣賞他，易大將軍也對他不錯，他能在兩人之間尋著微妙的平衡點，躲在他後頭，那是絕對周全的。

於是片刻之後，他笑道：「犬子頑劣，還望殿下多費心了。」

殷戈止勉為其難地頷首，那表情那姿態，像極了為了徒兒不畏艱險辛苦付出的好師父。

風月沒忍住，側頭輕輕「呸」了一聲。

要是她是安國侯，說不定也能被這人花言巧語給騙了！他哪裡是想幫安世沖建功立業啊？分明是想透過安世沖，得到安國侯府的助力，以便自個兒做事更方便！雖然可能順路能幫世沖一把，使他更快在朝中站穩腳跟，但這大尾巴狼的目的這麼不單純，哪有臉接受人家的感謝啊？

一想起安世沖看殷戈止那種崇敬的眼神，風月就覺得心疼他，更覺得面前這人不要臉！

但，也更加覺得他可怕。

先前她一直在疑惑，今日為什麼要帶自個兒來安國侯府，她又不能打探點什麼。但現在她明白了，殷戈止是來嚇唬她的。

剛投誠的人，心不是很定，就像戰場上的俘虜，被俘之後一段時間很難融入，也始終對新的將領抱有懷疑。

殷戈止這種老牌將軍，直接上來就給她放了個大招，亮出安國侯府這張牌給她看，意思就是你跟著我，老子有一萬種方法可以帶著你坑別人。但你要是背叛我，老子有一萬種方法可以讓別人坑你。

強者，只會服氣比自己更強的人。

風月是服了，老老實實地夾著尾巴站在他旁邊，大氣都不敢出。

安國侯爺壓根沒有意識到對面的人居心叵測，只當他為自己解決了一個巨大的麻煩，臉上笑得褶子一堆堆的，還順帶目光慈祥地看了她一眼，誇道：「這丫鬟也真是不錯，怪水靈的。」

聞言，風月立刻朝他水靈靈地笑了笑，屈膝行禮。

殷戈止瞥了她一眼，淡淡地道：「懷祖送的，瞧著呆傻，也不會亂說話，故而晚輩帶在身邊。」

哈哈笑了兩聲，安國侯爺心情甚好地揶揄：「殿下的使臣府一向冷清，是該添點人了。要不然，朝中那些個碎嘴的傢伙，總要說點什麼不三不四的話出來。」

說起這個話題，殷戈止臉就黑了一半。他只是不喜歡往府裡放女人，在外頭睡的女人也不少啊，偏生還有人傳他不舉或者斷袖，也是閒得慌。

看了看風月，他突然覺得很有必要帶她出去晃一圈。

「時候不早了，侯爺也該準備壽宴了，晚輩就先告退，出去跟世沖他們走走。」

「好。」安國侯點頭。

於是風月就邁著小碎步，跟著殷戈止出了門。

門一打開差點就撲進來兩個人，殷戈止低頭，就見安世沖和徐懷祖雙雙尷尬地笑：「啊，師父，你們談完了啊？」

氣定神閒地「嗯」了一聲，殷戈止往外走，兩個少年連忙跟在後頭，你看看我，我看看你。

師父生氣了？

好像沒有，這點小事，應該不會怪罪吧？再說，我們也沒聽見什麼啊。

眼神交流了一會兒，兩人安心地抬頭，就見旁邊的風月姑娘一臉同情地看著他們。

「怎麼？」徐懷祖好奇地問：「姑娘何以是這種神色？」

看了一眼前頭走著的人，風月賊眉鼠眼地小聲道：「二位少爺小心啊，你們師父的規矩很嚴的，聽牆根這種事，不被逮著算你們的本事，被逮著就慘啦！」

心裡「咯噔」一聲，徐懷祖喃喃道：「不會吧……」

最後一個字還沒落音，前頭的殷戈止就停了步伐，回頭道：「明日開始你們加一個時辰的馬步，再多踩半個時辰木樁。」

安世沖臉都綠了，徐懷祖連忙道：「師父，不用這麼狠吧？我們什麼也沒聽清啊！」

「嗯？」殷戈止一臉正氣：「什麼沒有聽清？」

「……這，難道不是我們聽牆根的懲罰嗎？」安世沖小心翼翼地問。

殷戈止搖頭：「不是，是為了讓你們身形更輕，基本功更扎實。」

嚴師出高徒啊！兩人一邊心疼自己一邊感嘆，正想說師父的規矩也不嚴麼？沒生他們偷聽的氣啊，然後就聽見自家師父幽幽地補了一句：

「練好基本功，下次聽牆根的時候，就不會被人發現了。」

風月一個沒忍住，噴笑出聲。

徐懷祖和安世沖一臉愕然，想求饒吧，師父沒怪罪。不求饒吧，那也太慘了！

「師父……」

「乖，準備吃壽宴吧。」殷戈止轉頭就繼續走，直接去了前院準備入席。

後頭跟著的兩個人都跟吃了苦瓜似的，有氣無力地道：「風月姑娘，妳可真是太了解師父了！」

Instagram　Plurk

國家圖書館出版品預行編目資料

風月不相關（一） / 白鷺成雙 著 . -- 第一版 . --
臺北市 : 未境原創事業有限公司 , 2025.05
面；　公分
ISBN 978-626-99580-6-1(第 1 冊 : 平裝)
857.7　　　　　114004430

風月不相關（一）

作　　者：白鷺成雙
發 行 人：林緻筠
出 版 者：未境原創事業有限公司
發 行 者：未境原創事業有限公司
E-mail：unknownrealm2024@gmail.com
地　　址：台北市中正區重慶南路一段 61 號 8 樓
8F., No.61, Sec. 1, Chongqing S. Rd., Zhongzheng Dist., Taipei City 100, Taiwan
電　　話：(02) 2370-3310　　　傳　　真：(02) 2388-1990
印　　刷：京峯數位服務有限公司
律師顧問：廣華律師事務所 張珮琦律師
總 經 銷：聯合發行股份有限公司
地　　址：新北市新店區寶橋路 235 巷 6 弄 6 號 2 樓
電　　話：(02)2917-8022

定　　價：299 元
發行日期：2025 年 05 月第一版